La trajectoire du hasard

Le Code de la propriété intellectuelle n'autorisant, aux termes des paragraphes 2 et 3 de l'article L. 122-5, d'une part, que les «copies ou reproductions strictement réservées à l'usage privé du copiste et non destinées à une utilisation collective» et, d'autre part, sous réserve du nom de l'auteur et de la source, que les «analyses et les courtes citations justifiées par le caractère critique, polémique, pédagogique, scientifique ou d'information», toute représentation ou reproduction intégrale ou partielle, faite sans le consentement de l'auteur ou de ses ayants droit ou ayants cause, est illicite (article L. 122-4). Cette représentation ou reproduction, par quelque procédé que ce soit, constituerait donc une contrefaçon sanctionnée par les articles L. 335-2 et suivants du Code de la propriété intellectuelle.

© 2025 Marc Boncott

Édition : BoD · Books on Demand, 31 avenue Saint-Rémy, 57600 Forbach, bod@bod.fr

Impression : Libri Plureos GmbH, Friedensallee 273, 22763 Hamburg (Allemagne)

ISBN : 978-2-3226-3449-1

Dépôt légal : Mai 2025

Marc Boncott

La trajectoire du hasard

Il ne faut jamais sous-estimer l'influence du hasard sur l'existence de tout être. Se trouver à un certain endroit, à une certaine date, à une certaine heure peut bouleverser la trajectoire d'un individu.

Douglas Kennedy

Les crises, les bouleversements et la maladie ne surgissent pas par hasard. Ils nous servent d'indicateurs pour rectifier une trajectoire, explorer de nouvelles orientations, expérimenter un autre chemin de vie.

Carl Gustav Jung

Prendre conscience de sa propre souffrance permet d'éliminer l'emprise néfaste, restaurer une meilleure image de soi et renouer avec ses proches en sortant de l'isolement dans lequel on vous a enfermé.

Plusieurs générations sont parfois nécessaires pour trouver le bonheur et l'amour réunis. On se sent intouchable une fois parvenu à ce stade, seule la maladie peut tout bouleverser.

Préambule

Tout était à nos débuts si bien et beau,
  Peut-être parce que c'était nouveau.
Il est urgent de peser les conséquences
D'un tel confinement dans l'indifférence.
Ton esprit et ton corps s'adaptent à mes absences
Et de ce fait tu n'éprouves plus le moindre manque.
Comment te dire ce qui me fait cruellement défaut
Si ce n'est que te l'écrire, te le dire avec mes mots.
Fais-moi croire de nouveau au bonheur
Et je saurai te le rendre avec ferveur.
Que le cérébral laisse une place au charnel,
Laisse-moi imaginer des étreintes nouvelles
Pour faire revivre ensemble et sans trahison
Ce beau parcours avec passion.

1

***

Missions

En ce matin d'hiver dans la grisaille normande, toutes les conditions sont réunies pour Benjamin, pour entrer de nouveau en conflit avec lui-même et les siens, et rien n'est plus horrible que de reprendre ses bagages dans ces conditions. Sa femme et lui se sont quittés en s'ignorant, comme souvent, avec une image d'homme exigeant selon elle, de mari incompris selon lui et ce reproche récurrent de n'avoir su gérer sa fin de vie précédente, celle qui laisse pour héritage à Samira, à chacun de ses départs, de s'acquitter de l'échéance mensuelle destinée à son ex-épouse. C'est le regard triste qu'il voit le taxi s'éloigner de la maison familiale, dans lequel il a pris place pour la énième fois, depuis toutes ces années qu'il fait ce parcours pour rejoindre son activité dans le domaine de l'exploration et la production d'hydrocarbures dans les différentes mers du globe.

Hier, c'était l'Indonésie, aujourd'hui, la Thaïlande et l'Afrique, séjours entrecoupés de missions en Malaisie ou en Corée du Sud, et demain, ce sera peut-être l'Amérique du Sud pour un rêve brésilien qui le guide vers ce pays comme une attirance inexplicable pour boucler son tour de la planète ou plutôt de l'hémisphère pétrolier, et revenir se poser, s'asseoir aux côtés de ses enfants, leur raconter sa vie plutôt que les abandonner en leur laissant un mot au petit matin pour leur dire combien il pense à eux. Il aimerait tant entendre les « je t'aime papa », leur expliquer la vraie vie, celle qui consiste à être à côté de ceux qu'il aime, arrêter le temps qui défile depuis toutes ces années, sans avoir pu les voir faire leurs premiers pas, grandir, courir, perdre la première dent…

Samira et lui n'ont su quoi se dire, n'ont pas trouvé les mots qui conviennent une fois de plus, et toujours pour la même raison, celle qui les plonge tous les deux dans un profond mal être quand approche l'heure de se quitter. Le cœur n'y est plus, l'horloge les paralyse et bloque tout, le physique et le cérébral, et rend Benji profondément déprimé avec ce sentiment d'abandon et d'infinie indifférence. Samira trouve toujours une raison au refus de vivre jusqu'au bout leur amour, le partage dans de belles étreintes pour profiter des derniers instants qui précèdent cette séparation forcée.

Benji, cette fois, refuse de se laisser de nouveau envahir par cette léthargie habituelle et c'est l'air décidé qu'il ferme les yeux, les mains de chaque côté de ses tempes en essayant de trouver la solution, la clé, surtout le répit qu'il lui faut quand ses idées s'obscurcissent. Il voudrait trouver la solution miracle, puiser dans son esprit pour trouver une source d'énergie nouvelle durant le trajet de quarante-cinq minutes qui sépare son domicile de la gare. Il voudrait garder ce qu'il a de mieux dans sa vie et chasser ce qui le rend si triste, trouver la formule qui lui ferait tourner les pages obscures et ouvrir celle qui va commencer par le transfert en train vers la capitale.

— Monsieur, lui lance le chauffeur de taxi, vous êtes arrivé à la gare.

Benji sursaute, extrait soudainement de ses pensées qui l'ont transporté dans une invitation au voyage et ce qu'il ne sait pas à cet instant est que son réveil va véritablement commencer au point presse de la gare.

— Au revoir et à dans deux mois, dit Benji à son chauffeur de taxi habituel après avoir réglé la course.
— Mais monsieur, vous ne voulez pas votre justificatif cette fois ? Lui lance le chauffeur. Eh bien, dites-moi, c'est heureux que je vous aie fait descendre côté trottoir, car vous auriez pu vous faire balayer par la première voiture à rêvasser ainsi !

Benji réalise qu'il aurait pu en d'autres circonstances se faire écraser et ce n'est pas du tout de ce destin-là dont il a envie, bien qu'il lui soit arrivé une fois d'avoir pensé un court instant baisser les bras, à l'image d'un jeune collègue de 25 ans qu'il avait retrouvé le corps balançant au bout d'une cordelette sur son précédent lieu de travail. Quelques instants suivant ce moment sombre, ce qu'il ne voulait plus était entendre sa femme lui dire qu'elle laisse partir un mari et qu'elle retrouve un étranger.

Dans le train qui l'emmène à Paris, Benji ouvre et parcourt dans un premier temps cette revue érotique achetée quelques minutes auparavant. Il aurait pu acheter un magazine sportif ou une revue automobile pour rêver à la prochaine voiture qu'il pourrait s'offrir, mais non, sa conduite lui a été dictée ainsi et après une première lecture rapide, il se montre plus sélectif, car nombre de parutions sont vulgaires et sans intérêt. Il revient alors sur un récit, attiré tant par la plume que par l'histoire elle-même, celle d'une femme s'adressant à son homme pour lui révéler des phases intimes de ses premières expériences et de sa vie sexuelle de célibataire. À la fin du récit sont indiquées la messagerie de cette femme et sa signature : Mélissa – Artiste à Paris.

Je vais répondre à cette femme en arrivant à bord demain, c'est certain, pense Benji, et il rédige une ébauche qu'il déchire et recommence plusieurs fois sur une feuille de son agenda, à l'abri du regard des autres voyageurs. Benji s'est appliqué et il n'a plus qu'un but à mesure qu'il améliore et exprime son commentaire : captiver l'attention de cette femme et tenter de comprendre sa démarche, la tester, se tester lui-même sur ce qu'il vaut et chercher pourquoi il n'arrive plus à communiquer avec Samira.

3 décembre

Bonjour,

Un pur hasard m'a fait acheter la revue où vous vous livrez et c'est d'ailleurs ma première lecture du genre. Non que je cherche une justification, mais le fait est que j'ai trouvé votre confession la plus belle parmi toutes les autres pour deux raisons : un jugement particulier qui n'engage que moi, je trouve qu'il n'y a rien de plus joli dans l'érotisme que deux femmes qui se caressent, en tout cas quand c'est dit et vu ou regardé par un homme.

Ensuite, j'ai été particulièrement sensible à votre promenade bucolique, car je suis moi-même motard, j'ai quarante-cinq ans et j'ai toujours rêvé que cela m'arrive, en vain. Comble de malchance, ma femme, depuis que nous nous connaissons, n'aime pas les promenades dans les bois et elle n'a toujours pas dominé sa peur de la moto. Autant dire que j'ai peu d'espoir de réaliser ce fantasme avec elle.

Je ne pouvais donc pas passer sur votre récit sans vous dire merci de m'avoir fait vivre cet instant en vous livrant ainsi et surtout en laissant vos coordonnées.

Je me permets de vous demander une photo de vous et non pas de votre Harley, pour associer une image à vos écrits et parce que j'aime la femme, découvrir ce qu'elle veut bien dévoiler et fantasmer sur ce qu'elle cache.

Si vous ne souhaitez pas répondre, je resterai attentif à une éventuelle suite dans une parution prochaine, car votre récit, bien qu'il ne le précise pas, semble inachevé et j'ose avancer sans le moindre doute que vous y avez goûté !

Un admirateur,
Benji

2

***

Chemin d'Asie

Voici quasiment une semaine que Benji a répondu à cette femme ou plutôt commenté sa confession, attisé par la curiosité, mais aussi pour combler sa solitude, son manque de pouvoir échanger des propos similaires avec sa femme, son manque de se libérer et effacer les années de frustrations dans le domaine de l'affectif avec son ex-épouse et enfin son manque de contact intime, et à peine davantage dissimulés, ses fantasmes, qu'ils soient vécus ou virtuels.

Il s'est déjà fait à l'idée qu'aucune suite ne sera donnée à son courriel, car il se relit et se demande en homme qui doute, s'il a été à la hauteur pour captiver l'attention de cette femme, si sa réponse va trouver un écho. Peu importe, il ne cherche pas une relation nouvelle, mais un échange, une réponse à ses interrogations, car il croit toutes les femmes identiques et si difficiles à comprendre. Il rejoint sa cabine après avoir bavardé avec ses deux collègues de voyage ou de galère, selon le niveau de moral de chacun, moral qui laisse un goût parfois aussi amer que le café délivré par la machine sur la plate-forme de production pétrolière. Les trois compères ont évoqué leur traditionnelle soirée à terre à Songkla, dans le sud de la Thaïlande, avant d'embarquer aux aurores dans le « chopper » hélicoptère, pour traduire le jargon pétrolier, qui va les emmener comme à chaque rotation à quelque 220 kilomètres des côtes et les tenir éloignés de tout pendant un mois.

Il y fait très chaud et humide, comme d'habitude, et la bière a déjà bien coulé, comme s'il fallait prendre sa ration pour se prémunir du sevrage forcé qu'imposent les règlements de sécurité draconiens, vu les installations particulièrement dangereuses dans ce secteur d'activité. C'est devenu maintenant un rituel pour les trois compagnons de se retrouver au salon business à Roissy CDG pour lever ensemble les coupes de champagne, non pas pour fêter le départ de leur domicile, mais pour les aider à basculer dans un nouveau calendrier et déclencher le compte à rebours qui leur permettra de se rapprocher chaque jour un peu plus du retour au pays. Ils sont tous trois assez en harmonie dans leur comportement et profitent de ces derniers instants de liberté sans toutefois sombrer et avec l'idée de se présenter correctement et à l'heure à l'héliport, où ils seront emmenés loin de toute civilisation, là où les arbres ne poussent pas, les oiseaux ne sifflent pas, comme si la vie basculait dans un autre monde. C'est donc dans cet esprit qu'ils s'offrent leur dernière soirée à terre, à l'image du condamné qui s'apprête à passer son dernier moment de liberté après avoir obtenu une permission provisoire.

— Prêts pour notre « Alcatraz » ? Lance Benji, en référence à cette célèbre forteresse réputée pour l'impossibilité de s'y échapper. La différence cependant est que ce monstre métallique ancré dans les fonds marins d'où ils exercent leur passion pour ce métier d'aventurier de l'or noir, de mercenaires du pétrole, leur offre cette évasion.

Khun Lung amuse la galerie avec ses histoires ; cet ancien marin, grand orateur, a une véritable encyclopédie d'anecdotes vécues qu'il sait accommoder, depuis toutes les années partagées entre mer et

La trajectoire du hasard

désert et il redit à chaque fois à ses collègues que son épouse lui a encore demandé pourquoi il sifflait toujours sous la douche la veille de quitter le foyer conjugal. Il ne le faisait pas par impatience de quitter les siens, mais par son attirance pour l'Asie et l'amour du métier. Cousin Carlo quant à lui, danseur maladroit sur les airs afro-cubains déhanche sa carcasse de cent trente kilos autour de la barre de strip-tease sur la piste du Cosmos et de l'Offshore-bar avec son incontournable style, portant ses fidèles chemises en soie coupées sur mesure dans l'étoffe par le tailleur local et le même pantalon en toile de lin qui lui tombe parfois au bas des pieds, quand la ficelle qui fait office de ceinture manque de fiabilité.

Retour en Touk Touk en direction du Pavilion hôtel, l'habituel hôtel des pétroliers expatriés, pour y dormir quelques heures après avoir pris soin de vérifier l'heure de départ sur le panneau situé à gauche de l'ascenseur. Habituellement, la soirée commence par une dégustation de fruits de mer sur Semilla Beach, chacun amenant de France sa bouteille de vin préféré, un Médoc grand cru pour Benji pour accompagner le camembert et Livarot apporté de Normandie et qui arrivait à supporter le voyage en avion, conservé en soute, et des vins blancs de la part des collègues bretons pour accompagner les poissons et crustacés. La particularité des restaurants de ce pays est de pouvoir apporter son vin à volonté sans le moindre problème, ce qui serait absolument impensable en France. Les hôtesses vous y accueillent avec le seau à glace, le tire-bouchon et le sourire asiatique au bout des lèvres et davantage après le repas si affinités et faiblesse, exception faite de la maîtresse des lieux dont le sourire magique laisse apparaître des dents usées ou manquantes. Tous goûtaient la cuisine locale pour accompagner les poissons comme le riz frit, appelé Khao Pat, et les sauces au gingembre, avant de faire la tournée des bars, sorte de rituel psychologiquement indispensable pour se préparer à tenir un mois éloigné du monde.

9 décembre

Bonsoir,

Ma réponse est un peu tardive, mais elle est là. Merci infiniment pour ce compliment concernant ma confession.

C'est effectivement étonnant qu'une aventure coquine ne vous soit pas arrivée grâce à votre moto. Je suis convaincue que beaucoup de femmes aiment les motards, par pour l'objet matériel, mais pour l'image, ce qu'il s'en dégage, bref comme vous l'avez déjà compris, j'aime les motards et les motos, il est vrai que je vibre facilement quand je suis en voiture, et que j'en entends une s'approcher. Et je suis souvent agréablement récompensée en ville quand je vois ce célèbre petit signe de tête suivi d'un sourire que je devine dans les yeux, pour remercier le fait que je me sois poussée pour le laisser passer à un feu rouge. Mais je m'égare dans ma réponse… passons.
Il est dommage que votre femme n'arrive pas à dépasser sa crainte de la moto, ne serait-ce que pour vous accorder à tous deux un délicieux moment en pleine nature… essayez encore de la persuader… elle ne sait pas ce qu'elle manque, parce qu'une vibrante étreinte précédée et suivie d'une virée à moto, les vibrations sont encore plus ressenties dans ce cas. Enfin, je trouve, maintenant je passe à votre demande, une photo.

Je me doute que la photo qui vous intéresse serait une photo coquine. Sincèrement, hormis celle que j'ai adressée à l'édition, la seule autre que j'ai est une photo gentiment dénudée, mais avec un effet. Elle vous décevra certainement, mais je n'en ai aucune autre. Nous comptons y pallier pour notre plaisir, mais pour le moment je n'ai rien de disponible et il n'est pas évident de prendre des photos de soi,

soi-même. J'ai peiné, mais je me suis appliquée comme j'ai pu pour réussir à peu près celle qui est parue pour en faire la surprise à mon homme. Alors, si cette seule photo dont je vous parle vous intéresse néanmoins, dites-le-moi et je vous l'enverrai. Je tiens toujours mes promesses…

Pour terminer, vos doutes sont justes, j'ai effectivement goûté à la sodomie avec délice et je ne me lasse plus d'y revenir encore et encore désormais.
Hormis votre sensibilité aux caresses saphiques, est-ce une pratique que vous appréciez ?

Je vous laisse maintenant, j'ai été ravie de vous lire et sachez que votre mail a été le plus agréable à lire de tous ceux que j'ai reçus.

Une admirée enchantée…

Quelle classe Madame,

Au vu de votre réponse, vous méritez amplement les compliments, je ne m'attarde pas davantage, néanmoins, je serais ravi de recevoir votre photo, mais cela n'engage que vous qu'elle soit coquine, car je ne me permettrais pas, ne serait-ce que de vous le suggérer…
Ceci étant, je ne comprends pas pourquoi votre mari ne peut pas vous prendre en photo, je réalise moi-même des photos érotiques, coquines de ma femme, qui sur ce point me comble, mais vous connaissez les hommes, ils sont toujours attirés par les autres femmes (ne comprenez pas les femmes des autres), ne serait-ce qu'en croisant

La trajectoire du hasard

leur regard dans la rue et en imaginant leurs dessous, jusqu'à voir ces dames nues et offertes devant eux et ce qui me caractérise, en dehors du fait d'être un homme normal si tant est qu'il y ait une norme, est une attirance pour la beauté féminine, ce que l'on peut aussi appeler du voyeurisme. Je précise : je veux dire non maladif, car je veux bien être le voyeur uniquement de celle qui s'exhibe, pour fantasmer et aussi parfois répondre à la femme qui, en quelque sorte, s'offre au regard des hommes, soit en s'habillant de façon très fashion ou sexy, voire provocante, mais j'aime également l'exhibitionnisme de la femme pour son mari, et en réalisant ces clichés avec ma femme, je réalise un fantasme certes, mais je pense par là même immortaliser certaines situations ou époques de la vie, pour mieux vieillir ensemble et retracer le chemin parcouru plus tard.

Voilà, je suis ravi d'avoir pu échanger quelques propos avec vous à prolonger à souhait.

Amitiés,
Benji.

Merci encore pour vos paroles.

Pour les photos il n'y a pas grand-chose à comprendre, seulement que je n'ai rien d'intéressant en numérique, en fait, et qu'effectivement mon mari ne m'a pas beaucoup capturée par l'objectif. Le numérique est entré dans nos habitudes, mais pas aussi intensément pour le moment.

Je sais qu'il aimera me prendre en photo quand je le lui demanderai ou quand il saura me convaincre, parce que, quoi qu'il en soit, je pèche par coquetterie féminine, au sens où je refuse toute photo si je ne me sens pas, disons, en forme… par contre pour les formes…

Je vous laisse apprécier à votre guise celles que je vous offre comme promis… de quoi me deviner légèrement, quelques mèches de cheveux, une peau, des rondeurs bien là sans conteste… et une que vous allez forcément reconnaître.

Amitiés et au plaisir de vous lire.

Quel bonheur, dans un premier temps, quand j'ai ouvert mon mail, de voir votre réponse, mais quelle frustration ensuite de n'avoir pu ouvrir vos fichiers comme vous l'aviez prévu.

Je m'en remets donc à vous pour me faire parvenir vos photos sous une autre extension si vous êtes encore devant votre ordinateur et je vous répondrais volontiers.

Je suis toujours là et je peux maintenant apprécier vos photos évidemment plutôt suggestives et, en même temps, qui laissent une part à l'imagination. Je ne cherchais pas forcément à recevoir une photo coquine, j'étais curieux au-delà de toute autre considération. Les rondeurs, je ne sais pas où elles sont, en toute sincérité, et en tout cas, si elles sont présentes, elles représentent ce qu'il y a de plus beau pour une femme, à savoir quelques traces d'avoir mis au monde des enfants sans doute, ce qui n'altère en rien la féminité, la coquetterie, l'envie de plaire et même le goût quelque part pour le partage par l'exhibition. Je vous dis bravo et je vous encourage, c'est un signe que vous êtes bien dans votre peau et qu'en écrivant dans cette revue avec la qualité de votre plume, vous pouvez être un catalyseur pour les autres, celles ou ceux qui n'ont jamais rien à raconter ou qui tout simplement n'osent pas.

J'ai compris que cela était un message à l'amour de votre vie, mais en même temps un fantasme, peut-être inavoué jusqu'ici de vous dévoiler. Eh bien, sachez que c'est réussi.

Merci beaucoup et il est évident que je serais ravi de continuer cette discussion et de vous connaître, pourquoi pas.

Amitiés et bises,
Au plaisir de vous lire de nouveau,
Benji.

Que dire à la lecture de vos mots… je suis sensible à vos propos… un gentleman cérébral ? Entre autres facettes, j'imagine, tout laisse deviner un homme sensible et subtil.

Vous avez supposé juste, c'est certainement un fantasme inavoué que celui de me dévoiler.

Je ne vous cacherai pas que je suis charmée… au plaisir de vous retrouver au travers des mots pour le moment. Je ne refuse pas de vous connaître, mais je ne dis pas oui tout de suite, j'aime l'idée de l'effeuillage intellectuel… cela vous convient-il pour l'instant ?

Je vais devoir laisser mon clavier et me transformer en hôtesse à la hauteur, des amis arrivent de Corse et je sais qu'ils seront là d'ici dix minutes et je profite de ce que mon mari est sous sa douche pour vous quitter doucement.

Je boirai une coupe en la levant discrètement également à votre santé.

À très bientôt,
J'ai oublié de vous saluer comme il se doit…
Amitiés et j'y ajoute également un baiser.

10 décembre

Bonjour Mélissa,
Permettez-moi de vous appeler ainsi et j'ai été très touché par le baiser d'hier soir.
Que dire de votre réponse ? Simplement que je suis certain d'avoir envie de vous rencontrer en tout bien tout honneur, à une terrasse chauffée d'un café parisien, par exemple, mais libre à vous bien sûr et l'idée de l'effeuillage intellectuel me convient, pourvu que je continue d'être à la hauteur.
À part cela, je pense que vous me connaissez déjà un peu puisque votre première impression correspond à ce que l'on pense de moi en général.
Je n'ose pas entrer dans le détail de vos photos ou en tout cas de ce que je peux en voir, mais sachez que j'ai beaucoup apprécié de les associer à vos premiers mots et qu'elles sont loin de me laisser indifférent.
Merci d'avoir bu à ma santé hier soir et j'espère que je n'ai ni perturbé votre soirée, ni votre sommeil.
Ne croyez pas que je suis fâché avec l'orthographe française, mais je vous écris de l'étranger où je travaille et mon ordinateur n'est pas configuré pour les accents et je dois utiliser les tabulations au risque d'en oublier une partie.
En effet, je travaille un mois en Thaïlande et j'y suis à l'instant où je vous écris, mais mon temps est partagé entre l'Asie et les pays africains dont l'Angola et le Congo ou encore le Nigéria, je suis ensuite un mois en France en repos et je transite par Paris lors de mes allers et retours.
Ne vous sentez pas obligée de me répondre dans l'immédiat, car je ne veux surtout pas déranger votre vie de famille pendant le week-end.
À bientôt néanmoins,
J'ai moi aussi un baiser pour vous.
Benji.

La trajectoire du hasard

Je vous permets avec plaisir de m'appeler Mélissa puisque c'est ainsi que mes amis m'appellent. Vous l'avez déjà compris, je serais ravie de vous rencontrer je vous l'ai fait comprendre, mais seulement dans un second temps, peut-être vais-je mettre votre patience à rude épreuve, mais cela vous consolera de savoir que la mienne sera, pour le moins, tout autant éprouvée… joueur ?

Être à la hauteur ? Soyez tout simplement vous-même… Je suis désolée d'avoir laissé percevoir une image de femme précieuse ou «snob «. Sachez qu'il n'en est rien.

Je suis simple, très simple, et pour l'orthographe, je ne suis pas tatillonne à ce point, absolument pas.

J'aime les mots comme je le répète, j'aime les choix qu'ils offrent, les lier, en jouer… je trouverai dommage de ne pas user de ces belles syllabes quand on le peut un tant soit peu et surtout si on aime en user.

Par contre, il n'y a aucune idée de défi pour celle ou celui qui me lit, c'est justement, je pense, une façon de s'offrir un peu, en prenant le temps d'habiller ses pensées, il me semble que c'est une marque d'attention, d'égard envers autrui, non ?

Pour notre part, je pense aussi que le vouvoiement ajoute quelque chose de particulier à nos échanges, et là, nous n'avons pas la voix qui accompagnerait ces paroles.

Sachez aussi que le tutoiement ne me pose aucun problème…

Autrement, pour rebondir encore sur ce que vous m'avez écrit, je ne vous connais pas ou peu, j'essaie juste de vous deviner, ce rythme me convient… et je me réjouis de vous avoir pour cette première tentative à peu près devinée.

Hier soir, effectivement, une pensée est allée vers vous et sachez que vous n'avez pas dérangé ma soirée entre amis, lorsque je vous quittais, ils allaient arriver… Je voulais prendre le temps de sortir mes flûtes. Je devine un regret déguisé en souhait ou bien l'inverse, souhaitiez-vous réellement ne pas troubler mon sommeil ? Je passe…

Je ne me suis pas sentie obligée de vous répondre, j'y suis venue avec plaisir et à un moment où j'avais le temps, vous ne dérangez pas ma vie de famille en ce sens.

Elle est parfois très familiale et parfois moins, mon mari fait de la compétition, par exemple, ce soir je viendrai certainement, puisqu'il sera absent pour aller jouer un match. Sachez également que ma profession fait aussi que je suis souvent sur mon ordinateur.

Mais la vôtre m'attire si elle vous fait voyager…

Pour finir, vous dites ne pas oser entrer dans les détails… Osez, osez, je vous y invite si vous souhaitez… je vous ai répondu parfois dans le désordre et longuement, je suis si désordonnée.

Prenez votre temps, je suis bavarde… et je ne suis pas très décidée aujourd'hui, limitée dans mes choix, mes enfants font la sieste, mon mari s'est absenté, et ce jusqu'à 23 h, je n'ai ni l'esprit à travailler, ni à lire, ni l'envie de me reposer et encore moins d'effectuer une quelconque tâche ménagère. Alors je reprends ma plume et je vous écris.

Je voulais vous faire savoir que vous n'êtes pas une distraction, sur le nombre impressionnant de mails reçus, vous êtes le seul avec qui je corresponds réellement.

Il est sans conteste que la nouveauté, quelle qu'en soit le domaine, un loisir, une connaissance, aiguise les sens d'une personne curieuse et croqueuse de vie.

On ne peut nier que notre prise de contact a la particularité d'être basée sur un point commun : cette fameuse parution. En cela, elle nous permet d'être francs sans crainte d'un quelconque a priori, de ma part il n'en viendra pas en tout cas, mais je pense que vous n'avez pas imaginé que cela pouvait être.

Notre correspondance est basée sur la qualité et le charme opéré. C'est dit.

La trajectoire du hasard

J'ai relevé dans votre mail de ce matin une hésitation à vous laisser dire ce dont vous aviez envie, ou bien était-ce de l'extrême courtoisie, tout en devinant la réponse qui pourrait être faite, vous avez opté pour l'invitation, que ce soit délibéré ou non, j'aime cette intention.

Il est évident que l'on ne peut cacher notre goût pour le sexe, cette boîte de pandore par laquelle nous aimerions nous faire surprendre et vibrer quotidiennement.

Mais je sais que vous y participez, vous avez écrit prendre des photos de votre femme soit coquines, soit chaudes, et vos goûts pour le voyeurisme, associés à l'exhibition de votre femme, laissent à penser qu'elle aime à s'exhiber pour vos yeux et il est beau de savoir que des attirances sexuelles sont partagées. Je trouve tristes les couples qui ne peuvent ou ne veulent pas partager librement, dans le respect et le jeu, les préférences sexuelles de chacun. Je ne conçois pas la vie sans ces plaisirs, elle est unique, et se frustrer ne peut rendre heureux ni disposé à apprécier la moindre parcelle de joie qu'elle offre.

Je reviens à notre point commun, il me semble que nous jouons avec cette forme de voyeurisme et de fantasmes, celle, parmi d'autres, qui est d'aimer lire des récits, c'est une façon de les vivre ou de s'en inspirer. Et cette dose d'inconnu et de mystère est un vrai délice, comme le sont nos échanges.

J'ai un jour appris, lorsque j'étudiais encore, une expression qui, je trouve, s'associe bien aux éperdus des jeux de l'amour, la catharsis d'Aristote, c'est une théorie sur la purgation des passions. J'ai cette impression que c'est ce que nous faisons en tant que lecteurs, du moins, exproprier nos fantasmes au travers des lectures et s'identifier aux protagonistes. Bien sûr, pour ma part, cela demande de me sentir proche de l'esprit du récit.

Aimer les écrire c'est aussi une forme d'exhibitionnisme.

Il est vrai qu'outre me dévoiler en actes racontés, me dévoiler sous quelques photos c'est aussi une façon de servir de catalyseur. Vous me l'aviez écrit et c'est maintenant que je me dis que l'idée me plaît.

Continuez à vous dévoiler, et oui vous êtes à la hauteur et oui les rondeurs existent bien jusqu'au bout de mes lèvres…

Amitiés et baiser accompagné, que je vous laisse apprécier.

J'avoue avoir ouvert plusieurs fois ce matin mon mail pour voir si vous aviez répondu, car j'étais impatient de vous lire de nouveau.

Concernant le vouvoiement, à la formule de respect que nous utilisons quand on ne connaît pas la personne à qui l'on s'adresse, s'ajoute l'envie de distance, de protection, une sorte de barrière imaginaire, car je ne suis pas sûr de la réaction, comme la peur de déplaire, mais avec une envie très forte de la franchir pour t'approcher et même de très près.

Eh bien voilà, c'est fait, nous nous tutoyons donc. J'aimais bien notre vouvoiement aussi dans le sens où cela peut éviter de déraper, au risque de rompre cette amitié naissance et particulière qui s'installe entre nous via Internet.

C'est aussi un jeu, en quelque sorte, mais pas un jeu dangereux ni pervers et en tout cas si cela venait à affecter l'un de nous, il faudrait arrêter tout de suite nos échanges.

Pourquoi cette envie de t'approcher ? Parce que tu m'as « séduit » au travers de ton récit et que j'ai, depuis, envie d'en savoir beaucoup plus sur toi.

Bien vu : tu as su deviner que j'ai eu envie de troubler ton sommeil pour me sentir moins seul.

Es-tu si désordonnée que tu le dis, au point de pouvoir t'égarer ? Quant à moi, bien que cartésien, je réponds à tes mails sans respecter l'ordre, car cela arrive telle une avalanche, il faudra être fort parfois si l'on continue à ce rythme.

La trajectoire du hasard

J'aimerais maintenant que l'artiste me parle de sa passion, de son métier même s'il est tout autre, d'ailleurs.

Ta plume te dicte non pour une rencontre, mais je devine que ton regard et ta bouche disent oui et le disent bien mieux.

Cependant, je suis contre la précipitation, mais ma curiosité est telle que je le souhaite fortement.

Un philosophe a dit, je le cite : le silence est l'écrin de la pensée

J'aime ta façon de sortir de ton écrin et de rompre ce silence par « l'habillage de tes pensées »

Amitiés,
Benji.

11 décembre

Pas franchi, oui, laissons-le « vous » au vestiaire… je te redécouvre ce soir, le temps de remplir mes devoirs de mère et je range temporairement cette facette, puisque tu en parles, justement je m'étais fait cette remarque. Je ne suis pas artiste et je n'ai jamais écrit à la revue que je l'étais.

Du reste, j'ai eu un doute et j'ai relu le mail envoyé à la revue ainsi que ma lettre, et non, je n'ai à aucun moment cité mon métier. Il semblerait que ce soit important pour la rédaction d'en indiquer un.

Peut-être une façon de donner des statistiques, pour le moins fausses, du « type » de lecteur. C'est cependant la seule chose qui ait été inventée par la rédaction.

Mais ce qui m'a fait sourire quand je me suis découvert mon « nouveau » métier, c'est qu'en réalité, c'est un métier que j'aurais également aimé exercer.

Je ne nous imagine pas nous affecter de façon perverse, et certainement pas volontaire, donc j'ai d'ores et déjà confiance en nos futurs échanges et dans cette relation naissante.

Oui, je suis désordonnée parfois, oui je sais m'égarer, je sais aussi être contradictoire, comme tu le soulignes si bien, entre oui et non, j'arrive à mettre une distance, le seul contrôle que je pense avoir, c'est à quel moment je vais réduire cette distance, mais je crains de ne rien contrôler d'autre en général. Et je suis tout autant contre la précipitation, mais tu le sais déjà, je crois.

Si tu te sens l'envie de revenir au vouvoiement pour une pensée particulière, un message, pour imprimer une idée, n'hésite pas.

Je te quitte ici pour l'instant, car je sais qu'un autre mail de toi attise ma curiosité, j'ai envie de faire durer le plaisir de le découvrir, mais j'ai aussi envie de le lire avec gourmandise, puisque je sais que seuls ces mots seront ma possession en ce qui te concerne et que je ne trahirai pas cette idée de l'effeuillage, je m'y attèle de ce pas...

Baisers de Paris.

Maintenant, c'est trop tard, je continue le tutoiement. Je viens de te lire après avoir envoyé mon mail que tu as dû déjà recevoir, mais je ne peux répondre à celui-ci maintenant, cependant ce soir, je serais très heureux de te lire de nouveau et de commenter ces dernières réflexions parcourues et pour lesquelles nous paraissons tellement en phase.

Est-ce un secret le métier ?

À ce soir.

La trajectoire du hasard

De nouveau là… je vais donc répondre à ta question sur mon réel métier, je touche à un domaine technique également. C'est long à expliquer alors j'ai ma façon de résumer, disons que je travaille dans un cabinet d'Audit et que je m'occupe de ce que l'on appelle dans le jargon QA/QC Assurance et Contrôle Qualité pour traduire l'abréviation anglaise, mais vous devez connaître dans ton secteur d'activité. Je suis responsable de ce département et mon domaine est lié à la technique, à l'informatique et par conséquent à la compilation de tout cela pour en générer des rapports.

Voilà : pas très intéressant lorsque l'on n'est pas dedans et encore moins quand on me subit, car les entreprises savent qu'elles ont beaucoup de travail après notre passage ; je plaisante, nous venons à leur demande et dans leur intérêt de progresser.

Au fait, si tu en as le désir, nous pourrions discuter par « messenger », vu que tu as Internet et que notre adresse électronique est la même, l'installation est simple et je t'ai envoyé une invitation dans ce sens. Ainsi, lorsque nous ressentirons le besoin d'être encore plus proches dans nos envies de correspondre (si ce n'est pas déjà le cas), nos échanges seront instantanés, qu'en penses-tu ? L'aparté est terminé…

Et toi, que fais-tu une partie de ton temps en Thaïlande ? Je ne connais pas ce pays, mais l'idée que tu voyages ainsi me fait rêver, mes déplacements professionnels se limitent au sud de la France. J'ai fait des études dans l'esprit justement des voyages, mais je n'ai pas été une grande itinérante. Tes voyages te correspondent ? Comment gères-tu l'éloignement physique de ta femme ? À moins que ce choix ne soit volontaire.

Je ne sais pas ce qui manquerait le plus si j'étais éloigné de l'homme que j'aime, faire l'amour ou l'amour dans son quotidien ?

Je te laisse, je vais me faire un café…

Je t'embrasse

La trajectoire du hasard

Je suis dans l'activité pétrolière, pour expliquer simplement le lieu de mon travail du moment, mais cela change régulièrement.

Je reviens à toi : notre conversation, notre découverte progressive me laisse à penser que l'on est en train de se toucher, se toucher avec des mots. Je n'arrive pas à décrire cette forme de contact, mais en ce qui me concerne, tes photos m'aident à faire corps avec toi. Ces photos filtrées, mais qui laissent passer la lumière, celle-là même qui éclaire ta pensée.

Tu m'as dit précédemment : osez, osez !

Je me délecte de tes photos parce qu'elles contiennent tout ce que j'aime regarder chez une femme : ses beaux dessous, le galbe de ses fesses et ses seins. J'ose pour cela te dire que j'aime tes formes pour être attiré par les formes, à savoir ces fesses que les strings ou un shorty mettent si bien en valeur et des seins qui offrent une attirance sexuelle. Je sens que je commence à être moins doué, mais j'avais envie d'oser et je l'ai fait.

Je te laisse me répondre, car j'ai bien reçu ta demande messager, mais j'ai essayé en vain de me connecter. Je suis actuellement sur un bateau dans le golfe de Thaïlande, il ne faut pas trop en demander.

Merci de m'avoir apporté toutes ces précisions sur ton métier, il doit être passionnant. Le mien l'est aussi, je suis toujours dans les avions et je voyage dans tout l'hémisphère pétrolier, autant dire tous les continents et le goût de l'aventure me convient, le mélange des cultures, le transfert de connaissances, de compétences est un challenge permanent, j'adore ce que je fais, mais l'éloignement est parfois pesant, par exemple passer Noël loin des enfants sur un autre continent. Tout se gère néanmoins et je fais le plein de souvenirs sur ma clé USB avant le départ et Internet existe et est présent et bien là en ce moment pour pallier ma solitude, cette solitude si pesante parfois, qui vous ôte votre statut de père et de mari et qui prive de relations charnelles pour ne laisser place qu'au cérébral, ce qui est mieux que rien même si un homme a du mal à s'en contenter et j'en suis personnellement inconsolable.

La vie ici est austère : c'est la privation de tous les plaisirs, une disponibilité vingt-quatre heures sur vingt-quatre, pas de femmes, pas d'alcool et bien que je puisse me passer d'alcool sans problème, j'ai apprécié ta flûte de champagne de l'autre soir, la seule que j'aurai durant ma mission, malgré la période de fêtes à venir.

Je te laisse me lire de nouveau et reste encore un peu connecté jusqu'à 22 h 30 environ, sache que nous avons à cette époque de l'année six heures de décalage, les nuits courtes, mais si passionnantes en ce moment.

Je t'embrasse aussi,
Ton ami.

Tu as osé et j'aime, sache que je ne vois rien qui te révèle moins doué, je te le redis, il n'y a aucune barre à atteindre ou à dépasser.

Oui, je comprends mieux que ce soit moins évident sur un bateau pour les connexions, alors maintenant je ne pourrai occulter une pensée pour toi… et j'aime que tu partages cette envie de le dire. Merci pour la douceur de tes mots…

Quel plaisir de te lire vraiment, j'ai connu une personne qui faisait le même métier que toi, ce n'était pas évident pour sa famille non plus. Tes enfants sont grands ? Je te promets de rester jusqu'à 22 h 30, je ne pourrai pas passer à côté de toi, j'ai une alerte dès que j'ai un de tes mails. Comme quoi. Oui, je vais éviter de parler de ce qui est dur, comme l'éloignement en cette période et je reviens sur ce que tu me dis des relations charnelles. Je sais que les hommes sont peut-être plus gourmands en fréquence, mais je suis de celles qui sont convaincues que les femmes en ont tout autant envie que les hommes, le problème est que si en couple c'est plus que gérable, pour des célibataires, c'est plus délicat, et la majorité des hommes ont du mal à considérer des femmes qui fonctionneraient comme les hommes, une femme est considérée comme une nymphomane et un homme comme un Don Benji, même au XXIème siècle. Je ne suis pas féministe pour un sou, mais j'entends certains collègues autour de moi qui ne se privent pas de ces commentaires en ma présence, qu'ils soient célibataires ou pas, bien évidemment, mère de famille et en ménage, forcément je ne peux pas être hédoniste à leurs yeux, et pourtant je suis loin d'être adepte de l'ascétisme.

Sinon, il est vrai, pour faire dans la généralité et simplifier ma pensée, que nous ne réagissons pas physiquement, disons, aussi vite que les hommes.

Tu aimes donc le champagne et quoi d'autre ? Au fait, quelle moto tu as ou as eue ?

Quelle est ta boisson préférée, en alcool, en vins et en non alcoolisé, j'essaie de te dessiner encore un peu plus et j'espère toujours la réponse à ma question coquine.

Je m'arrête là, gardons-en pour le prochain mail,

À toi, baisers de Mélissa.

Je risque de manquer de temps pour tout relire et ce n'est pas du tout volontaire, mais je préfère que tu me reposes ta question coquine pour y répondre ce soir ou demain, en espérant que si tu dois attendre, je troublerai ton sommeil.

La trajectoire du hasard

Je suis ravi du plaisir que je te donne sans jouer avec les mots, même si j'aime cela sans en abuser.

Rapidement :
J'ai trois enfants (garçon, fille et garçon dans cet ordre) et le petit dernier, né d'un second mariage, a cinq ans.

Je crois que pour une femme, il est beaucoup plus facile de travailler dans un environnement d'hommes, de mâles, brut de fonderie qu'ils sont parfois, avec leur déviation mentale sur le sexe et le sexisme, c'est pour cela qu'on dit des hommes, parfois, qu'ils ne réfléchissent pas avec leur cerveau. Je ne peux contredire cela, mais je n'en use pas et donc je n'en abuse pas.

Sinon oui, je suis convaincu que les femmes aiment autant le sexe que les hommes, elles ne sont cependant pas toujours en phase, tant mieux je dirais, car il y a toujours place à la magie, et c'est pour cela que la fusion réussit la plupart du temps.

J'aime le champagne, indiscutable, l'américano en apéritif, mon vin préféré est un bordeaux rouge, mais je ne suis pas suffisamment connaisseur pour préciser et enfin, le Coca ou une eau pétillante.

Ma moto, que je ne possède plus, était une Transalp, réputée pour être l'une des meilleures pour les promenades en duo.

Je t'embrasse,
Quelle soirée.

PS. Je ne pourrai, hélas, correspondre à ce rythme chaque jour et même parfois, ce ne sera pas possible du tout à mon plus grand regret, car c'est un réel plaisir aussi.

Questions pour clôturer la soirée, une supposition, une action et un souhait…

La trajectoire du hasard

Benji cherche quelque chose ?
Ta mission se termine quand ?
Je pense que tu troubleras mon sommeil parce que nos échanges ont été intenses !
Que la nuit te soit douce,
Je t'embrasse.

Jeu facile ou énigme : tu supposes juste.
Je suis à la recherche du temps perdu, plus précisément de renouer le dialogue, l'échange entre un homme et une femme.
Ma mission se termine en principe le 5 janvier.
Une volonté et un souhait associés : j'aimerais trouver des réponses à mes interrogations et si je te trouble, c'est qu'il existe bien un intérêt commun à notre communication, et le hasard de notre rencontre est tout aussi troublant.
Je crois beaucoup que l'écriture favorise les échanges et nous libère en ce sens que nous avons moins la retenue des mots.

Pas de souci sur la fréquence des mails, je le comprends, le conçois et il en est de même pour moi.
J'ai quelques soirées sans mon homme parce qu'il s'absente le mardi et le jeudi soir pour ses entraînements, qui se terminent à 22 h 30, le temps de rentrer ensuite et ce soir, je te le disais ce matin, il a un match de compétition.
Voilà pour la fréquence qui est tombée à propos. Autrement je vou-

La trajectoire du hasard

lais te dire que lorsque j'ai reçu ton premier mail, je l'ai montré à mon mari. Je dois avouer que nos récents échanges, je ne les ai pas montrés, je n'aime pas trop cette cachotterie, c'est nouveau pour moi et ça a un parfum de péché, mais bon, c'est ainsi. J'ai 2 enfants, un garçon et une fille qui ont respectivement 7 ans et 2 ans, eh oui, je les ai eus tard.

J'aime les bordeaux et j'ai un faible très prononcé pour le Médoc et j'aime les champagnes, mais là je m'avoue un petit côté snob, que les bons avec des petites bulles comme le Perrier Jouet, en alcool, je suis plutôt Caïpirinha ou Mojito.

Sinon ma question était : aimes-tu pratiquer la sodomie ? Tu m'en as parlé dans un de tes premiers mails, d'où ma question à ce moment.

Excuse-moi si j'ai été envahissante et très bavarde, j'avais effectivement du temps et du plaisir à te l'offrir, ma bouche t'a-t-elle plu sur la photo ?

Encore et encore des points communs, c'est agréable… et oui il est vrai que je travaille bien avec les collègues masculins, nous ne sommes que deux femmes et amies depuis le lycée avec des collègues masculins, je mentirais si je ne disais pas que la plupart sont aux petits soins pour nous.

J'ai déjà hâte de te lire dans les jours à venir, je t'envoie un baiser, et te souhaite une bonne fin de soirée si le devoir t'appelle, à ce qu'il me semble, bon courage, je suis encore un petit peu là jusqu'à 23 h.

Tu m'as devancé, car je voulais que tu me parles de ta famille, mari et enfant, mais voilà, j'ai eu l'information.

D'accord pour le créneau de communication, j'essaierai d'être au rendez-vous et à tout moment possible en dehors de cette plage horaire.

La trajectoire du hasard

Ne culpabilise pas quant à tes cachotteries vis-à-vis de ton homme, chacun a droit à son jardin secret, le péché est un mot bien trop fort dès lors qu'il ne s'agit pas d'un vice et c'est à toi de lui donner ses limites et de les repousser si ton envie les dépasse.

La moto ne me manque plus, je n'ai d'ailleurs jamais été un vrai motard, mais plutôt un motard du dimanche, selon la formule consacrée.

Ta bouche, je t'en parlerai quand je l'approcherai, mais ça n'a rien d'un chantage.

Dommage de terminer sur la sodomie dans la conversation, je repousse donc le sujet au lendemain, car je veux que tu me lises avant de fermer pour la soirée.

Oh, je suis sincèrement désolée de cette touche de mauvais goût apparemment, mais pour alléger mon manque de tact, disons que j'ai plutôt glissé cette question en milieu du mail, pour répondre à ton souhait de te reposer la question qui t'avait échappée. En réalité, j'avoue que seul m'intrigue le pourquoi tu l'avais éludée, en supposant que ce fut sciemment, ce qui m'avait semblé être le cas, par jeu ou par rejet, car tu en avais avancé le sujet. Je te rassure, je ne cherche pas à précipiter quoi que ce soit…

Moue contrite et baisers.

Tu n'as pas à t'excuser, Mélissa, et je ne suis pas du tout susceptible. En fait, j'ai abordé la sodomie ou plutôt j'ai laissé deviner l'acte parce que tu termines ton récit ainsi dans la revue et que j'imagine volontiers que tu sais de quoi tu parles, ma conclusion est donc que tu as dû goûter à cette gourmandise.

Cela m'a donc amené à sous-entendre le sujet.

La trajectoire du hasard

Pour ma part, j'aime écouter venir le plaisir que je peux procurer et je n'ai aucun a priori qu'il soit clitoridien, vaginal ou anal et le non conventionnel ou défendu pour d'autres est toujours tentant, donc oui, j'aime la sodomie, enfin je parle de la pratique de la sodomie dans un rapport homme-femme pour éviter toute confusion même si le point G chez l'homme se trouve dans cette région et qu'il serait tentant de l'atteindre. J'avoue pour ma part l'avoir atteint grâce à une main féminine experte. Un mot sur l'homosexualité, ce rapport homme-homme, je le laisse à ceux qui y trouvent leur bonheur, pour autant, ces gens ont leur place dans la société, telle est ma tolérance et par conséquent mon respect.

Donc je n'avais pas éludé la question sciemment, car le sujet serait revenu puisque tu l'avais deviné.

Quelle nuit nous attend !

Merci pour ta réponse, et sache que je n'aurais rien dévoilé sur la suite de mon récit, s'il en est une, je te laisse le soin, quand le moment viendra, de l'apprécier à ta guise. De toute façon, quelle que soit ton attirance pour cette pratique, cela n'aurait influé en rien pour ma part et forcément rien changé dans ma manière de t'en parler.

Oui quelle nuit à venir, et belle je l'espère,
Baisers.

12 décembre

Bonjour Benjamin,

Seules quelques heures se sont écoulées et c'est moi qui attaque de nouveau, il me semble que c'est la première fois que j'écris ton prénom, je crois.

Je me suis réveillée ce matin et j'ai pensé à toi, alors me voilà…

J'ai aussi pensé à toi en me couchant, je me suis demandé ce que tu faisais sur ton bateau, comment se passait un jour de repos sur un bateau (j'imagine que tu as des jours de repos) et j'ai réalisé combien le temps pouvait certainement être parfois long.

J'ai passé un dimanche agréable, l'après-midi je suis sortie me promener seule et j'en ai profité pour me faire plaisir, quelques dessous coquins, une petite idée derrière la tête pour la soirée… Je n'ai pas été déçue.

J'ai fait l'amour avec Mike et j'avais décidé de penser à toi pour partager un peu de mon plaisir et tu as été là parfois… mais pas pour me faire l'amour, uniquement pour baiser… j'espère que je ne t'offense pas.

Je sais que cette image est certainement frustrante, qu'elle demandera de l'imagination pour susciter un brin d'ivresse, mais ton esprit ouvert à ce type de fantasme fera que les sensations seront plus réelles. Je reviendrai… le travail m'appelle.

Baiser.

Mélissa,

Avec ce que tu viens de me dire, je vais devoir avoir recours au plaisir solitaire, car je vois que tu m'as fait une place à vos côtés hier soir. Étais-je présent uniquement en voyeur ou ai-je participé ? Es-tu allée au bout de ton fantasme ou bien ai-je été simplement présent dans tes pensées ?

Pour la balade avec des dessous coquins, tu attaques fort sur mes cordes sensibles, je vois.

En tous les cas et quel que soit le niveau de ton fantasme et donc de la place que tu m'as accordée, merci de me l'avoir fait partager et si tu ne développes pas davantage, mon esprit comme tu dis, fera le reste.

Pour revenir sur le plaisir solitaire, j'y ai recours parfois, car comme tu l'as compris, la vie sur un bateau n'est pas toujours drôle et surtout bien remplie et quand le travail s'arrête, qu'il est bon de se reposer et de s'évader un peu.

Bisous et baisers,
Benji

3

***

Évasion

Benjamin s'évade parfois et s'allonge sur son lit sans sa cabine, exténué la plupart du temps, sans la moindre envie d'écrire ni à Samira ni à Mélissa.

Il lui arrive parfois d'avoir cette légère satisfaction de découvrir dans le regard des femmes de la curiosité pour lui.

Il ne s'y trompe pas, il n'a pas deux femmes. Paradoxale serait la situation pour sa femme de confession musulmane, d'avoir épousé un homme non conforme aux yeux de sa famille, si sensible à la tradition, et de se retrouver dans un schéma dans lequel son mari français de religion différente, lui imposerait la polygamie, cette pratique d'un autre temps. Non, définitivement non, Benji ne pouvait lui faire cela et n'y pensait pas un seul instant d'ailleurs, sauf à l'imaginer fortement ce soir-là pour combler ce manque et cette forme d'impuissance de sa femme à exprimer ses désirs, ses envies, si tant est qu'elle en ait encore, les extraire de son mental et de ce fait, de ne pas être réceptive à ce genre d'échange de propos qui pourtant peut si agréablement compenser, à défaut de remplacer, un acte d'amour, un fantasme et tout simplement une envie de baiser. Oui, c'est dit, Benji se lâche et ferme les yeux en pensant à celle qui sera la plus réceptive des deux et soudain sa cabine se transforme en palais des mille et une nuits. Il imagine Mélissa tout d'abord faisant flamber des coquilles Saint-Jacques dans sa cuisine pour la venue de ses invités, puis rapidement un élan érotique le transporte dans sa salle de bain où il voit son corps onduler, elle se délecte de la sensation de l'eau qui coule chaudement sur sa peau jusqu'à ce que leurs pensées se rejoignent et dérivent doucement. En découle un contact plus présent, plus insistant et léger à la fois, comme le souffle tiède d'une respiration sur sa nuque. L'eau continue de couler sur ses épaules et il pose un regard sur ce corps dénudé, seul contact qu'il s'offre à cet instant. Mélissa sèche sa peau puis se pare de dessous de voile noir, aussi léger que le souffle qu'elle a ressenti sur sa nuque au moment de la plus forte concentration de ses pensées, elle a parfumé ses cheveux pour laisser sa peau intacte aux lèvres qui allaient bientôt la goûter… Elle s'est offerte ainsi.

Elle a alors disparu de ses pensées, mais est réapparue rapidement, cette fois il a vu ses hanches qui ont réclamé son amant, son amant légitime et il a imaginé cet homme, son mari qui soudain lui a fait penser qu'il était en train de violer leur espace intime. Mais après tout, il sait qu'elle réclame cet instant-là dans ses révélations. Benji la laissait recevoir les caresses expertes de Mike et quand il a observé les caresses venir à raison d'elle, il est revenu, s'est installé dans le grand fauteuil ocre dans le coin gauche de leur chambre, le côté que Mélissa occupe dans le grand lit conjugal et il s'est mis à la regarder simplement en se demandant si elle le devine, si elle voit son sourire pendant qu'elle tombe dans un véritable abîme de plaisir, offrant ses hanches sans pudeur au point de ne plus se maîtriser et de demander à son mari un second amant, et Benji est revenu dans les pensées de

La trajectoire du hasard

Mélissa de façon fulgurante. Elle ne le voit toujours pas, il ne la voit pas non plus, mais ils ont mutuellement l'impression qu'ils se sourient tous les deux. Puis graduellement, elle entrevoit ses mains qui viennent à sa rencontre pour jouer avec, tellement elle les appelle, et le fantasme de Benji est transporté en elle, le mélangeant au plaisir. Il revient à lui dans une douce transe du souvenir de ces instants, d'avoir frissonné avec Mélissa et d'être fidèle aux sensations vécues.

Benji se rend compte combien il est en train de s'égarer avec cette inconnue, au moment où il rouvre les yeux sur son lit, mais c'est plus fort que lui, il a trop besoin de cela et il se persuade que ce n'est pas mal, car après tout, ce n'est qu'une liaison à dix mille kilomètres de distance, il ne risque pas de tromper sa femme de cette façon. Et puis de toute manière, on a tous des fantasmes et le fait de pouvoir en parler est déjà une façon de les assouvir et Samira, elle, du fait de sa culture et pourtant européenne dans l'âme, a du mal à accrocher à ce type de correspondance et ce n'est pas faute d'avoir essayé, pense encore à voix haute Benji à l'intérieur de sa cabine, pour déculpabiliser.

De plus, depuis quelque temps, des éléments extérieurs au couple viennent perturber leur osmose et leur intimité s'en ressent d'autant plus avec ce mode de travail. Benji se sent trop souvent mari à temps partiel à cause du système de roulement de son travail, si bien que le moindre grain de sable prend des proportions importantes et il y voit un réel danger si cela ne revient pas rapidement comme avant, car il sait qu'il ne peut vivre sans amitié, sans affection, sans amour et sans une vie sexuelle épanouie qui agit en régulateur dans cette machine fragile que constitue justement un couple. Samira ne voit pas cela comme un obstacle au bon fonctionnement et dit que le cérébral est là, bien là aussi pour pallier le reste.

Il ne s'agit pas d'ultimatum, mais cette fois, après avoir rêvé, fantasmé, il a écrit à Samira pour lancer un message d'alerte, il veut par-dessus tout que tout aille bien entre eux, lui qui a subi un lourd échec affectif et sentimental dans le passé et il a peur de l'indifférence, rien de pire que se sentir ignoré, oublié, voir inutile quand il se met à douter, son point faible, il le reconnaît, mais il y a matière à douter pourtant, tant la distance géographique est grande entre eux et il repart à chaque fois malheureux de n'avoir pas eu une dernière et torride étreinte, comme s'il avait peur d'avoir faim pendant son absence.

4

***

Mélancolie et passion

Benjamin, qui voyait pointer un risque, se mit à penser à Samira et à lui parler à voix haute de sa cabine :

« J'ai un grand vide dans mon cœur quand je te laisse, je me sens en dessous du seuil de pauvreté quand arrive le moment de se quitter. J'aimerais tant que tu retrouves ta motivation, ton énergie pour combler ma frustration, car j'ai trop mal quand nous nous quittons ainsi pour une nouvelle séparation forcée.

Je me sens un peu comme en quarantaine quand je te laisse alors que je voudrais tant te transmettre mon envie de nous quitter avec un souvenir qui nous ferait tenir et t'éviterait de voir revenir un étranger.

À moins que tu ne le fasses sciemment, pour le plaisir de me déprimer !

J'espère que tu vas comprendre l'importance de mes mots alors, je t'en prie, il est urgent de réagir, car je me sens en train de baisser les bras entre cette vie à l'écart un mois sur deux et ce que nous partageons ou plutôt partageons peu quand nous sommes tous les deux.

Le cérébral, le platonique ne peuvent remplacer le contact physique qui est aussi la meilleure façon de montrer ses sentiments à l'autre et qui témoigne de l'équilibre d'un couple.

Refusons de nous tuer lentement.

Je t'aime Samira, et j'aimerais que tu t'investisses dans mon analyse pour trouver une réponse et retrouver de la passion, de l'envie, du plaisir entre nous et ainsi laisser une place à l'espoir d'une vie meilleure et de séparations plus faciles à gérer ».

À cet instant, Benji se demandait si Mélissa était une femme dangereuse ou pouvait représenter un danger. Non pensa-t-il, Mélissa semble être au contraire une femme redoutablement intelligente et fine, de plus, d'après le peu ou le beaucoup qu'il avait vu d'elle, la sensualité et l'aura qu'elle dégageait pour son goût de l'exposition. Chacune de ses photos jouait un rôle, une invitation à entrer dans son cercle de séduction et cela fonctionnait à merveille ! D'autant plus que les mots de ses récents courriels poussaient aussi au toucher, au goûter, à l'écoute de sa voix et surtout de ses gestes. Ses photos lui font réaliser le pas qui mène au cœur de son cercle d'influence, mais également qui pénètre l'imaginaire et forme une composition très tentante à jouer à l'infini.

Dangereuse ? Peut-être après tout, car jamais Benji n'avait précisé qu'il souhaitait un nu, il pensait même au contraire qu'un portrait était parfois plus intime qu'un nu anonyme. L'interprétation que Mélissa avait faite de sa demande avait été toute autre, mais sa démarche était tout aussi intéressante, en ce sens qu'elle allait terminer par le portrait qui serait un gage de confiance gagnée au fil des échanges.

Elle aimait se prendre au jeu, à l'évidence, et s'imaginer dans quelle disposition son esprit pourrait être. Savoir sans savoir, attendre, espérer aussi sans être comblée et être comblée sans s'y attendre. C'est par cette magie qu'elle était attirée, celle qui rend dépendant de l'autre au point de se faire capturer comme un poisson dans les filets.

5

***

Toi bourgeoise née de ma première pensée

Cette lettre vous est destinée, très chère Mélissa, et vous ayant pris pour une bourgeoise délurée au tout début de nos échanges, je trouve pour la circonstance le vouvoiement plus approprié et l'exercice excitant et amusant.

Je ne suis en rien offensé par le mot « baiser » et je crois que beaucoup de gens ne font que baiser en posant le label amour sur un acte qui n'en est pas. Je pense que beaucoup d'expériences sexuelles que vous avez vécues sont des vrais actes d'amour envers votre couple et que peu de personnes sont capables de donner tant à l'autre. C'est vrai que j'ai parfois, en raison de ma différence d'âge, une conception un peu dépassée de l'acte amoureux, mais vous enseignez très bien… Et l'honneur que vous me faites en m'attirant sur de nouveaux sentiers me conduira sans doute à m'améliorer.

Je crois que baiser peut-être un délice ou un enfer. Dans les deux cas, nous retrouvons notre animalité, nous nous laissons guider par

La trajectoire du hasard

la bestialité, à la limite de nous laisser entraîner dans la relation mâle/femelle et dans les deux cas, c'est profondément jouissif. Il faut être assez honnête pour le reconnaître, il y a une forme de délices à retirer les masques les uns après les autres pour se livrer nu à son désir ou ses pulsions…

Dans le premier cas (le délice), la relation nous porte vers la jouissance simple, guidée par nos sens et l'orgasme devrait nous laisser un goût sauvage dans la bouche. Mais chacun des protagonistes est dans son monde mental personnel !

Le second cas (l'enfer) est plus complexe, il s'agit d'accepter de descendre dans son mal au lieu de le refuser. Tant pis si on ne ramène rien sauf peut-être de la douleur mâtinée d'une jouissance réelle à la suite d'orgasmes multiples. Le but est d'explorer, de fouiller au fond de soi. L'essentiel c'est la quête, se sentir vivant à défaut de se sentir aimé.

Finalement, j'aimerais tellement retrouver une façon sincère et honnête d'aimer pour pouvoir refaire l'amour avec un grand A tout en jouant des délices quand nos corps trouvent l'harmonie.

Je peux vous raconter, peut-être un peu longuement une de mes aventures anciennes que je qualifierais de baise, car si le plaisir a été réciproque pour nous deux, chacun était dans son monde. Je ne peux restituer celui de la dame, mais je vais essayer d'être aussi proche que possible de ma psychologie de l'époque.

Lorsque je monte dans ce train anglais, au départ de Londres vers Brighton, je me dis que nous sommes loin du TGV. Je me retrouve dans un train divisé en compartiments. Lorsque j'entre dans le compartiment indiqué sur mon billet, elle est déjà installée, seule, à un coin couloir. Je passe devant elle sans lui prêter attention et, du regard que je lui jette de ma place près de la fenêtre, je retiens seulement qu'elle est une femme vêtue de noir. Assurément, elle n'est pas de celles qui jouent de la jeunesse, ou de la beauté, ou du charme, ou de quelque provocation dans la mise, le maquillage ou l'attitude pour exciter la curiosité. C'est pourquoi je la vois, mais ne la regarde pas.

Le train parti, et aucun autre voyageur n'étant entré dans le compartiment, elle vient s'asseoir en face de moi. Je n'en ai aucun plaisir et suis même agacé à l'idée que je ne peux plus étendre mes jambes à mon gré. Cela ne m'incite pas à davantage d'intérêt, et je me replonge dans mon livre. Tout ce que je relève alors, c'est qu'elle n'a pas de bagages, seulement une de ces boîtes munies d'une poignée qui correspond au style démodé de la personne, qu'on appelait vanity-case.

Toutefois, aussi indifférent que l'on soit, ou se veuille, on ne partage pas impunément avec une autre personne un espace aussi exigu et clos qu'un compartiment de chemin de fer.

Rien ne peut faire qu'on ne soit sensible à sa présence, même immobile et muette, même si le bruit du train couvre celui des pages du livre qu'elle tourne ou le crissement d'une étoffe.

Mon dossier la masque ; ses pieds seuls sont visibles. Accolés, posés bien plats, ils sont chaussés d'escarpins noirs. Des chevilles, je remonte aux genoux, à peine visibles sous la jupe bien tirée et des jambes gainées de noir.

Vous me savez voyeur et certes assez fétichiste et je dois convenir que tout a commencé là, au regard jeté sur les escarpins : s'ils ne m'avaient pas intrigué, je n'aurais pas délaissé mon rapport pour l'examiner à la dérobée, feignant de m'intéresser au paysage.

Je vois une femme dans la maturité de la quarantaine, bien en chair avec ses rondeurs, vêtue d'un strict tailleur noir, à la jaquette de style officier, boutonné jusqu'au col, et d'un chemisier blanc dont les poignets dépassent de la veste, les traits réguliers, mais sans charme, moyens en tout sauf le menton un peu lourd, la chevelure blond cendré tirée en un gros chignon sur la nuque.

Bien calée au fond du siège, elle se tient le dos droit, les jambes jointes. Une bourgeoise aisée ou une vulgaire nymphomane ! Sérieuse, ayant horreur du laisser-aller, austère peut-être, en tout cas soucieuse de respectabilité.

Son apparence a quelque chose de désuet : la coiffure qui, certes, n'est pas à la dernière mode ; le teint pâle, sans le moindre hâle, sans non plus de maquillage, ni aux lèvres, ni aux joues, ni aux yeux ; les ongles sans vernis, les mains sans bague ni alliance ; et la liseuse de maroquin qui protège son livre : un objet plus guère en usage au point de se demander s'il ne s'agit pas d'un retour dans le passé.

Il n'est pas jusqu'à ses formes, trop généreuses, qui ne sont plus au goût du jour.

C'est, me dis-je, l'épouse d'un notable d'une petite ville où mes préjugés ont la vie dure : une tenue sans éclat parce qu'on s'y défie des m'as-tu-vu ; pas de maquillage, cela donne un mauvais genre au point de me demander si elle ne va pas finir par m'agresser !

Je ferme les yeux jusqu'à obtenir la personne que je souhaite en face de moi et remplace volontiers cette hautaine bourgeoise par la mienne : elle s'appelle Mélissa, la quarantaine également, mais au teint et au regard ombrés de Méditerranéenne, avec ses rondeurs qui font son charme et fort heureusement davantage dans le temps. J'ai l'impression qu'il me suffit de penser très fort à elle pour l'obtenir, un peu comme on fixe le point blanc au centre d'une peinture en rémanence.

Le contrôleur passe peu après et je cesse, pour un temps de m'intéresser à elle. Quand je la regarde de nouveau, elle n'est plus Mélissa et a changé de position. Elle est assise de biais, tournée vers le couloir. Sans doute a-t-elle ainsi pivoté pour tendre son billet, et est-ce par l'effet de ce mouvement que la jupe s'est légèrement retroussée, laissant voir l'amorce de la cuisse après le creux du genou.

La sensualité de ces quelques centimètres de chair habillée de noir me déroute.

La trajectoire du hasard

Se peut-il qu'une femme de notable soit désirable ?

Se peut-il qu'elle ait un corps qui excite la convoitise, un cul, des seins, qu'elle soit fendue entre les cuisses ?

Et se peut-il qu'elle-même ait des pensées lubriques ? Qu'elle connaisse la jouissance, qu'elle y sacrifie ?

J'incline pour le non, malgré mes découvertes récentes dans le genre. Cette femme ne me semble pas de celles portées par la bagatelle. Distante et froide, sévère et digne, j'ai de la peine à l'imaginer dans les abandons de la volupté ; si elle s'acquitte de ses devoirs conjugaux, ce doit être sans élans. Des sens, même peu exigeants, l'auraient incitée à un minimum de coquetterie. Or de coquetterie dans sa mise, pas le moindre indice. Il semble même qu'elle veille soigneusement à se garder des plus banales. Le tailleur est de qualité, mais sans élégance, et aucun accessoire n'en atténue l'austérité. Ses cheveux sont coiffés, sans plus. D'autres, se préférant naturelles, refusent le maquillage ; peu, en âge de plaire, garderaient des sourcils si drus et se couperaient les ongles ras. Et combien pousseraient la simplicité jusqu'à se refuser le plus discret bijou ?

Ce serait un paradoxe de désirer une femme qui s'interdit si visiblement de plaire. Pourtant cette cuisse que je devine ne laisse pas de m'émouvoir. À l'arrondi, trop tôt interrompu par l'ourlet de la jupe, mais qu'il est bien tentant de prolonger en pensée jusqu'à la fesse, on la pressent pulpeuse et dodue. Et ces escarpins auxquels je reviens : est-ce leur décolleté qui, découvrant la naissance des orteils, suggère une semi-nudité ? Ou la finesse des chevilles que souligne l'anneau des brides, comme deux bracelets ? Ou ces brides elles-mêmes entrecroisées comme des liens, qui évoquent quelque jeu libertin ? Leur discret érotisme, si mal assorti à celle qui les porte, donne à rêver.

Par deux fois, elle refuse le dialogue, me signifiant clairement d'un geste et du regard de la laisser en paix. Je me résous à l'ignorer.

La trajectoire du hasard

J'y serais peut-être parvenu sans ses escarpins et le retroussis de la jupe qui attirent mon regard ; et si je ne l'avais pas surprise à me lorgner par-dessous, bien qu'apparemment toujours absorbée par la lecture de son livre. Je me persuade qu'elle réagit à mon insistance à guigner ses jambes, et qu'elle y soit sensible m'oblige à réviser l'idée que je m'en suis fait. Car une femme de notable ignorant le désir resterait sourde à celui des autres ; en conséquence, elle ne l'est pas, femme de notable. Du reste, n'aurait-elle dû avoir une alliance ; et pour le moins un bijou discret, mais témoignant de son aisance ; et montant à Londres, des bagages ? Elle n'est donc pas la provinciale que j'ai cru et sa distance à l'égard des modes témoigne de son indépendance d'esprit, plutôt que des préjugés de son milieu.

C'est mieux ainsi : renonçant à mes premières suppositions qui bridaient mes fantasmes, je peux désormais leur donner libre cours. Quant à ses rebuffades, je n'ai pas à m'en soucier, n'ayant d'autre ambition que de rêvasser sur les charmes qu'elle me laisse si peu entrevoir.

Des charmes cependant on ne peut mieux défendus. Car, pour avoir changé de condition sociale, elle n'en est pas devenue plus accueillante. La sévérité de sa figure et de sa mise rebute et décourage d'évoquer sa nudité, aussi vertement qu'elle-même repousse un prétendant. On doute que son visage puisse trahir quelque émotion et son tailleur austère, outre qu'il ne révèle rien de ses formes, n'est pas de ces parures dont on a plaisir à dépouiller une femme. Jusqu'à ses jambes qui se dérobent maintenant à ma fantaisie : la pensée qu'elle est habillée de l'inviolable collant finit par m'occuper davantage que le retroussis de la jupe, jusqu'à en effacer l'attrait. Et, sans doute, mon imagination, à court d'alimentation, aurait délaissé ma compagne de voyage, si je n'entrevois un éclair de peau nue : elle vient de croiser les jambes et la jupe, relevée un bref instant de son geste, a révélé la cuisse un peu plus haute. L'image n'est que fugitive ; mais

La trajectoire du hasard

j'ai bien vu : elle porte des bas. Bien sûr, j'aurais pu soupçonner que celle qui persiste à protéger son livre d'une liseuse désuète n'a pas cédé à la mode du collant. Mais l'usage en est en ce temps si unanime qu'il est téméraire de supposer qu'une femme ne s'y range pas.

Ainsi sous cette triste étoffe sombre s'étreignent deux cuisses majestueuses, quasi nues, car les bas ne montent que peu au-dessus du genou, radieuses dans leur blancheur immaculée, douillette au toucher, fraîches ici, chaudes là, enflant leurs muscles d'être serrées l'une contre l'autre, indolentes au repos, comme à cet instant, et cachant pudiquement son sexe, mais déjà humide - qui sait ? – dominante et possessive ! Des cuisses voluptueuses que les jarretelles embellissent et qui ne demandent qu'à s'ouvrir face à moi ; aurait-elle envie de moi, me dis-je ?

Cependant, elle poursuit sa lecture, insoucieuse, semble-t-il, de l'examen dont elle est l'objet. Même le désordre de sa jupe ne semble pas la préoccuper.

Je m'en étonne, pour avoir souvent observé ces gestes instinctifs par lesquels une femme s'assure de la décence de sa mise, lissant sa jupe sur les fesses ou la tirant sur les genoux ; celle-ci s'en abstient, alors même qu'elle est assise en face d'un homme. Il faut croire que sa lecture l'absorbe au point qu'elle oublie ce voisinage. Car, sinon, cela veut dire qu'elle fait exprès d'exhiber sa cuisse ; comme peut-être elle a fait exprès de lever le genou un peu plus haut qu'il n'est nécessaire lorsqu'elle a croisé les jambes pour me provoquer ; des suppositions absurdes, d'une dame respectable.

Le grincement des freins interrompt mes méditations : le train ralentit pour s'arrêter dans la seule gare intermédiaire, à Crawley.

Je m'inquiète : si elle descendait ?

Elle me manquerait.

Et si un voyageur s'installe dans notre compartiment ? C'en serait fini de notre intimité et comment pourrais-je poursuivre mes rêveries, libertines dans le secret de notre tête-à-tête, graveleuses en présence d'un tiers ?

Elle ne bouge pas de sa place, aucun intrus ne pousse la porte du compartiment, le train repart.

Mais elle a changé de posture. Décroisant les jambes, elle s'est de nouveau calée droite sur le siège, la jupe soigneusement tirée. Ramené au point de départ de ma contemplation – les pieds joints dans ses escarpins noirs, l'entrelacement des brides et les chevilles prisonnières, les jambes lisses et les genoux ronds – je me fais l'effet d'un enfant que l'on rappelle brusquement à la sagesse, après l'avoir encouragé à se dissiper. Mais alors que je fixe le petit triangle d'ombre que délimitent la jupe et les genoux accolés, je vois ceux-ci s'écarter, à peine, dans une disposition qui demeure fort décente et peut n'être justifiée que par un relâchement de l'effort de les maintenir étroitement serrés, mais qui crée entre eux un espace.

Et cet espace suggère un cheminement au point de deviner son désir monter brusquement jusqu'à devenir incontrôlable.

Alors j'imagine, pris d'abord dans la gaine miroitante des bas, puis nu, l'arrondi en fuseau de ces muscles qu'on appelle adducteurs, renflés par l'appui sur le siège, muscles malléables au repos, mais tendus dans l'amour quand les jambes s'ouvrent pour accueillir l'amant, et plus encore quand elles le ceinturent et l'emprisonnent. Je rêve que j'en éprouve la douceur sous ma main, là où la peau est la plus sensible et délicate, que j'en suis le galbe jusqu'à cette inflexion qui dégage l'entrée de l'antre caché sous un buisson touffu de boucles d'or, antre humide et chaud, où il fait bon se perdre dans la liquidité douillette, sexe aux deux lèvres de nacre, rondes, pleines, ouvertes sur d'énigmatiques secrets : sexe, pour l'instant voilé par quoi ? Une banale culotte de nylon blanche ? Un minuscule triangle de dentelles qui laisse les fesses nues sous un porte-jarretelles soulignant les rondeurs du ventre et de ses fesses ?

Perdu dans mes divagations, j'en suis venu à l'oublier, je jette un regard sur ces magnifiques paysages de la campagne anglaise du Comté de Sussex qui défilent lentement. Puis je reviens sur les bas noirs bordés de dentelle, imagine que la chair dodue des cuisses blanches, que le triangle rose tendu par le renflement du sexe, est d'une autre femme, que je fais à mon gré plus aimable et plus désirable, sans cet air revêche que mon vis-à-vis porte encore sur elle, quand je suis rappelé à l'ordre : elle pose son livre, déboutonne sa jaquette et, s'étant levée, l'ôte ; puis, dos tourné, hissée sur la pointe des pieds, elle range sa veste bien à plat dans le filet ; enfin, elle se penche pour fouiller dans son vanity-case.

Les reins cambrés, puis pliée en avant, la jupe moule les rondeurs d'une croupe épanouie et généreuse, j'en admire l'opulence quand elle se rassoit. Le chemisier, strictement boutonné jusqu'au col, échoue à dissimuler de glorieux seins de femme, seins de la maturité sûre d'elle-même, seins lourds, remuants. Je suis attentif à ses moindres gestes, déplorant qu'elle en soit avare dans mon impatience de les voir s'animer. Pour moi, ils sont nus, aux larges aréoles sombres, mobiles, mais fermes, pesants dans la main qui caresse, ô combien désirables.

J'ai ainsi le plaisir de découvrir que ce corps, pour peu qu'on ignore le visage sévère, est désirable tout entier, et pas seulement jusqu'aux hanches. Mais je paie ce plaisir de ma tranquillité : mon trouble grandit jusqu'à m'importuner. Quel chemin parcouru depuis mon premier regard sur les escarpins noirs ! D'une curiosité où j'ai vu le moyen de me distraire de plus agréable façon qu'en étudiant mon rapport, je suis passé à des rêveries qui, pour érotiques qu'elles soient, restent un amusement sans conséquence. Puis peu à peu, cette femme a occupé

La trajectoire du hasard

toutes mes pensées et c'est devenu une obsession, au point qu'il me semble cruel de la quitter sans l'avoir vue nue.

Et voilà maintenant qu'enflammé par le spectacle de ses seins, je suis torturé d'un appétit sans espoir, écartelé entre la nécessité de la posséder et la vanité d'y prétendre.

N'y tenant plus, je sors du compartiment. Je tente de me raisonner : si je termine le voyage dans le couloir, si je ne l'ai plus sous les yeux, je finirai bien par lui échapper. C'est compter sans son désir qui, loin de rendre les armes, m'oblige à rêver, imaginer, espérer.

Elle ouvre la porte. Sans même s'excuser, elle se glisse entre moi et la barre d'appui de la fenêtre, de face, et, bien que je m'efface autant que je peux, elle s'appuie sur moi, comme déséquilibrée par une oscillation du wagon, écrasant ses seins sur ma poitrine, et en même temps plantant son regard dans le mien.

Pour la première fois, je vois ses yeux, mais égaré par la brusque impulsion de l'enlacer et, aussitôt après, par le regret de n'y avoir pas cédé, je n'en remarque pas la couleur, ou l'oublie sur-le-champ. Elle disparaît au bout du couloir. Sans doute va-t-elle aux toilettes ! Le temps passe, elle ne revient pas. Je suis inquiet à l'idée qu'elle ait pu changer de wagon, lassée de mes regards indiscrets. Pourtant elle n'a pas remis sa veste, qui est toujours dans le filet. Je cours au bout du couloir, elle n'est pas dans les toilettes dont le verrou n'est pas mis. En hâte, je franchis le soufflet, parcours l'autre voiture. Je ne la vois pas. C'est la dernière, je rebrousse chemin.

La porte des toilettes est entrouverte : elle en est sans doute sortie pendant que je la cherchais dans l'autre voiture et elle a regagné le compartiment. N'en pouvant plus d'incertitude, je me décide à entrer. Elle est là, j'en reste stupide, elle tourne le verrou tranquillement. Elle veut de moi, se dénude, d'abord le chemisier qu'elle déboutonne, révélant, tels que je les avais rêvés, deux seins opulents, elle agit posément, méthodiquement, comme si elle était dans sa chambre à

La trajectoire du hasard

s'apprêter pour la nuit. C'est ensuite la jupe qu'elle dégrafe, qu'elle descend, tortillant de la croupe, découvrant l'arrondi du ventre, l'abondante fourrure du sexe, car elle ne porte aucune de ces culottes que je me suis plu à imaginer, puis les cuisses radieuses, enfin les bas noirs, fixés par une large jarretière, ornée de dentelles, qu'elle garde, ainsi que ses chaussures. Ainsi parée, elle se tourne et, bien d'aplomb sur ses jambes ouvertes en ciseaux, se penche en avant, en appui, bras tendus sur le couvercle de la cuvette.

En tendant vers moi ses fesses plantureuses, elle m'invite à la servir.

Elle demeure indifférente à mes premières caresses, ma main sur ses fesses, ses seins ou dans son sexe, ne la fait pas réagir. Je comprends que je fais fausse route ; cette femme n'est pas de celles qui se plaisent à tels préliminaires ; préférant aller droit au but, son unique désir est d'être enfilée, d'emblée et sans fioritures, d'un pénis le plus gros et le plus dur possible.

Excédé du mépris qu'elle me témoigne, je m'emporte ; c'en est assez de cette comédie. Je la sabre brutalement, la besogne à grands coups de reins rageurs. Sous mes assauts, ses fesses tressautent, ses reins bringuebalent, mais elle les supporte, impassible, solide comme un roc, statue arrimée aux socles de ses jambes et de ses bras sur la cuvette.

Car elle ne fait pas l'amour, elle se fait bourrer, pour son plaisir, à elle seule, soucieuse seulement en ployant les genoux, en s'ouvrant davantage, en poussant le cul en arrière, d'être fourrée plus profond. Il y a de quoi enrager : je m'empare de ses nichons, non pour réaliser un fantasme qui m'a longtemps occupé d'en éprouver le poids, de sentir leur chaleur, de régler leur ballet, de rouler dans mes paumes les pierres dures de leurs tétins – il est bien trop tard pour cela – mais les malmener, les torturer, en pincer les bouts, les tordre, avec l'espoir de la faire crier, se plaindre, se rendre à merci. Peine perdue : le seul résultat de ses cruautés est qu'elle tourne vers moi son visage

La trajectoire du hasard

et me regarde avec sur les lèvres un vague sourire ironique qui dit : va ! Va toujours ! J'en ai vu d'autres et tu n'auras pas le dernier mot.

En désespoir de cause, fermant les yeux, je m'efforce de l'oublier, elle n'est plus humaine et je continue ma besogne, sans autre ambition que de jouir en elle.

Brusquement, elle se dégage. Joignant les cuisses, elle s'accoude au couvercle de la cuvette, haussant davantage les fesses. À cette vue, j'ai le désir violent de la prendre autrement, rêve qu'elle le veut, repris par ma timidité n'ose croire une telle extravagance ; mais comme elle demeure à attendre, ondulant de la croupe, pliant un peu les genoux pour mieux se mettre à portée, j'empaume ses fesses, les écarte, je risque un doigt. Elle dit « oui », un oui sec, bref, un ordre plutôt qu'une permission.

Alors je la sodomise.

Sans ménagement.

Assise sur le siège, la chevelure en désordre, les bas déchirés aux genoux, elle attend. Je comprends que je dois la laisser.

Quand elle regagne le compartiment, son chignon est refait, elle a changé de bas, rien dans sa mise ou son attitude ne laisse soupçonner ce qui vient de se passer. Elle se plonge dans la lecture. Je cherche quoi lui dire. Ne trouve rien qui ne me semble incongru et prends le parti de me taire.

Peu avant l'arrivée, elle sort du compartiment, sans un mot ni un regard. Je songe que je ne connais le son de sa voix que par le « oui » prononcé avant que je la sodomise et ses râles de plaisir.

Descendant du train à mon tour, je la vois sur le quai aller au-devant d'un grand jeune homme à l'allure sportive.

Son fils peut-être ?

Non. La façon dont il l'enlace et l'embrasse à pleine bouche n'a rien de filial.

Ils s'éloignent et se perdent dans la foule. (Désolé d'être aussi littéraire !).

Je crois qu'avant de connaître votre expérience et de tenter d'en suivre quelques traces, j'avais abordé avec Samira plusieurs pistes parallèles, tout compte fait pas si éloignées de vos aventures. De la même veine, mais volontairement non abouties ni poussées à l'extrême comme vous l'avez vécu et le vivez sans doute toujours. Je m'étonne même de ne pas avoir compris plus vite, plus facilement vos expériences décrites dans le magazine, car en regardant de plus près, nous les avions abordées de façon plus légère avec ma femme.

6

***

Venise avec toi

Gare de Venezia, je m'apprête à rejoindre mon amante officielle qui est en mission dans la ville mythique. Venise est une ville en sursis, décrite, racontée, peinte, photographiée pour ses gondoles et les pigeons de la place Saint-Marc.

Au bas des marches de Santa Lucia. Le grand canal est à mes pieds. Animation, appel des bateliers, reflets des lumières sur l'eau. Je monte dans la première vedette pour me rendre à mon hôtel.

Dans n'importe quelle grande ville, à sept heures du soir, ce ne sont qu'embouteillages et coups de Klaxon.

Ici, je flotte au propre et au figuré. C'est plus beau, plus excitant encore que dans mon imagination.

J'aperçois des façades richement ornées, penchées sur leur propre image. Ponte Rialto et Ponte della Accademia. Palais des Doges à bâbord, la vedette vire à tribord, vers la Giudecca.

Un semis de lampions roses trace le chemin jusqu'au ponton privé de l'hôtel : Ai Reali buona sera…

La trajectoire du hasard

Je rejoins mon épouse qui, travaillant à Rome pour deux semaines, a pu ainsi combiner sa fin de séjour ici à Venise et profiter du carnaval qui tombe sur cette période. Deux soirées sont prévues à notre agenda, l'une professionnelle et déguisée ; la seconde, offerte par le père d'un collègue italien, masquée comme toute fête en saison de carnaval.

Pour cette dernière soirée, à la demande de ma femme j'ai descendu de Paris une robe réalisée par un de ses amis couturiers qui est si échancrée qu'elle dénude plus qu'elle n'habille. Elle n'a jamais eu l'occasion de la porter. Je ne sais encore si elle la mettra ou non pour la soirée, mais la seule idée nous excite vraiment très fort tous les deux.

J'ai profité de mon séjour à Milan pour lui offrir des Manolo Blahnik. Mais ne sautons pas les étapes. Il y a le plaisir de se retrouver quand elle sait s'extraire de l'indifférence. Plaisir si peu souvent renouvelé en raison des trop fréquentes séparations.

Nous descendons bien tard pour dîner. Elle a passé sa petite robe noire.

La balade nocturne dans ce décor si splendide est merveilleuse. Demain, la ville se met en habit de fête.

Retour à l'hôtel, loin de l'agitation touristique. Notre chambre ouvre sur un joli jardin, les lustres vénitiens, le bouquet de fleurs, les chocolats et le champagne sont autant de gourmandises qui accompagnent le délice de la silhouette dégoulinante de ma femme sortant du bain chaud dans la grande baignoire ronde et de la voir se couvrir d'un tanga blanc et nuisette courte.

… Le lendemain matin, journée solitaire et touristique pour laisser ma femme terminer son rapport de mission. Je me suis fondu dans la foule qui s'écoule le long de La Riva Degli-Schiavoni… Les Vénitiens donnent libre cours à leur fantaisie, se promènent dans la

La trajectoire du hasard

rue (surtout place Saint-Marc) en costumes de toutes sortes, somptueux parfois (vêtements authentiques du 18e siècle) ou inventés avec trois fois rien. Je rencontre des couples enlacés masqués : ils se lancent des mots, jouent entre eux. Je me sens hors-jeu, exclu. L'habit fait partie du jeu… Comme promis, ma femme termine tôt. La soirée n'est pas pour tout de suite, mais nous décidons de passer nos déguisements et sortir dans la rue. J'enfile une belle veste rouge à brandebourgs, un tricorne et un masque. Nous sortons et enfilons les ruelles en suivant nos envies et dégustons quelques fritelles pour nous réchauffer de ce froid glacial. Une sorte d'euphorie nous prend, une gaieté, une joie, une envie de rire, de taquiner les autres, de se faire taquiner. Pour participer au carnaval, il faut absolument jouer le jeu, se déguiser n'importe comment et se promener dans la rue. C'est une expérience grisante : nous faisons des rencontres inattendues, entraînés par les autres masques, qui nous invitent à danser, à chanter. Les mots fusent, les surnoms ou sobriquets… Un compagnon, habillé un peu comme toi, surgit à tes côtés et nous faisons la paire… Rencontres inattendues, un vieux monsieur en roi Soleil, attendant qu'on lui tire la révérence. Un jeune homme très beau, habillé en organe génital féminin, chuchote dans l'oreille des passants les vers obscènes de Giorgio Baffo, célèbre poète vénitien. Et toujours plus de groupes de masques habillés en gâteaux d'anniversaire, des diables et diablesses… et naturellement tous les regards vides des « baute », le masque traditionnel vénitien qui rend les gens absolument méconnaissables et toujours plus inquiétants…

Nous nous extirpons de cette folie collective et quittons la rue avec tristesse, mais la soirée doit être déjà commencée. Soirée de rêve dans le splendide décor d'un palais vénitien. Valets et soubrettes qui circulent entre des centaines de personnes richement déguisées. L'absence de masque et les raisons professionnelles rendent la soirée un peu coincée, mais j'imagine qu'une fois qu'ils seront sortis, la baute placée devant le visage, la folle liberté va reprendre les esprits de tous ces gens…

Le jour suivant, on se lève tard. Ma femme continue de travailler, téléphone portable relié à l'oreillette, dossier ouvert sur le bureau de notre chambre. Elle porte pour mon plaisir les Manolo que je lui ai achetés à Milan. On dit qu'entre un vibromasseur et une paire de Manolo, une femme choisira toujours la paire de Manolo. Pourquoi ? Parce que ses talons aiguilles de douze centimètres, pointus, ouverts, offerts, bridés, débridés, sont autant de symboles d'une sexualité déviante, pas directe – du trouble, pas de la baise. Pourquoi autant de succès pour ces talons immensément fins ? C'est parce que ce créateur est l'un des seuls à toucher directement leur première zone érogène : le cerveau.

Lorsque Olivier, le directeur du projet nous avait invités à cette soirée du Carnaval, il pensait surtout attirer sa collaboratrice, Valérie, qui pendant plusieurs semaines avait été sa maîtresse et le reste encore épisodiquement, au gré des fluctuations des besoins de l'un ou du moral de l'autre.

Personnellement, je n'avais aucune envie de me rendre à cette soirée au Palazzina Grassi sur le thème de l'érotisme et du libertinage. Mais tout changea lorsque je réalisai que je pouvais voir le comportement de ma femme, son exhibition en présence de son Boss et de personnes proches de son milieu professionnel sans pouvoir être reconnue. Nous étions en plein rangement de notre nouvel appartement et elle tomba sur cette robe sculptée sur elle par un ami couturier d'une telle indécence que jamais elle ne l'avait portée. Par défi, elle lança qu'après tout, comme nous serons masqués, elle pourrait la porter. Excité par l'idée qu'elle puisse se libérer ainsi, je sautai immédiatement sur l'occasion pour l'encourager à mettre en valeur son corps qui me faisait toujours rêver comme aux premiers jours.

De nouveau, il ne fallait surtout pas réfléchir, mais réagir à la sensation (réfléchir est mon principal défaut). Et cette dernière était une bouffée érotique et j'étais certain qu'elle était commune. Plus tard, elle me dit qu'elle n'avait pas de chaussures pour aller avec une telle robe. C'était à la fois vrai et faux. Un soir, en allant au théâtre avec des amis, nous avions rejoint le théâtre de l'atelier par Pigalle venant de place Clichy où nous avions dîné au Zépler. Au milieu des sex-shops, nous étions tombés sur un magasin de chaussures spécialisé pour les fétichistes des talons hauts. Je fis la remarque à mon épouse que ces chaussures iraient à merveille avec sa fameuse robe. Elle eut un sourire énigmatique… Au lit plus tard, nous en avions reparlé. Jeu de mots qui se transforma en jeu de langues et…

Aussi, cet après-midi à mon plus grand plaisir de voyeur et à son propre plaisir cérébral, elle déambule, shorty noir et bustier, hissée sur ses talons qui s'allongent, des brides qui sautent, des peaux fragiles, des lanières qui couvrent la cheville. Situation d'autant plus érotique qu'elle continue de dialoguer par téléphone avec des correspondants qui doivent l'imaginer devant un bureau et en tailleur classique.

Ces chaussures sont de vrais objets de désir, ou plutôt de fantasme (vu leur prix!). Il y a quelque temps, je pense que ma femme aurait refusé de jouer ce rôle d'ultra féminité. Elle avait donc le choix entre celles-ci et les Manolo.

Lorsque ma femme enfile la robe, elle est stricte, structurée, mais comme elle met les fesses en valeur grâce au décolleté, elle a l'impression d'être plus nue que nature. Si elle l'avait été, il y aurait eu une unicité. Alors que là, elle se sent impudique. Je sens qu'elle a

La trajectoire du hasard

peur et est excitée en même temps. Elle me dit que cette robe est incroyable : le décolleté de la poitrine comme celui des fesses reste en place. C'est la chute de ses reins qui est surtout mise en valeur. Elle n'est ni scandaleuse ni choquante, juste insolente. Vu le décolleté des fesses, elle affiche une totale nudité sous l'étoffe.

Lorsqu'elle laisse son manteau au vestiaire, le silence se fait et lorsque nous entrons dans la salle principale, il y a un même blanc dans les conversations. Le trouble nous assaille, je sens ma femme se raidir et l'encourage à mi-voix. Je suis admiratif de son gracieux et provocant courage. Elle l'a fait pour nous, pour elle aussi. J'imagine à peine ce qu'elle peut ressentir sous ces regards qui la dévorent, elle, qui aime si peu ça dans la vie quotidienne. Mais là, elle les attire à volonté, peut-être pour mieux les tuer. Nous dansons ensemble longuement. Pendant un moment, elle décline les invitations des autres cavaliers, mais plus tard elle finit par accepter. Les partenaires, j'en trouve aussi, profitant de l'aimant qu'est ma femme à cet instant. Ces femmes sont attirées par de fausses croyances, pensant que ma compagne est toute dévouée à mes fantasmes. Quelle erreur ! Car ce sont d'abord et avant tout les siens. Ce qu'elle fait ce soir, c'est faire sauter quelques verrous sexuels. Cette surexposition est à la fois périlleuse, mais beaucoup moins dangereuse qu'il n'y paraît. Lorsqu'elle me revient, et quoique je le sache déjà, j'apprécie qu'elle me dise le plaisir sexuel qu'elle prend dans le survoltage que connaissent ses partenaires de danse. Plusieurs lui ont fait des déclarations érotiques, voire obscènes, ou l'ont juste félicitée de sa beauté et du merveilleux moment qu'elle leur offre. Plusieurs lui ont fait sentir leur désir physique, elle m'avoue qu'elle s'est moquée de plusieurs, qu'elle en a félicité un sur son outil qu'elle devinait énorme… Et puis juste nous nous sommes de nouveau séparés, gardant contact du regard. Mais ma femme n'était pas la seule vêtue avec élégance et érotisme. Pour la première fois, je retrouvai des robes que l'on voit dans les défilés de haute couture, où les poitrines sont demi-nues, offertes sous de la transparence de la dentelle. Ma femme me raconta plus tard dans le luxe de notre chambre d'hôtel qu'aux toilettes plusieurs femmes lui avaient fait des propositions. L'une d'elles l'avait caressée sans invitation. J'avoue que je souffris énormément pendant cette soirée, non de jalousie, mais à force de bander. Durant la soirée, j'étais fier de son courage, de sa force à porter tous ces regards et j'eus même un bref instant envie que son Boss profite de la circonstance des masques et déguisements pour lui toucher les fesses et l'entraîner dans un endroit retiré où j'aurais pu les suivre à l'abri de leurs regards. J'essayais d'imaginer ses sensations, ses sentiments juste même si je pensais cela impossible. En moi, il n'y avait qu'elle. Le plaisir qu'elle m'offrait, car même si elle faisait une grande partie pour elle, elle le faisait également pour moi. D'ailleurs, l'effet érotique de la soirée nous a tenus éveillés jusqu'au train pour la montagne où nous attendaient nos proches dans le chalet familial de Valmorel.

Vous voyez Mélissa, c'est soft, mais pas si loin de l'esprit de certaines de vos envies, de vos sensations.

Pour vous parler de moi plus directement, je crois que je réfléchis trop, que j'intellectualise trop, au détriment parfois de l'action et plus souvent au niveau des sensations. Dans l'action, je visualise trop comme si j'étais un spectateur, un voyeur. Aussi, je charge trop mon cerveau, aux dépens de l'impression physique, du sens réel. Aussi, parfois, la jouissance est plus pauvre qu'elle devrait l'être.

Dans le sexe, j'adore les idées « d'interdit » réelles ou imaginées. J'adore donner du plaisir, me glisser dans les fantasmes de l'autre, même si parfois la pauvreté des fantasmes m'oblige à mener les débats. Je préfère utiliser mes doigts et ma langue que mon sexe en raison de la multiplicité des sensations. Je peux passer des heures à caresser, lécher, sucer le corps d'une femme sans être obsédé par l'idée ou l'envie de la pénétrer. J'aime aussi le faire, mais ce n'est pas un acte obligé.

Est-ce une sensation que vous avez lorsque vous pratiquez la fellation ? Mais j'adore les mille sensations lorsque je caresse de ma langue, de mes lèvres, de mes dents, le clitoris d'une femme, de mener le jeu, d'être en prise directe avec l'ensemble de son corps et de son cerveau, de dominer le plaisir qui monte. J'adore la proximité de l'anus, le découvrir, le déguster et aller aussi loin que possible en lui. J'aime caresser, lécher, prendre dans ma bouche les seins. Chaque femme est unique dans son désir et rien n'est plus complexe de trouver la clé de son plaisir. Il faut soit suivre ses directives (oh, plaisir d'être qu'un simple objet de son plaisir !) soit s'abandonner à l'écoute de son corps, de ses non-dits, de ses désirs non exprimés. Et là, vous devez ressentir l'autre en vous.

Beaucoup d'autres choses m'attirent, m'excitent. Le fantasme dont je vous ai déjà parlé est fortement ancré chez moi, celui d'être pris par une femme ayant passé un godemiché autour de sa taille. Je me rends compte que ce désir de domination, voire d'homosexualité latente n'est pas du goût de mes partenaires auxquelles j'ai proposé directement ce jeu. Non qu'elles aient refusé, mais aucune n'est arrivée un jour avec l'objet. Certaines femmes, y compris mon épouse aiment dominer, mais sont prisonnières de leurs convenances. Je ne pense pas que ce soit votre cas. Vous allez au-delà pour vous découvrir et j'aime cela en vous. Vous comprenez aussi pourquoi votre trio m'interpelle, car sa réalisation est au cœur de mes propres fantasmes, mes propres interrogations. Nous aurons, je l'espère, l'occasion d'y revenir.

En général, je reste ouvert aux plaisirs et je n'arriverais pas à me limiter à un seul rôle. Celui de dominateur exclusif a fini par me lasser.

Je m'aperçois que je n'ai parlé que de sexe. Il y a plein d'autres choses dans ma vie. Je t'en ferai part.

13 décembre

Mélissa, as-tu chaviré avec moi hier soir, tout mon corps a flambé comme tes coquilles avec ce qu'il contient de réceptif à tes pensées profondes. Tu m'as bien fait voyager et je t'y ai invité, j'espère que Mike ne s'est pas aperçu de ma présence, à moins que tu lui aies parlé à plusieurs reprises de ton fantasme durant vos ébats.

Je suis flatté d'avoir été un instant le deuxième amant. C'est la première fois que je me suis senti dans le virtuel ainsi transporté dans l'Orient Express, chaloupé dans une gondole et présent dans ton lit King Size.

Je suis intrigué par ton prénom Mélissa, de quelle origine es-tu ?

Je t'attends sans mettre en péril ton équilibre et j'espère que mon récent songe ne va pas compromettre une rencontre, car plus on se raconte et plus je m'aperçois que je suis passé d'une frustration à une autre, je veux dire celle née du malaise dans ma vie privée à celle qui consisterait à ne jamais savoir qui se cache sous cette si belle plume.

Baiser à toi Mélissa.

Me revoilà enfin l'esprit plus libre Benjamin. Quelle soirée studieuse, même si mon esprit a vagabondé de temps à autre. Je réponds à tes questions et je digresse aussi, ce qui fera certainement baisser la température…

Mon prénom est d'origine d'Afrique du Nord, plus précisément d'Algérie, ce doux pays où il fait bon vivre… non là, c'est du mauvais esprit et humour au dixième degré et forcément j'en pense l'inverse bien que la situation tende à s'améliorer depuis quelque temps.

Donc, en fait, je suis née il y a 37 ans, à Paris.

La trajectoire du hasard

Alors que dire si ce n'est que je fais partie de cette chère génération que la masse politique majoritaire appelle issue de la discrimination positive. Je hais cette expression comme je hais le terme intégration, l'idée même du terme suppose l'inverse puisqu'il n'est là que pour souligner cette différence de souche, si la réalité était, la question ne devrait même pas se poser. Passons… donc j'ai toujours vécu à Paris, et effectivement, je connais très peu le pays de mes racines, même la langue ne m'est pas familière, enfin, la version littéraire, seul le dialecte m'est plus familier. Le comble c'est que j'ai en particulier fait des études de langues étrangères, je maîtrise bien mieux les autres langues, donc, que celle de mes origines. Mais c'est ainsi. Donc ceci explique aussi que je sois en ménage avec un Français, hormis le hasard, l'amour et les circonstances de la vie, je n'aurais pu être avec une personne qui n'ait pas un esprit ouvert.

Même à cette heure tardive, tu ne mets pas en péril mon équilibre et ne prends rien de mon temps libre.

Qu'est-ce qui t'ennuie réellement ? Tu crains que j'aille trop loin dans mes éventuels futurs récits ? Que cela m'implique de façon si impudique que te rencontrer ensuite serait une gêne pour moi ou pour toi ? Ou encore que tu ne sois plus aussi intrigué que tu le penses et de ce fait que tu puisses en arriver à ne plus désirer une possible rencontre, est-ce cela l'idée qui émerge ?

Rassure-toi sur un point, tout ce que je te raconte vient spontanément et je n'ai pas calculé l'envie et je n'ai rien fait pour me retenir jusqu'à présent, mais n'est-ce pas toi qui t'es invité hier soir ? Ce qui se dit maintenant se construit au fil de nos échanges.

Ma décision de te voir se fera dès qu'elle sera réellement prise et qu'elle concordera avec ton souhait bien entendu. Je t'ai dit une fois que je tenais toujours mes promesses, je te le redis, c'est vrai. Le moment viendra où je t'écrirai que j'aimerais te rencontrer, si ton envie est toujours présente, alors ça se fera, je te l'assure.

La trajectoire du hasard

Et un sourire, mes lèvres sont toujours tendues vers le sourire, car je crois que je t'imagine en train de lire et j'imagine tes expressions, et je pense : va-t-il aimer ce que je lui raconte ? Parce que j'ai envie aussi que nos échanges à venir soient piquants, vifs, qu'ils donnent encore faim d'une suite, quel que soit le sujet abordé, que nous discutions sexe ou érotisme, littérature ou que sais-je encore….
Baiser.

14 décembre

Bonjour Mélissa,
Je suis désolé, mais hier soir, je me suis endormi, mes journées commencent parfois très tôt et je n'ai pu suivre ton rythme. Quelle endurance !! Mais en te lisant ce matin, j'ai beaucoup regretté de n'avoir pas tenu le coup.
Je ne sais pas si ton endurance est à toute épreuve, mais j'ai remarqué les horaires de tes mails et pour le reste, je ne serais pas étonné que tes désirs, tes plaisirs de la vie te donnent une énergie décuplée.
Je ne sais pas par quel bout commencer tellement la vie est parfois bizarre, étrange.
La plus étrange des choses, le plus grand des paradoxes est que je suis marié à une femme d'origine tunisienne de trente-sept ans et je rencontre sur le Net une amie d'origine algérienne de trente-sept ans et quand je dis amie, je n'imagine pas notre niveau d'amitié disparaître, ni même diminuer. J'ai pu deviner une personne engagée et entière parfois dans ses propos. Pour ma part, haïr est un mot fort, trop fort, et le seul fait de l'entendre est un début d'intolérance, je suis sensible à ce terme, car c'est un peu comme s'il vous ôtait la vie. Mon

ex-femme l'a prononcé à mon égard une fois quand j'ai décidé de partir, elle n'avait rien vu de ces années où elle nous a lentement tués.

Tes origines me font dire que l'on peut croire au mektoub. Je me servirais volontiers de ce mot pour me protéger, nous protéger de cette amitié particulière naissante dont on ne sait dire aujourd'hui comment elle est née, si ce n'est que j'ai répondu à ce récit de Mélissa il y a quelques jours et que ce n'est pas cette réponse qui pouvait me faire penser que j'allais trouver ce que je venais chercher, à savoir une personne réceptive, une confidente pour échanger des mots, des mots crus, parfois des phrases, des fantasmes, d'échanger sur la vraie vie, y compris sur le sexe, sans préjugés ni tabous.

Ensuite, j'étais sur le point de te demander d'essayer de découvrir nos signes astrologiques, non pas que j'y connaisse quelque chose, mais je me suis amusé à regarder dans une revue spécialisée pour savoir à quoi tu pouvais correspondre et tu peux me croire, j'allais te demander si tu étais scorpion. Tu pourras, si cela t'amuse, te lancer sur le sujet si tu en connais assez sur moi.

Mélissa, tu as le frisson et j'ai le même frisson et j'aime ça jusqu'à me faire peur.

J'avais deviné que tu ne pouvais avoir un partenaire d'origine arabe, car tu aurais dû vivre tes fantasmes en silence et de manière générale, je comprends qu'il te faut un partenaire à la mesure de ton ouverture d'esprit. Quel plaisir cela doit être de te côtoyer, d'être ton collègue, ton ami...

Rassure-toi sur une chose également, je n'ai jamais pensé que tu pouvais être une calculatrice et ma crainte vient effectivement du fait que je sens que tu te lâches, que nous nous lâchons jusqu'à faire l'amour ensemble virtuellement et que tu pourrais être gênée que l'on se rencontre et que de ce fait, on ne se rencontre jamais.

Ma crainte est levée et si cette rencontre se produit, je peux même dire quand cette rencontre se produira, car je sais maintenant le poids de ta parole et le sens tes mots, nos sourires ce jour-là seront identiques.

Je vais te faire rire, mais je fantasme depuis longtemps sur JLO, je l'ai déjà dit à ma femme en lui faisant l'amour, en revanche, j'attends toujours le moindre contact et je suis sûr aujourd'hui que je prendrai un café avec toi avant JLO.

Oui, j'étanche ma soif avec tes mots et j'ai faim de celle qui délivre des mots, mais ta bouche ne suffit pas à combler ma faim de toi-même si je veux continuer de te lire, je veux aussi t'écouter, t'entendre, aller à la rencontre de ton corps, effleurer ton corps de mes lèvres, mais laisser un temps ce léger voilage entre ta peau et ma bouche, pour doucement te découvrir et je viens de m'apercevoir que j'ai dépassé la limite tout aussi virtuelle entre le fantasme et la réalité, mais je n'effacerai rien.

J'aimerais savoir ce que tu penses de l'infidélité, où commence-t-elle selon toi et quelle serait la limite prenant en compte ta vie, cette vie que tu partages avec Mike. Sans vouloir anticiper ni influencer ta réponse, nous avons tous droit à notre jardin secret et j'ai le sentiment qu'il est important de le conserver. Aussi, tu me laisses parfois finir tes phrases comme si tu voulais qu'elles contiennent mes mots, sans doute pour que j'ajoute l'épice nécessaire au mets que tu nous prépares, mais je me sens un peu comme l'équilibriste sur son fil et si je laisse paraître une certaine assurance, je me garde bien d'être sûr de moi.

J'ai toujours autant de plaisir à te lire, Mélissa, et je ne crains pas du tout que tu ailles trop loin.

Ose… Osons…

Baisers.

La trajectoire du hasard

    Depuis un certain temps, lors de nos ébats, j'ai effectivement l'envie d'un autre amant à mes côtés, je pense très sincèrement que c'est de la gourmandise de plus en plus prononcée. Mike est très réactif, comme beaucoup d'hommes, au visuel, mais également aux paroles, infiniment réactif, et je sais que lorsque je lui dis avoir envie du sexe d'un autre homme en sa présence bien sûr, cela le fait réagir follement. De même, lorsque je lui décris ce que je veux qu'il me fasse, lui comme mon deuxième amant, il est emporté et devient encore plus endurant et doué pour me combler... Parfois, je lui parle aussi d'une autre femme, il a toujours voulu me voir avec une autre femme, c'est d'ailleurs pour cela que mon récit dans la revue a commencé par une histoire entre jeunes filles. Je lui ai parfois susurré des invitations à faire l'amour avec une autre femme et il me mentirait s'il me disait que cela ne l'inspire pas.
    Je pense d'ailleurs qu'il aimerait en fait deux femmes et lui, il n'aime pas l'idée d'un contact avec un homme. Soit l'homme serait voyeur, soit lui cèderait sa place et deviendrait le voyeur.
    Mais tous ces fantasmes de trio ou de quatuor n'ont jamais été vécus, le désir de passer à l'acte est exacerbé au plus haut point lors de nos jeux érotiques, j'ai le sentiment qu'effectivement si quelqu'un était présent à ce moment où nos corps réclament encore plus de luxuriante volupté, nous le mêlerions à nos étreintes.
    Autrement, je n'ai pas parlé de toi précisément à Mike, je lui ai souvent dit que j'aimerais un autre amant sans le lui cacher, cet autre amant a toujours été un inconnu en général, sauf qu'hier j'avais décidé que ce serait toi. Mes envies ne l'ont jamais choqué dans le feu de l'action. Nous en avons déjà discuté tranquillement devant un café, les années passant et les sentiments semblant si acquis, cette idée ne nous effraie pas a priori.
    Pour ma part, seule la crainte de la déception m'assaille. Une telle expérience souffrirait de la médiocrité. Si cela devait se faire, alors

La trajectoire du hasard

ce serait d'une force, d'une douceur et d'une découverte qui devra combler mon imagination. Et le choix est certainement peu évident.

Donc, en résumé : non, je n'ai jamais concrétisé et oui, je suis coutumière d'en émettre le désir lorsque je fais l'amour....

C'est à cette forme de « luxure » que je faisais, entre autres, allusion dans mon récit.

Tu as dit avoir faim, mais alors ta crainte se serait-elle évanouie ? ....

As-tu eu des expériences passées en virtuel qui n'auraient pas abouti par une rencontre attendue, est-ce pour cela que tu émettais une crainte dans le mail précédent ?

J'ai soif, je vais boire un verre d'eau. Je te laisse étancher la tienne avec mes mots... à défaut d'avoir assouvi ta faim. Pense à mes lèvres et....

Benjamin, j'espère avoir répondu comme tu aimerais... tu vois, je pense à toi, j'ai fait un petit break sur mon travail, pour te faire signe et te faire encore patienter, je te promets de revenir un petit peu plus tard ce soir.

Aurais-je la chance que tu me lises et surtout que tu sois disponible pour me lire ?

Je l'espère, et par la même occasion, pourrais-je calmer ta « faim » d'en savoir toujours plus...

Peux-tu encore résister, douce torture, non ?

Des questions à mon tour et doux baiser pendant cette attente.

Je suis encore au bureau, alors j'ai l'occasion de venir voir si tu es passé.

Je suis gentiment déçue de ne pas te lire....

Mais je ne désespère pas avant mon départ du bureau...

À toi.

La trajectoire du hasard

Ne sois pas déçue Mélissa, je suis arrivé tard et reviens de dîner, j'en ai long à te dire avec tout le retard que j'ai pris et je m'y attèle maintenant.

J'hésite à me lancer dans une analyse de compatibilité des signes pour avoir cru possible une entente parfaite avec une femme Verseau, pour finalement basculer dans une harmonie beaucoup moins évidente du Taureau

La femme Scorpion, j'hésite dans ma définition et je vais plutôt faire une synthèse du Scorpion et de Mélissa.

Experte à en faire rougir, insatiable, elle considère l'acte charnel comme un élément essentiel de son bonheur. Elle vous invite au voyage, aucune demi-mesure dans sa manière de manifester ses sentiments. Elle aime son partenaire avec passion, fuit tout ce qui lui semble sans saveur.

Elle aime les instants forts et magiques, elle aime être séduite, gagner son cœur est un combat qui nécessite expérience et courage.

Mon attirance pour l'Afrique est née, il est vrai, de mon premier voyage en Côte d'Ivoire pour y courir le marathon d'Abidjan en 1992. À part cela, j'ai passé six ans en Asie avant de revenir travailler en Afrique (Nigéria et Angola), et je retourne régulièrement en Thaïlande pour des missions comme c'est le cas en ce moment. La plupart du temps, je le passe sur des plateformes, des bateaux, quelquefois en chantier à terre. Mes journées font souvent 12 à 14 heures et aucun repos en quatre ou cinq semaines selon le roulement, mais ensuite, la décompression est totale pour une durée identique, c'est pourquoi je dis finalement travailler à mi-temps et c'est d'ailleurs le ressenti de mes voisins qui ont l'impression de toujours me voir.

Tu ne t'es pas complètement lâchée, tant mieux, mais il est vrai que nous n'avons défini aucune frontière, excepté celle où je disais que l'on pouvait arrêter l'un ou l'autre si cela nous affectait.

La trajectoire du hasard

Amour virtuel : celui où tu me fais une place dans tes fantasmes en faisant l'amour avec Mike ou quand c'est moi qui m'invite dans une avalanche de propos débridés. En revanche, le téléphone rose avec toi ni personne, mais je veux bien que tu me donnes un numéro ou t'appeler dans la journée ou le soir sur le bateau.

La crainte de se rencontrer autour d'un café à mon retour en France ?

Je ne comprends pas trop ou alors je perds le fil après t'avoir lue, car tu essaies de me faire comprendre qu'il n'y a pas de crainte à se rencontrer après avoir franchi la barrière intime à l'image de nos propos avec une personne. Ensuite, je lève ma crainte après m'avoir rassuré dans ton précédent mail et puis de nouveau, c'est toi qui me dis maintenant que ta crainte n'est pas levée complètement contrairement à moi. Tu sais Mélissa, tu n'as aucune crainte à me dire que tu n'aimes pas le café.

JLO, c'est du fantasme purement irréalisable et prendre un café relève de la fiction, c'est pour cela que tu avais le droit d'en rire. Le fantasme avec le voisin est plus facile à réaliser même s'il ne se concrétise jamais et celui avec Mélissa reste un mystère, mais il est assouvi par correspondance, en partie.

Mélissa, j'ai juste été attiré, charmé par sa façon d'écrire, de se livrer, son don pour la plume.

J'ai besoin de m'extérioriser, car j'ai des périodes dites de « home sick » pour reprendre la formule à l'anglaise qui définit le mal du pays, le mal de la maison dû à la séparation des miens puis pour le côté déprimant, de ne voir aucune végétation, mais juste une ligne d'horizon. Tu ne peux savoir ce que l'on ressent de vide parfois et cette rotation-là, j'avoue qu'elle passe bien mieux que toutes les autres grâce à toi. Je redoute pourtant que notre source d'échange se tarisse, non pas qu'on n'aura plus rien à se raconter, mais qu'on aura l'un ou l'autre, envie de se parler, de se voir et que ça ne se fera pas.

La trajectoire du hasard

Eh bien, voilà qu'à nouveau, je crains....

Je suis un signe d'air que j'utilise pour attiser ton feu.

Ta partie sur l'infidélité, je me suis contenté de lire attentivement et de résumer :

Je retiens que tu es capable d'embrasser quelqu'un sans considérer que tu trompes Mike.

Que la barrière entre la tentation et la concrétisation est énorme, quoi de plus normal de s'interroger et finalement ne jamais la franchir.

Que tu sois capable d'avoir une expérience sexuelle avec quelqu'un si Mike est au courant et je note que tu as bien dit : expérience sexuelle et non faire l'amour, plutôt réservé à l'être aimé ou encore pour un fantasme, le virtuel en question.

Je suis un homme et je suis pourtant en grande partie d'accord avec toi à quelques différences près : tu sembles avoir abandonné ton jardin secret puisque ce que tu pourrais t'accorder est soumis à l'approbation de ton homme.

Enfin, pas tout à fait, puisque tu t'accordes nos échanges sans qu'il le sache. Je te répète que je ne veux pas me sentir responsable de ton retard pour rentrer le rejoindre, je m'en voudrais trop.

Enfin, je n'ai pas à aimer ou pas ce que tu dis, mais j'aime en débattre comme tu le fais pour mes propos et ainsi apprendre à nous connaître.

Et sur mon signe astrologique, tu avances ou bien tu hésites ?

Merci, merci, Benji, pour ces sublimes paroles, j'ai aimé tout ce que tu as écrit, sans aucune contradiction avec mes pensées, ton signe ne doit effectivement pas être évident à trouver, j'en ai cependant une idée, et je n'avancerai qu'un signe pour commencer : Balance. Je n'en connais que peu donc je ne sais pas ce qui me fait le choisir, excepté une amie, mais pas d'homme de ce signe dans mon entourage.

Cela étant, je me réserve le choix de t'en proposer un autre quand je t'aurais relu entièrement ; celui-ci correspond déjà à la sensibilité que je ressens, mais je ne suis pas connaisseur en signe et autres sciences astrologiques.

Moi aussi, j'ai accumulé du retard et perdu un peu le fil, à mesure que nos mails arrivent en se croisant, quasiment du direct parfois et pour reprendre ta réplique sur le mektoub comme tu le dis, oui le destin est, sans être une fatalité, il est, et c'est très bien ainsi, mais cela n'engage que moi.

Allez, c'est dit, pourquoi je pense que tu es Balance et qu'est-ce qui te caractérise donc.

Je t'ai dit que ma meilleure amie était Balance, très sincèrement, j'ai pensé à ce signe bien que je ne sache pas si l'homme et la femme de signe Balance ont beaucoup de traits communs, mais voilà ce que j'en ai dessiné comme principaux traits :

Patient et attentif, souvent en retrait, disons observateur, aimant à être conforté, généreux avec les gens qui lui sont proches et doutant parfois très fortement de manière générale, mais de lui aussi.

Alors j'ai été séduite de savoir et d'imaginer que tu pouvais avoir un signe identique à une amie très chère, tout me laissait supposer que notre amitié naissante pouvait être vraiment très belle. Devrais-je dire « peut-être vraiment belle ».

Ensuite, dans un de ces sursauts qui me sont familiers, je me suis dit, trop de coïncidences, alors j'ai opté pour mon propre signe, puis celui de Mike. Ce qui n'était pas anodin comme choix, des signes que je connais et qui forcément regroupent aussi quelques-uns de ces traits, enfin je suis revenue à mon idée initiale.

Baisers Benji.

La trajectoire du hasard

Je suis un signe d'air que j'utilise pour attiser ton feu, toi Mélissa, tu es un signe d'eau pour l'éteindre ou plutôt pour le contrôler quand il le faut, ce qui me fait dire que tu crains que la situation t'échappe, c'est un peu égoïste, mais j'ai hâte que tu sois seule, juste pour moi, c'est d'autant plus drôle de dire cela alors que l'on ne se connaît même pas, enfin que l'on ne s'est jamais rencontrés. D'ailleurs, ce n'est pas vrai, on doit se connaître depuis longtemps tellement j'ai l'impression que ça fait plus de deux semaines, trop bizarre, du jamais vu en ce qui me concerne.

Si je suis en retard au rendez-vous ce soir, ce sera à cause du travail, mais en aucun cas pour une autre raison.

Bisous à mon rayon de soleil.

15 décembre

Me revoilà, Benjamin, après m'être introduite entre tes lignes pour répondre à tout ce qui suscite ta curiosité.

Ma volonté, ma joie de vivre, ce sont elles qui me font apparaître comme une personne endurante. Il est vrai que je ne veux pas me laisser envahir et je veux essayer de profiter de la vie autant que lorsque j'étais célibataire, alors je suis en quelque sorte obligée, pour mon plus grand plaisir. Je suis d'accord avec toi pour ce qui est de la norme, à quelques différences près, concernant le sexe sous toutes ses facettes, j'ai toujours eu des discussions très ouvertes et sans tabous avec mes plus proches amis. Je n'ai en revanche pas eu de jeux virtuels avec ces mêmes amis. Cependant, avec un couple, qui est nos meilleurs amis, les discussions sont encore plus intimes. Je crois que seul le fait que nous nous connaissons si bien retire toute

La trajectoire du hasard

attirance érotique, autant les ambiances sont électriques et nous inspirent, mais jamais le désir de se rapprocher physiquement n'est arrivé, nous ne le faisons que par nos discussions.

Au fait, qu'est-ce qui t'a fait me cerner comme un Scorpion dans nos échanges ? C'est pourtant souvent un signe qui fait fuir, non ?
Tu sais Benjamin, je ne me suis pas encore lâchée pour le moment, je suis devenue plus intime dans mes propos, mais loin de la frontière que tu imagines… qu'entends-tu par faire l'amour virtuellement ? Par mail, par téléphone ?

C'est surprenant ce que tu me dis dans un premier temps, parce que je sais qu'ensuite ta crainte est levée, mais je vais rebondir sur tes premiers propos parce que je pense au contraire que quand on a franchi une barrière aussi importante avec une personne, il n'y a pas de gêne possible, les rapports sont plus francs, plus honnêtes, tout se vit bien mieux. Imagines-tu vraiment qu'un homme aborde une femme inconnue dans la rue simplement pour discuter comme entre amis ? Certes, il peut y avoir un paramètre qui fasse qu'il ait envie de rompre sa solitude, mais ensuite quel est le critère de son choix : le hasard ou la préférence pour telle femme, et ensuite ? Son choix sera dicté aussi bien consciemment qu'inconsciemment par le goût, si son goût a pour référence le physique, ce système de sélection se fera naturellement. La surprise vient ensuite, soit le choix physique est en harmonie avec l'intellect, soit non, mais si c'est le choix physique qui a prédominé sa décision, quel en était le but ? Celui, à un moment lambda, de pouvoir se rapprocher physiquement de cette femme. À un rythme plus ou moins lent, parce que la société a des dictats qui obligent à une bienséance, mais au bout du compte, la première recherche c'est l'harmonie physique, puis sexuelle et quand ces deux facteurs sont réunis, l'harmonie cérébrale, et la fusion font

La trajectoire du hasard

qu'un couple se forme. Je simplifie, mais ces trois paramètres, qu'ils soient simultanés ou décalés, aboutissent à cela souvent quand ils sont réunis. Du reste, certaines personnes ont la franchise de leurs désirs et beaucoup sont ainsi, je pense que c'est ce qui explique aussi l'explosion des comportements et l'augmentation des clubs libertins. Ce n'est plus mal considéré, c'est considéré comme des mœurs d'une certaine catégorie de personnes qui s'assument, soit comme une mode qu'il est de bon ton de ne pas ignorer, à défaut d'y participer, pour ne pas être considéré comme coincé. C'est valable pour les pratiques sexuelles, en fait, il y a des années de cela, j'imagine que la sodomie ne devait pas être considérée comme autre chose qu'un acte dénaturé… la religion le soutient toujours et la loi dans certains États d'Amérique du Nord également. Regarde, si l'homosexualité est réprouvée, plus personne n'est banni ou emprisonné en France ou en Grande-Bretagne, mais demande à Oscar Wilde comment il a vécu la sienne. Je digresse, mais c'est un débat qui est si riche, que pour conclure sur ce thème, c'est la crainte du regard de l'autre, l'hypocrisie aussi et l'intérêt qui font que certaines personnes refusent de s'affirmer comme elles sont.

L'infidélité je n'en sais rien, j'ai toujours dit une chose, la plus importante à mes yeux est celle du cœur et du cerveau. Je ne supporterais pas qu'un homme feigne de m'aimer, car c'est ce qu'il y a de plus dur à capturer et c'est la sève d'une relation, sexuelle comme amoureuse. On peut tout à fait être envoûté sexuellement, mais si les sentiments ne sont pas, alors, on cherchera indéfiniment à vivre un renouveau incessant. Mais dès que l'on est complètement amoureux d'une personne, c'est ce moteur qui va enrichir et renouveler la magie sexuelle. Mais je n'ai jamais trompé Mike, alors je ne sais pas réellement, enfin quand je dis tromper, je pense à faire l'amour. Autrement j'ai déjà embrassé d'autres hommes. Je sais que je fais tourner la tête d'un des ingénieurs de ma société avec qui, du reste, j'ai de très bonnes relations, et j'ai toujours été fortement tentée, mais rien ne s'est jamais concrétisé. Alors est-ce que je suis une femme capable ou ayant envie de tromper Mike, je ne sais pas, j'ai l'impression que non, j'ai surtout l'impression que je ne pourrais vivre cela que comme une expérience sexuelle qu'il connaîtrait et qu'il accepterait. Pour finir, je pense que je me soucie plus de Mike que de mon point de vue. Mais si franchement il me disait un jour : si tu as envie de prendre du plaisir avec quelqu'un d'autre… Je suis certaine que je le ferais, ce qui ne signifie absolument pas que je le ferais de façon récurrente, un peu comme le foie gras, de temps en temps dans l'année. Quoique dans mon cas, le caviar serait une meilleure image, car le foie gras est souvent accommodé et consommé dans l'année avec moi.

J'ai été bavarde et pas forcément comme tu aimerais, mais j'aime aussi le tison et j'aime en faire profiter et je continuerai à oser.

Je t'envoie mes baisers…

Mélissa, quelle subtilité dans cette plume, je l'adopte volontiers. Cette relation avec vos amis proches est en quelque sorte une forme de relation virtuelle en parole plutôt que par écrit, dans les deux cas, le geste n'est pas associé, donc se pose en barrière de protection.

7

***

Mélodie

Ces mots que je te murmure à l'oreille tout en caressant ta nuque de mes lèvres pour te laisser aller à faire un bout de chemin ensemble, celui-là même qui va nous emmener au Nirvana. Notre relation est basée sur la recherche du sublime, l'assouvissement de nos fantasmes devenu réalité après le crescendo de nos mails et dont nous avons pertinemment conscience tous les deux que cela peut que nous amener à braver tous les interdits.

À mesure que j'effleure de ma main tes seins nus sous le léger voilage qui les recouvre, je sens ton corps se contracter et je vois ta bouche s'entrouvrir comme pour dire non, je porte un doigt à hauteur de tes lèvres pour te demander de rester silencieuse, mon index touche tes lèvres pour les mettre en harmonie avec l'expression de ton regard et à ce moment, je perçois l'évolution de ton corps fondre, se détendre et répondre à ma caresse et la pointe de tes seins se durcit et se gorge de désir. Je me serre contre toi et cette étreinte répercute le désir naissant sur moi. Tu peux te rendre compte de l'effet et sentir

La trajectoire du hasard

mon érection monter, t'aidant de ta main pour te scotcher littéralement à moi. Il suffit de ce geste de ta part pour libérer les miens et tout devient plus facile à présent.

Nous nous ôtons l'un l'autre nos vêtements comme des fous, épris d'une pulsion si forte qu'elle en devient incontrôlable, sans nous quitter des yeux. Tu emprisonnes mon sexe entre tes mains, tout en me caressant alors que je t'embrasse, lèche tes seins et suce leurs pointes durcies, ce qui nous laisse échapper des gémissements de bien-être, prélude à l'orgasme à venir, qui témoignent de notre désir commun de gravir la gamme du désir jusque dans les plus hautes octaves. Je glisse une main entre tes cuisses qui répondent doucement à la caresse, me permettant de remonter jusqu'à ton entrejambe et un de mes doigts commence à explorer ton intimité, entrouvre ton sexe pour gagner ton clitoris qui, petit à petit, entre en vibration et se gorge à son tour de désir. Le plaisir charnel nous envahit, nous emmène dans une tourmente à en perdre la tête et me fait fléchir les genoux et me voici à tes pieds, ton corps se cambre et tes cuisses s'ouvrent pour mieux m'offrir tes lèvres que ma bouche vient toucher pour embrasser ton pubis, lécher ta fente et me délecter de ta saveur, tu ressens la chaleur de ma bouche, ton frissonnement monter et graduellement, ma langue vient titiller ton clitoris pour doucement t'amener à l'orgasme. Je sens ton ventre se manifester et répondre à mes caresses, les diriger jusqu'à faire couler ton nectar que je reçois sur ma langue comme une offrande.

À mesure que ma langue te pénètre, mon doigt continue de faire monter ton orgasme, tu laisses échapper des petits gémissements de plus en plus prononcés jusqu'à crier ton plaisir.

Je me relève, nous nous étreignons, nous embrassons et nos corps se croisent et se décroisent, puis tu te laisses aller à genoux devant mon sexe durci que tu prends dans tes mains et dans ta bouche et

La trajectoire du hasard

j'aime te regarder m'engloutir goulûment. J'ai souvent pensé à cette magistrale fellation dans mes moments de solitude et de plaisirs solitaires, je sentais ta langue monter et descendre le long de ma tige et tes mains me caresser en même temps. Cette fois, je vis de façon intense ce moment et tu me rends bien le plaisir que je viens de te donner juste avant, sans oublier le plaisir que j'ai aussi éprouvé à te faire jouir. Tu te délectes à ton tour de mon sexe pendant de longues minutes et j'accompagne ton rythme.

J'ai envie de te prendre, tu as envie de moi et nous basculons ensemble, nous oublions tout dans ce moment qui nous appartient, ce moment que nous avons construit ensemble.

Tu me prends la main, ouvres tes jambes et j'investis tes cuisses et mon sexe caresse tes lèvres intimes et ton pubis presque timide puis tu me prends dans ta main et tu me diriges dans ta fente, tu me fais la démonstration que tu te donnes sans retenue, que tu as envie de moi, d'un autre sexe que tu commences à enfoncer en toi en me disant : Baise-moi Benji, je veux te sentir en moi. À ce moment, j'ai compris que je n'allais pas te faire l'amour, mais j'allais te prendre, te baiser comme tu me l'as demandé et c'est ce qui permet de faire la différence avec l'être aimé, même s'il peut t'arriver aussi de demander la même chose à l'homme de ta vie pour pimenter les rapports. Ma queue que tu as rendue si raide avec ta bouche et tes mains auparavant et ta demande expresse m'ont terriblement excité et je te pénètre en imprimant un rythme que je contrôle dans ton sexe, tout inondé et chaud de désir. Je me sens si bien en toi que je me retiens pour penser à ton plaisir, tu me supplies de ne pas arrêter et nous nous perdons dans un long échange haletant. C'est trop bon ce plaisir partagé, de nouveau je me sens partir.

Tu m'entraînes maintenant, me prenant par la main, tu t'agenouilles sur un fauteuil puis me dit : Prends-moi aussi comme cela et tu m'offres tes fesses impudiquement. Je caresse ton œillet déjà tout mouillé, je m'agenouille et je dilate délicatement ce petit trou qui s'offre à moi avec un doigt, je ne résiste pas à l'envie de te lécher, me délecter de toi encore et encore pour te faire partager de nouveau ce plaisir qui va monter en nous et j'aime te faire vibrer avec ma langue insistante quelques minutes en t'écoutant haleter, je me remets à ta hauteur pour pénétrer avec délicatesse ton sillon dans lequel je m'enfonce entièrement en reprenant mes mouvements que tu accompagnes et nous réalisons ensemble ce fantasme commun évoqué auparavant et je te pilonne au gré de tes gémissements et quand je te sens partir au septième ciel, je me répands en toi avec un orgasme si puissant qu'il fait cogner mes tempes.

Nous nous enlaçons allongés en souriant, respirant au même rythme, ravis d'être allés au bout de notre fantasme.

Il est maintenant évident que nous renouvellerons notre rencontre, à l'abri dans notre jardin secret.

Mélissa,

Pour revenir sur Oscar Wilde, que tu as cité, cela me fait penser à ce qu'il a dit du mariage, je le cite : « les hommes se marient par fatigue, les femmes par curiosité : tous sont déçus ! », encore un sujet de méditation… Moi qui ai vécu l'événement deux fois, suis-je si fatigué, dois-je m'interroger sur la déception de mes deux épouses successives ?

Tout à coup, ma curiosité sur ta démarche est attisée : y a-t-il quelque chose qui ne tourne pas rond en ce moment dans ton couple, je me suis posé un instant la question et j'ose te le demander.

Non, Benjamin, il n'y a rien qui ne tourne pas rond, qu'ai-je pu écrire qui laisserait penser que quelque chose me dérange en ce moment ? Peut-être que mes propos sur le signe astrologique étaient peu limpides. Non, je ne me plains sincèrement de rien. Ma vie est belle et je fais des rencontres passionnantes, dont une très récente, toi. Des choses à te confier, j'en aurais des belles, des intenses, certainement des coquines encore, et que sais-je d'autre, ce que le fil de nos échanges suscitera....

Finalement, ma confidence du jour sera : « J'ai un espace vide, un profond besoin de parler, de communiquer ».

Je reviens aussi sur certains de tes propos, je n'ai jamais abandonné mon jardin secret....

Et entre le souhait ou les principes et la réalité… il y a une frontière vraiment inconnue et c'est de cette variable dont la suite découlera, je n'essaie que d'imaginer que je la connais, mais je sais pertinemment que c'est faux. Disons que l'idée d'en parler à Mike est une façon de me garantir de ne pas tomber amoureuse de quelqu'un d'autre, parce que je ne sais pas si c'est possible, mais je ne sais pas non plus si c'est impossible. L'idée de cette transparence vis-à-vis de Mike me confinerait par pur confort dans une relation avec quelqu'un d'autre, uniquement basée sur la volupté, le sensuel et le sexuel, comme tu l'as deviné. C'est une façon de croire que je pourrai me protéger. Combien de fois par le monde ces deux petites phrases ont-elles été prononcées : « Je n'aurais jamais pensé » et « je n'avais pas l'intention de… »

Autrement dit, j'ai parfois besoin d'un glaçon pour éteindre mon propre feu… Que ferais-tu d'un glaçon, toi ?

Et ça s'entend bien les Balance hommes et les Scorpion femmes ? Qu'en dis-tu ?

Oh, Mélissa, je ne sais pas pourquoi, mais je me suis posé la question et je voulais me rassurer. Il m'arrive de m'interroger comme ça parfois et je n'ai aucune explication à te donner, mais même s'il n'y a rien, dis-moi tout.

Tu commences par la belle confidence, la confidence intense ou encore la coquine et tu vas vouloir savoir si je réussis à suivre.

J'espère que tu as bien décompressé pour ton jour de relâche et que tu as la « pêche » pour notre soirée.

L'entente Balance/Scorpion : une catastrophe, je crois. Non, je n'en sais rien et je suis incapable de mentir pour te rassurer sur le fait que l'on est à l'abri tous les deux, mais ne dit-on pas que la meilleure garantie est de ne pas tenter le diable ?

Cela dit, je crois que l'on ne peut pas être amoureux de deux personnes à la fois, à partir du moment où l'entente est là, ce qui n'était plus mon cas entre ma vie précédente et l'existante, je crois faire tout pour me faire aimer, mais je n'arrive pas à combler ce déficit qui rendrait harmonieuse notre vie de couple.

Mais je vois que tu veux que je déborde à mon tour avec le glaçon, j'hésite à répondre tellement j'ai l'impression que tu voudrais que je l'utilise pour caresser tes pointes de seins pour les durcir de désir…

À toi.

J'ai relu notre correspondance depuis le début, Benjamin, et tu m'inspires de nouveaux mots, alors, oui j'ai compris l'idée du fantasme avec JLO, paradoxalement, les hommes qui m'ont fait fantasmer n'ont jamais été des Brad Pitt ou des George Clooney, mais des hommes séduisants, associés à un fort charisme, c'est le charisme qui compte surtout à mes yeux…. C'est d'une force sans mesure pour vous envoûter.

Et ce n'est pas systématiquement donné à tout le monde et encore moins forcément aux hommes esthétiquement beaux. C'est à mes yeux valable pour une femme.

Tu peux t'extérioriser autant que tu le désires, c'est d'abord normal et cela me fait aussi plaisir que je sois élue pour être ta « confidente ». La nouveauté aide souvent dans cette démarche. Tu crains surtout que cette rencontre ne se fasse pas vite, c'est le sentiment d'urgence qui t'envahit… tu n'es pas un peu joueur ? Il faut pourtant l'être, car tu donnes l'impression de dire que nos échanges ne persistent en ce moment que dans l'attente de… ça sonne comme une fin programmée, une fin de quoi, mais peu importe, je ne m'inquiète pas de cette crainte et je te rassure. La seule raison qui ferait que tout s'arrête ce serait le choix ou la déception de part et d'autre, qu'en penses-tu ?
La suite à venir, je continue ma relecture....

Mélissa, si jamais la déception venait à la suite d'une maladresse, on peut écrire une charte qui nous donne droit à une erreur, mais aussi un joker à une question posée, qu'en penses-tu ? Pour éviter de tout démolir si ça devait nous arriver, mais j'en doute fort.
Je suis joueur, oui, un peu, mais je ne flambe pas, en revanche, j'aime associer ce subtil mélange d'élégance, de séduction et d'érotisme et je vais t'envoûter, mais je te promets que je te protégerais de tout excès et je ne serai pas le démolisseur de ce que tu as construit.
Tout est sincère, mais je ne manque pas d'air quand je dis que je suis l'homme de tes fantasmes.
Je ne finirais pas ta phrase, car ce que tu veux me faire écrire n'est pas vrai.
Une seule chose me vient à l'esprit aujourd'hui, c'est : faire l'amour

avec toi en virtuel, tendre mes joues vers les tiennes, effleurer tes lèvres, tenir ta main pour entrer en contact avec toi le premier jour de notre rencontre afin de confirmer que la magie des mots engendre la même magie des gestes.

Je reviens à ma question sur ton couple, je ne sais toujours pas pourquoi, mais je me la suis posée, disons qu'elle m'a juste traversé l'esprit, je voulais y revenir sans pouvoir progresser sur ce point, c'est juste que je t'ai vue un peu seule parfois et même si tu es comblée en amour, en plaisirs sexuels, j'ai ressenti que tu avais de longues soirées, voir des dimanches seule et qu'il te manquait une personne pour parler, écrire, t'épancher et même si tu as tes enfants dont tu as à t'occuper, tu as besoin de ton heure à toi, à défaut de pouvoir la partager avec ton homme.

Oui Benjamin, je le suis et j'ai été prolixe en t'attendant… au fait le voile concernait mon visage, tu as envahi ma nuit, c'était très troublant. J'ai pensé à toi dans ma voiture, en rentrant hier soir, tu étais constamment présent, je n'ai pas d'idée précise de mes pensées à ce moment, j'ai juste pensé à toi.

Ensuite, j'ai fait l'amour et j'ai sciemment pensé à toi et c'est drôle, mais en particulier lorsque Mike a voulu me prendre d'une certaine façon, j'ai repensé à la façon dont tu m'avais écrit cette même position avec ta femme. Et je t'ai imaginé à la place de Mike, et je ne sais pas pourquoi je t'ai imaginé si fortement.

Tu as raison dans ton analyse, contrairement à toi, je suis comblée sexuellement, mais il me manque des soirées comme celles que je passe avec toi, c'est évident, mais pour le sexe, l'appétit venant en mangeant, je suis une gourmande, attention à toi, Benji…

À toi.

La trajectoire du hasard

Si ça recommence Mélissa, il faut t'arrêter en milieu sûr et attendre que je m'efface, car c'est dangereux de conduire ainsi en pensant à autre chose. Si tu t'arrêtes, on recommencera.

Merci néanmoins de penser à moi si fort. Je pense aussi très fort à toi parfois dans ma cabine, mais je suis seul en lieu sûr et maître de tous mes sens et c'est sublime, surtout en t'écrivant et en te lisant.
Fais-moi peur, j'aime ça.
Baisers thaïs, mais on continue de se troubler n'est-ce pas ?

Complètement oui, on continue à se troubler Benji, je souris à tes questions affirmations, à choix multiples, tu es doué dans l'écrit, l'air de rien, comme cela tu passes, mais rien au hasard en tout cas.
Oui, je le redis, j'ai fantasmé fortement hier soir et je me suis endormie et au réveil tu étais encore là, alors aussitôt que j'ai pu, je t'ai écrit sans dévoiler quoi que ce soit de ma nuit d'amour et de mes rêves. C'était très agréable de m'imaginer avec toi et je reconnais que le fantasme de te sentir aussi intime aussi vite que cela a décuplé le plaisir que je versais sous les assauts experts de mon amant. Cette combinaison-là était curieuse et détonante, réellement. Et quel délice....
Je vais me chercher un Coca, je reviens dans 30 secondes... tu en veux un ?

J'ai soif de... Mélissa.

La trajectoire du hasard

Mets-en une goutte sur toi, attention, c'est un produit décapant, tu es en train de penser que j'empêche le liquide de s'écouler jusqu'à la frontière de l'interdit…

Non, j'entends ton appel et je laisse couler la goutte, jusqu'à la frontière de l'interdit qui au contraire n'interdit rien quand il a soif également.
Dis-moi Benjamin, imagine que l'on se connaisse et que tu t'en rendes compte, comment tu réagirais ?

La question est intéressante Mélissa, merci de me l'avoir posée.
Réponse politicienne, mais je ne me déroberai pas à cette attaque :
J'ai droit de fantasmer sur le Net et de vouloir te rencontrer
J'aime ma femme, Samira, et tu aimes ton Mike.
Personne ne trompe personne.
Mais tu sais que j'y ai pensé, et pas plus tard que tout à l'heure, quand Samira a répondu à mon mail et qu'elle m'a dit : Je t'aime, ne l'oublies pas, OK ?

Elle m'a mis le trouble et tu me mets le trouble presque en même temps, là il est vrai que tu m'as touché et j'en ai eu le frisson et c'est vrai que ce serait dommage de briser ce que l'on n'a pas cassé.

Ah, voilà une réponse qui se veut rassurante pour toi, on lève le bouclier ?

La trajectoire du hasard

Pas besoin de se justifier, et tu as tous les droits que tu t'autorises, et cela ne remet pas en cause tes sentiments envers ta femme ; qui aurait le droit de les remettre en cause à part toi ? Tu sais, si on se connaissait, ce n'est pas moi qui jetterais la pierre, en présumant de tes sentiments. Sois-en certain. Non, c'est juste pour l'ironie de la possible situation.

Je me disais en fait que l'on côtoie ou fréquente des personnes à qui on n'attribuerait pas certaines facettes, et les découvrir ainsi serait étonnant, voire constructif, qui sait.

Nous sommes d'accord, tu m'as tout autant troublée et c'est heureux, car cela prouve que nous sommes en vie et capables d'être toujours pris au dépourvu par soi-même et par autrui et cette idée me semble faire partie de l'essence même de la vie. Et puis zut ! Carpe diem.

8

***

Troublante solitude

Mélissa avait jeté le trouble avec sa question et Benji, même s'il restait persuadé de ne l'avoir jamais rencontrée, avait malgré tout passé en revue chacune de leurs connaissances féminines parmi la famille et leur cercle d'amies pour s'assurer, se rassurer et chasser cette idée un instant évoqué par Mélissa. Quel coup porté, probablement sans mauvaise intention, mais cela arrivait au pire moment, celui des deux semaines de présence offshore, le fameux cap redouté par Benji, un peu comme le mur psychologique des trente kilomètres chez les marathoniens.

Benji avait passé la nuit entière au travail pour faire face à une situation dégradée des installations qui avait affecté la production. Au prix du baril, il n'était pas envisageable de ne pas tout faire pour rétablir la production au plus vite, même au prix du sommeil, il suffit dans ces cas de se « shooter » au café et au Guronsan pour oublier la fatigue : de toute façon, Benji aurait certainement eu du mal à

La trajectoire du hasard

dormir cette nuit-là, après avoir quitté Mélissa sur le Net et sur cette troublante interrogation.

La situation enfin rétablie vers cinq heures du matin, Benji sort de son bureau qui surplombe la mer, accroché à la plateforme et qui donne directement à l'extérieur, sur une passerelle reliée au quartier d'habitations. La lune éclaire encore le ciel et Benji regarde ce magnifique reflet sur l'eau, accoudé à la balustrade. Hormis le ronflement incessant de la compression, quelque peu atténué à cet endroit par l'implantation de la salle de contrôle, Benji écoute les vagues se briser à rythme régulier sur les piles de la plateforme et il replonge au début de sa relation virtuelle naissante avec Mélissa, il ne sait pas trop où cette histoire va l'emmener, surtout s'ils décident tous deux de se rencontrer à son retour en France, mais, qu'importe pour le moment, cette rotation est la moins pénible de toutes celles qu'il fait depuis ses débuts dans l'offshore pétrolier, la moins solitaire, un peu comme s'il était accompagné, en tout cas si bien accompagné par la pensée. Au début, Samira lui envoyait parfois des photos dans des tenues sexy et érotiques pour l'aider à passer ce cap, loin d'elle, de son fils, de sa famille et de son environnement. Ce n'était pas très souvent, mais cela arrivait à l'occasion d'un anniversaire, une fête qu'il manquait, que sa femme lui fasse ce petit cadeau d'une photo coquine, mais depuis longtemps déjà, elle avait renoncé par pudeur, par crainte d'être découverte par un inconnu sur l'ordinateur de son mari, toujours est-il qu'elle ne savait pas ou ne voulait pas se prêter à l'exercice favori de Benji, celui de se dévoiler par la pensée dans les fantasmes et c'est précisément ce qu'il avait trouvé avec Mélissa, cette femme mariée, mère de famille qui occupait un poste de cadre dans son entreprise. Mélissa était pourtant d'origine identique, de culture identique et de confession musulmane et toutes deux très européennes dans le style, à la différence près que Samira était encore marquée des empreintes d'une éducation plus stricte, surtout pas très en rapport avec le « vivre avec son temps ». Benji tentait de se rassurer par sa démarche et cela lui faisait le plus grand bien de se dévoiler et oser parler, écrire, frissonner et délirer sur la vie, les choses de la vie, l'intimité de chacun, jusqu'à se donner des désirs mutuels.

Benji réalisait combien, par l'habillage intellectuel, il pouvait ainsi combler en partie sa frustration, et déballer sa vie, ses élans érotiques, ses pulsions sexuelles, avec Mélissa qui lui procurait un plaisir hors du commun, lui qui souffrait d'un réel déficit en la matière et qui en était arrivé avec Samira à ne plus trouver la magie pour communier. Ce n'était pas profond au sens qu'elle exprimait un dégoût, un rejet de son corps, mais le sien s'était endormi et autant un couple peut entretenir régulièrement l'acte charnel, autant leur corps va en redemander, mais concernant Benji et Samira, il faudrait trouver l'énigme pour réveiller sa libido anesthésiée. Il n'en était pas arrivé là pour tromper Samira, mais plutôt pour trouver une solution, une thérapie à leur mal-être, mais ce n'était pas sans danger et il fallait éviter de tomber dans le piège. Benji avait même pensé consulter un sexologue pour rétablir le contact physique, charnel, tout en conservant le cérébral indispensable aussi à l'équilibre du couple, puis il était finalement et heureusement tombé sur la confession de Mélissa dans cette revue, quel bonheur et qu'elle était belle la vie, finalement…

Benji releva la tête quand une main se posa sur son épaule : Benji l'homme de la nuit venait de se faire surprendre en flagrant délit en train de parler à la mer par son ami Cousin Carlo, l'homme aux bons tuyaux. Carlo était addict de Bourse, mais il n'y faisait pas toujours que de bons placements, car il avait subi de plein fouet l'effondrement des start-up en 2000 et il avait de nouveau été secoué par la crise des subprimes en 2008. Il ne savait pas sécuriser son portefeuille et il persistait en priorité dans ses analyses graphiques hasardeuses et sa

La trajectoire du hasard

théorie des chandeliers japonais dont il essayait de faire bénéficier Khun Lung et Benji. C'était sur cette passerelle, seul endroit autorisé, que tous les fumeurs se retrouvaient et Carlo grillait cigarette sur cigarette, peut-être avait-il un trou à combler lui aussi à sa manière. Chacun avait à son tour son coup de blues et tous étaient attentifs aux autres dans ces moments-là. Benji savait plus que tous combien il est important de déceler un début de déprime, de trou noir, car avant de partir en exploration production, il avait passé de nombreuses années dans le raffinage et il avait mis beaucoup de temps à se remettre du suicide d'un jeune opérateur une nuit dans l'usine. Il s'appelait Romuald, il avait été fragilisé par un enchaînement d'événements entre l'accident qui avait rendu sa voiture à l'état d'épave et la rupture avec son amie, ce jeune Romuald était lui aussi déraciné, loin de ses proches, et Benji, responsable de l'équipe, n'avait pas su détecter le mal-être de ce jeune homme pour en arriver, en l'espace de deux jours, à cette tragédie.

Benji avait beaucoup appris de cette terrible épreuve et savait combien il était important dans un milieu aussi hostile et dangereux pour le moral, d'être à l'écoute de l'autre et de l'ambiance, la bonne ambiance était primordiale. Benji, lui, avait trouvé, tel un miracle, Mélissa sur son chemin, elle se livrait à lui, il se livrait à elle et elle avait rapidement pris une place importante dans sa vie. Il savait, pour croire profondément en l'honnêteté et la sincérité de Mélissa, qu'elle devenait accro également de leurs échanges sur le Net.

C'était peut-être trop beau, trop dangereux, le savaient-ils ?

Devaient-ils avoir peur, cette peur allait-elle être annonciatrice d'une fin précipitée ?

C'est en essayant de répondre à ces questions que Benji partit s'allonger quelques heures après 36 heures de présence à son poste.

La trajectoire du hasard

16 décembre

Mélissa,

Que c'est drôle cette coïncidence, tu n'étais pas disponible de la journée pendant que moi je dormais, je me suis accordé un peu de repos après cette période de galère, j'ai eu l'impression en me réveillant, en fin d'après-midi, d'avoir dormi une semaine tellement les nerfs tenaient mon physique, mais ce n'est pas gagné, la magie va-t-elle continuer et te faire apparaître à réception de ce courrier ?

Avant que tu ne te demandes pourquoi ces fous passent tout ce temps au travail parfois, deux raisons à cela : l'aspect sécurité, pour s'assurer d'un retour aux conditions normales, mais aussi l'aspect économique, en effet, au prix du baril, on en sort 200 000 par jour, ma chère, et les tankers défilent et sont programmés trois mois à l'avance et tout transfert non achevé entraîne des pénalités, donc pas le droit à l'erreur, pas de sentiment, pas de questions à se poser et au cas où tu ne l'aurais pas compris, ce métier est tout sauf le club Med et hormis le côté aventurier et autres avantages, on peut se demander pourquoi nous sommes en pénurie de volontaires ! Ceci en aparté comme pour m'excuser de t'avoir abandonnée.

Ce soir, j'ai décidé de te devancer, je sais que tu vas finir par me demander d'où je viens, alors, ne sois pas déçue, Madame la Parisienne, je suis un Normand, du Calvados, disons du pays d'Auge, un peu à l'écart des célébrités, j'espère que tu vas continuer de m'écrire quand même, dis, Madame ?

Je souris, tu es Normand, Benji ?
Oui, la suprématie de l'argent, on connaît ! Bon, accessoirement, tu

La trajectoire du hasard

me mettras un petit baril de côté, quoique non raffiné, ça ne va pas me servir, dis, Monsieur ?

Tu es donc Normand, eh bien, il ne manquait plus que cela ! C'est fou et ça continue, je vais souvent en Normandie, en fait depuis 20 ans, alors je vends ma mèche pour te dire que nous sommes quasiment voisins, je veux dire durant les week-ends, car j'ai des amis sur la côte et nous y avons un appartement, mais je ne suis pas Deauvillaise, plus simplement côté plage de débarquement.

Madame a de l'humour, et comme pour en rajouter, puisque cela ne te fait pas reculer, sache que je suis né en Seine-Maritime, dans la région Havraise, à quelque six kilomètres d'Étretat. Rajoute que je suis un paysan avec du fumier dans mes sabots et on arrête tout.

J'ai adopté le Calvados depuis la construction du Pont de Normandie, du coup, mais suffisamment à l'écart des envahisseurs et trop snobs parisiens. Voilà mon univers quand je pose pied-à-terre.

Alors oui, la Parisienne que je suis, envahi effectivement ta Normandie, et pas très loin de chez toi, mais rassure-toi je ne vais pas débarquer avec mari et enfants. Je suis passée à Honfleur une seule fois et j'y avais trouvé des restos sympas : une terrasse de… je ne sais plus et j'ai dîné dans un petit restaurant qui s'appelle Les pieds dans l'herbe, c'était simple, mais à recommander et surtout les enfants ont adoré y jouer, mais mon meilleur est un relais de chasseurs, proche d'une église, mais je ne me souviens plus du nom. Bon, les paysans, il n'y a que ça de vrai, je vous le dis, très cher, dire que j'ai l'audace d'en compter parmi mes amis maintenant ! Je me laisse aller pour une citadine, de surcroît parisien de naissance.... Étretat, oui, je connais très bien, Deauville aussi, oui c'est snob, le Havre, eh bien je connais juste parce que je suis allée y assister à un match de l'équipe de Basket de cette ville, quelle raclée ils avaient prise d'ailleurs, 82 à 26.

Qu'aimerais-tu Benjamin ?

Ce que j'aimerais là maintenant ?

Tu n'as pas froid aux yeux, dis-moi, demander cela à un homme que tu n'as jamais vu et qui souffre d'isolement depuis trois semaines.

Alors, OK, un double scotch avec glace, une paire de menottes, un foulard, des lanières en latex et une Parisienne, ne fallait pas jouer toi et tu es mise à mal, toi qui à n'en pas douter n'aimes ni domination, ni soumission, mais tu l'as bien cherché…

Benji,

Et moi je te lance un seau d'eau pour calmer le paysan, ça te va ? Mais je reste, alors tu pourras toujours imaginer que j'ai aimé.

Ça décape, il faut vite que tu arrêtes le Coca, mon poulet… et qui plus est, c'est un excitant.

Tu es très fort, mais je ne sais pas si tu vas pouvoir tenir à ce rythme et ce soir il y a eu quelques banderilles quand même, mais tu peux y aller, avec l'endurance que l'on a tous les deux.

La trajectoire du hasard

Attention, Benji, ta soirée avec moi va prendre fin.

J'ai aimé et j'ai senti mon adrénaline monter ce soir et je reconnais que tu es joueur aussi, encore plus que moi peut-être.

Allez, je t'accorde un point d'avance.

As-tu déjà rencontré des femmes que tu as connues par le net, par exemple, car si tu n'es pas un lecteur assidu de ce genre de magazine, j'imagine que tu n'en as pas contacté beaucoup avant cette parution ? D'ailleurs, pourquoi as-tu pensé que seuls les lecteurs de la revue auraient une chance d'avoir une réponse ? En fait, deux ou trois personnes ont introduit qu'elles étaient des lectrices, mais aucune des autres personnes. Certaines m'ont directement fait des propositions, des couples aussi, d'autres m'ont envoyé des photos équivoques spontanément, et une femme m'a envoyé une photo à la demande de son mari. Mais toutes ont eu une réponse, et j'ai toujours été très correcte quand je les ai éconduites. Et très correcte quand j'ai simplement répondu à leur compliment.

Sinon, qu'est-ce que tu détestes en amour ? Dans l'acte, je ne parle pas de positions, attention. Y a-t-il des choses que tu aurais aimé expérimenter, mais que tu n'as jamais dites, à ta première et à ta deuxième femme ?

Non, Mélissa, parce que je ne suis pas chercheur, je n'ai jamais répondu à personne qu'à celle qui a vraiment attiré mon attention, toi.

Entre nous, cela a commencé comme tu sais et c'est la première réponse que je t'ai faite, tu ne pourras pas être jalouse, ma chérie. Oups, pardon pour mon égarement, mais c'est un mot que j'aime bien, seulement il m'est interdit, cela serait trop tabou de le laisser échapper en face de papa-maman et même devant les frères et sœurs, voilà ce qui m'agace au plus haut point, on se parle, mais sans dire les mots qui fâchent, on se regarde, mais sans se dévisager et on ne se touche jamais chez ces gens-là, Madame... je ne dénigre pas, j'en profite pour faire part d'un agacement et je me défends bien de n'avoir pas réussi à m'adapter à cette culture puisque c'est la culture qui a oublié de s'adapter à notre temps.

Ce que je déteste en amour : que l'on ne sache pas ou plus quoi se dire avant de passer à l'acte et de faire ça rapidement sans préliminaire ou presque, car il y a le travail le lendemain, que le téléphone sonne pendant les ébats.

Ce que j'aurais aimé expérimenter avec la première, je l'ai fait avec Samira, à savoir faire l'amour dans la nature, être surpris par un voyeur, goûter au plaisir de la sodomie, même si cela n'est arrivé qu'une fois et que sais-je encore...

Ce que je n'ai pas dit à ma première femme ?

Une nuance, je lui ai dit, mais beaucoup trop tard, qu'il était temps d'arrêter.

Que je n'aie jamais dit à Samira ?

Non rien, je ne lui ai jamais rien caché, je lui ai même dit un jour par provocation que j'aimerais la regarder faire l'amour avec un autre homme. Si on ne peut se dire ces choses dans un couple, à qui d'autre se livrer ? À la voisine ? Non, alors, c'est bien dans son couple que l'on peut se confier, dire ses envies, raconter ses rêves, parler de ses fantasmes, il suffit juste de ne pas le faire hors contexte.

Dire ne signifie pas être entendu et tout réaliser n'est pas une fin en soi.

Tu sais, je n'ai jamais envie de dormir seul, je veux bien que tu me prennes dans ton lit autant de fois que tu en as envie, je ne prends

La trajectoire du hasard

pas beaucoup de place et me ferai discret. Je te promets de ne pas me mettre entre vous deux.

J'aime bien ce que tu me racontes et je pense que cela va aller crescendo en virtuel, toujours comme tu le souhaites. Tu n'aimes pas être dominée n'est-ce pas ? Soumise, n'en parlons pas !

Je pensais aussi que tu aurais aimé voir ta femme dans une relation lesbienne, mais peut-être est-ce déjà concrétisé…

Quelle horreur, faire l'amour comme faire une corvée ! Cela dit, quand tu es proche de ta femme, tu n'as jamais à aller au travail si j'ai bien compris, non ? Heureux, alors ?

Pourquoi beaucoup d'hommes fantasment sur le fait de voir leur femme avec un autre homme, je veux dire, qu'est-ce qu'ils recherchent ? Et elle l'a pris comment ?

Par contre, tu te trompes légèrement, je n'ai rien contre un peu de domination ou de soumission, tout est affaire d'art et de manière, et Mike l'a d'ailleurs découvert il y a peu de temps… et à sa grande surprise également, il a su en jouer… je te prends avec moi, promis, je vais réfléchir à ce que j'aimerais, j'ai bien une petite idée, un foulard et je te cache toute vue, ah tu n'aimes pas ne pas voir, n'est-ce pas ?

Oui, je te prends avec moi.

Mais le foulard, Mélissa, c'est à moi que tu veux le mettre, n'est-ce pas ?

Et un brin de vulgarité dans l'amour, tu aimes ? Après les préliminaires et l'acte en douceur, par exemple ?

Tu sais que j'adore le foulard, mais j'adore le mettre et faire l'amour avec Samira en l'attachant au billard les yeux bandés… enfin celui-là aussi n'a jamais été assouvi et c'est mon fantasme favori

Bisous, je pense à toi et je vais encore rêver d'elle…

Tu me devances Benji et parfois je te dépasse, je me surpasse aussi et tu me surprends et j'arrive à être « filoute » malgré moi. Oh là, quelle assurance pour le coup, il va falloir faire attention à ce charisme alors, déjà qu'il est bien là depuis nos échanges, si tu l'affirmes…

J'aime plaisanter, piquer, je suis une éternelle joueuse de ce côté-là, mais je ne flambe pas non plus.

Tout est sincère, je te crois, et tout l'est de ma part également, aussi bien mes qualités que mes « vices », je ne doute pas de ce que nous échangeons et j'aime comment nous l'échangeons. Je ne vois pas de danger de ta part et je ne m'en inquiète pas, en fait. Et sache qu'en supposant que l'idée te soit venue, je ne contribuerai à rien qui puisse te déplaire et donc, comme tu m'as fait signe qu'il était temps de se quitter, du reste… 22 h 30, oui, il est bientôt temps de fermer les volets sur mon jardin secret.

Quels longs, délicieux et atypiques préliminaires que ces joutes de syllabes, les joutes sensorielles arriveront très bientôt…

Je t'envoie mille baisers, non 999 suffiront pour ce soir, de mes lèvres que tu as commencé à goûter en images.

Tu me rejoins ce soir, Benji ?

9

***

Délices

Alors que les mains de Benjamin sillonnaient les reins de Mélissa, pour mieux emprisonner ses fesses, Mélissa avait posé sa main doucement sur cette tige rougie par les frottements indécents, mais quel heureux supplice, elle dessinait tout doucement du bout de ses doigts des caresses qui effleuraient le gland de Benji, il était tendu, il désirait être éperdument noyé de plaisir, elle le regardait et passait, d'un air nonchalant et provocateur, sa langue sur sa lèvre supérieure, une proposition se dessinait, Benji devait choisir, s'abandonner ou diriger, plus elle marquait ce geste de sa langue plus sa main se faisait plus ferme sur le sexe de Benji, son pouce suivait la ligne qui la conduisait à la source du nectar, elle voulait à un moment ou un autre se le faire offrir, le verrait-elle ou le sentirait-elle ?

Les mains de Benji se sont agrippées aux hanches de Mélissa et son invitation était claire, il a gémi doucement, il la regardait et parfois son regard se perdait derrière ses paupières, elle lui a souri et à cet instant elle a su qu'il voulait noyer son sexe dans sa bouche, elle a embrassé sa queue doucement, elle désirait que les souvenirs de leurs échanges érotiques et brûlants parfois lui reviennent, juste pour qu'il ressente les prémices du plaisir qu'ils allaient s'offrir. Puis ses lèvres

La trajectoire du hasard

ont pris entièrement, d'un seul coup cette offrande, puis elle s'est arrêtée, son gland se frottait à son palais, cette brutale excitation venait d'arracher à Benjamin un râle de plaisir et peut-être de surprise, elle le sondait ainsi, de quelle façon était-il sensible, elle allait tout faire pour le découvrir et lui offrir une fellation sublime... mais Benji pouvait-il croire qu'elle ne lui offrirait que cette fellation ?

Benji était impatient d'en connaître la suite et tous les détails. Mélissa allait-elle le faire partir ainsi, non le supplice allait être long, mais un supplice comme il doit les aimer, se disait Mélissa, elle désirait tant lui offrir autant de délices que ceux qu'il lui avait offerts par les mots.

Alors, elle a retiré la belle tige tremblante de sa bouche, elle s'est levée pour boire encore de ce champagne délicieux, ses lèvres se sont posées sur les siennes, elle a ouvert légèrement sa bouche pour y déverser dans la sienne un peu de ce champagne, et elle lui a demandé d'imaginer son sexe la pénétrer doucement, oui, entre ses fesses, elle lui a décrit cette lente et longue ascension du plaisir, elle lui a décrit les frottements qui le rendraient fou et plus elle lui parlait de cette pénétration, plus il devenait fou de pouvoir enfin la sodomiser... elle savait ce qu'elle faisait et a attendu que Benjamin atteigne ce point de folie légère et là, elle l'a invité à goûter ce fruit, à l'ouvrir pour l'accueillir enfin, cette pénétration a été d'une force incroyable parce qu'elle savait combien Benji la désirait et Mélissa, elle, savait combien elle avait rêvé de ce sexe en elle...

Tout a été délicieux, fou, fort, sans mesure et fidèle à ce qu'elle avait espéré et imaginé... et lui ?

La trajectoire du hasard

Benjamin, tu n'as pas idée du plaisir que tu me donnes ainsi, tu es au bord de l'extase et je ne veux pas que tu viennes, je te retire de mes reins et je te reprends en bouche, alors, Benjamin tu me l'offres comment, ce nectar ?

Ça n'a aucun sens de prendre autant de plaisir ainsi, je suis ravie de t'avoir connu Benji, ravie que cela se soit passé de la sorte, que tu sois loin, parce que sans tout cela, nous n'aurions pas pris possession de ce palais des plaisirs…

Merci, Benji, j'ai envie d'une douche à présent, tu viens ? …

10

***

La douche

Loin de vouloir rapidement effacer cette nouvelle étreinte de leurs corps, Benji emmène Mélissa vers la douche tiède pour tenter de réguler leur fièvre, l'eau coule sur leurs corps dénudés et ils s'embrassent doucement sous cette fine pluie, leurs baisers sont si doux et légers qu'ils font appel aux caresses, des caresses qui vont bientôt faire appel elles-mêmes à d'autres baisers plus prononcés, ils se les prennent et se les échangent mutuellement, leurs langues se délient de mots érotiques et se nouent sous cet orage de plaisir qui s'est abattu sur eux. Ils sont face à l'immense miroir dans lequel ils se contemplent, Benjamin passe dans le dos de Mélissa, ils sont collés et enlacés, Benji lèche et embrasse sa nuque et le creux de son épaule, sa main gauche caresse son cou et vient timidement vers ses seins, les doigts de Benji attisent ses tétons durcis, Mélissa de sa main gauche caresse la queue de Benjamin encore fière de la fellation reçue et de la pénétration sauvage de la chatte de Mélissa et elle vient la faire toucher ses fesses, Benji prend l'autre main de Mélissa et la dirige sur son ventre, la fait glisser vers son pubis en lui demandant de regarder dans le miroir et il l'invite ainsi à se masturber devant lui en l'accompagnant dans un premier temps, il imprime un rythme de caresse sur son sexe qui, petit à petit, commence à dire

La trajectoire du hasard

oui à cette nouvelle et divine gourmandise, leurs mains font le même mouvement puis Benjamin l'abandonne à la caresse et il se délecte de la regarder se masturber. Qui mieux qu'une femme peut faire cela aussi bien, sa main experte dirige la caresse, son doigt ouvre sa fente et Mélissa va à la rencontre de son clitoris en regardant Benji droit dans les yeux avec un air provocateur, visage fermé, l'œil sombre, en passant de manière tout aussi provocante sa langue recourbée sur sa lèvre supérieure, elle se donne et s'adonne à ce plaisir solitaire et reprend possession de cette queue qu'elle masturbe énergiquement et elle se la met au milieu de ses fesses. Benji abandonne un sein de Mélissa, attiré qu'il est par ces fesses dont le sillon s'ouvre impudiquement devant la tige qui ne demande qu'à le visiter, il met son index à l'entrée, attend quelques secondes pour constater que Mélissa se cambre pour se prêter à cette nouvelle caresse et il caresse son œillet en faisant des petits cercles avec son doigt puis dilate doucement et délicatement son anus qui ne demande qu'à s'ouvrir, excité lui-même par un autre doigt, celui de Mélissa enfoncé dans son vagin et ils se retrouvent, se devinent, mais en même temps, séparés par un petit pont infranchissable. Benjamin abandonne un instant ses seins pour porter un doigt à sa bouche qu'elle se met à sucer goulûment tout en lâchant des petits cris qui s'accompagnent de petites grimaces, non pas de douleur, mais de plaisir intense, une jouissance qui à n'en pas douter fait penser un moment à Mélissa que deux sexes sont en train de l'envahir et ils se regardent de nouveau ensemble dans ce miroir un moment oublié. Enfin, Mélissa, après de nombreux gémissements de plus en plus prononcés, déclenche un orgasme qui vient à bout d'elle et ils se remettent de leurs émotions face à face en s'enlaçant, laissant leurs cœurs battre et reprendre un rythme pour les laisser se remercier mutuellement d'être là pour vivre ces merveilleux moments, si mérités après les avoir longtemps imaginés.

Mélissa, viens, rejoins-moi dans ma cabine, j'ai encore envie de toi, pense à voix haute Benjamin en sortant de sa douche.

La trajectoire du hasard

Tu sais que tu m'as vraiment fait flipper mercredi soir quand tu m'as dit que peut-être on se connaissait, même si je pensais que cela n'était pas possible et c'est vrai que j'ai adopté une position de repli.

Maintenant Mélissa, plus sérieusement, je dois t'avouer un mensonge, et je ne te laisse pas le découvrir le jour de notre rencontre, je lâche le morceau, je suis une femme et je fais le plus vieux métier du monde.

Et qu'est-ce que le plus beau métier du monde, petite veinarde…? Tu es vraiment joueur toi, et surtout un beau salaud, j'ignore si tu en as encore d'autres comme celle-là, mais bon là, je ne joue plus, moi, du coup si c'est une revanche, tu as réussi à me faire flipper à ton tour, je te veux de suite pour une réponse Benji.

Euh, je donne ma langue au chat Mélissa.

Je rectifie sans trop tarder, car je ne veux pas te faire flipper à mon tour, une sorte de petite revanche, oui. Je suis bien Benjamin, comment pourrais-je te tromper ? Je m'en sens incapable, je suis tellement bien avec toi.

On n'a jamais reparlé de téléphone, tu te souviens, tu me proposais de me donner un numéro de portable, mais ce n'est pas possible, car je n'ai pas le droit d'appeler d'autres que ceux qui sont codés. En revanche, si tu me donnes un numéro à ton travail et que tu me dis quand appeler dans un mail qui suit, pourquoi pas, mais rien d'urgent non plus, mais si on se voit le 5 janvier, j'aimerais entendre ta voix avant, ne serait-ce que pour confirmer que tu es une femme, mais si tu préfères que l'on se rencontre d'abord pour consolider la confiance, je peux comprendre, voilà ce que j'avais envie de te dire.

17 décembre

Bonjour Benji,
Une nouvelle et belle journée commence, en fait, côté météo, pas vraiment, mais dans l'esprit comme d'habitude, et je suis vernie, ma ligne d'horizon est plus variée en ce moment que la tienne, alors je t'envoie le petit sapin tout décoré de mon fleuriste du coin, et puis Natacha ma boulangère n'a pas son pareil pour faire ce qu'elle appelle sa boule magique, c'est une petite viennoiserie du type croissant et encore plus légère, plus fine et garnie de pâte d'amande, sa façon à elle de préparer les rois à venir et commercialement c'est une réussite, évidemment. Il faut éviter les excitants, m'as-tu dit hier soir, mais ce matin je t'offre le thé ou le café si tu le désires.

Aucun de nous deux n'est fort ou trop fort, et ce n'est pas aujourd'hui que je souffrirai du complexe de supériorité (de toute façon il faut être né avec...)

Je reconnais que tous ces mails envahis de mon bavardage qui part parfois dans tous les sens ne doivent pas être évidents. Je crois que j'ai bien saisi ta sensibilité pour deux femmes qui se caressent, mais ce à quoi je faisais allusion était : as-tu osé le suggérer à ta femme, même en plaisantant, j'ai juste été amusée de voir que cela ne faisait pas partie de ta réponse. Sache Benji qu'il n'y a nulle intention de ma part de te donner le sentiment d'un interrogatoire.

Tu l'auras deviné, j'aime à mieux te connaître et à observer ta façon de réagir par les mots... et je me réjouis dans tous les sens.

Excuse-moi, je les accumule ou je ne lis pas dans le bon sens, mais oui je suis fatiguée aussi en fait... pourtant je n'arrive pas à te quitter.

Je n'ai pas vraiment ressenti de coupure hier soir, j'ai dû aussi partir, le temps que les messages arrivent, celui de te lire et de répondre.

La trajectoire du hasard

Je ne sais pas ce que tu appelles vulgarité ou quel en serait le degré, est-ce en rapport avec les mots, le comportement, les actes ?

Disons que j'emploie parfois des mots vulgaires associés à l'acte, donc en rapport direct avec l'acte lui-même, mais je ne vais pas trop t'en dire, il te faudra continuer de me deviner pour laisser place à la magie. Mike en emploie aussi, mais ce n'est pas systématique. Pour le même acte par exemple certains soirs je serai soft, c'est lié à mon désir, à la façon dont j'en ai envie et dont je ressens l'envie de mon partenaire, j'en joue en ce moment. Et toi ?

Donc tu aimes jouer au foulard, sache que c'était pour te le mettre à toi et jouer ensuite,

Billard français ou américain ?

Je pense à toi et je t'embrasse.

Ah oui, cette magie, Mélissa, celle que nous avons perdue au fil du temps, de mes voyages, de mes absences répétées.

Certes je ne sais pas, outre cette attirance que j'ai eue pour toi au travers de tes mots magiques justement, si je ne suis pas en train de chercher la recette auprès de toi pour recoller à ma vie, car je suis sûre de toujours l'aimer et il ne manque peut-être pas grand-chose pour la retrouver, je veux dire Samira et la magie qui l'entourait quand on s'est rencontrés.

Tous les hommes ont un côté voyeur non ? Ou alors je suis l'exception qui fait de moi un détraqué, dis-moi, Mélissa.

Moi, je ne vais pas au travail quand je suis chez moi, tu as bien compris et heureusement après plusieurs semaines non-stop, en revanche elle a un travail et de fait, faire l'amour passe au second plan et je trouve que les rapports intimes ne se programment pas, on ne

La trajectoire du hasard

prend pas rendez-vous pour cela, car c'est tellement mieux dans la spontanéité, donc on ne fait pas la course au temps perdu, tu sais ! C'est pour cela que je dis toujours que je suis marié à temps partiel et il m'arrive de me poser la question, le fait que cela m'arrange finalement cette liberté et que Samira s'en accommode bien plus qu'il n'y paraît également. C'est toujours cette question qui me hante parfois, enfin trop de questions, trop de tracas pour tenter de donner une raison à ce mal-être et finalement, c'est toi qui finiras par me donner la réponse, tu te feras psy et je te crois capable d'exceller également dans ce registre.

Et toi, tu me dis quoi pour ta fréquence avec Mike ?

Mon billard est américain, mais je ne peux t'envoyer la photo, Samira est à demi nue dessus, tu sais le théâtre de mes fantasmes inassouvis.

La vulgarité dans les mots pendant l'amour juste pour pimenter, mais sans le penser un instant, tu pratiques, vous pratiquez ? Exemple : je te prends sauvagement par-derrière sur le bord du billard en te disant : tu aimes ça, salope…

Qu'est-ce que ça t'inspire, tu éclates de rire, tu me donnes une paire de gifles et tu me demandes des excuses ou tu aimes et me dis encore et cela te procure un orgasme décuplé ?...

Oui, c'est certainement et tout simplement cela, Benjamin, d'ailleurs, c'est la première chose que tu me diras quand on va se rencontrer et de plus je t'ai déjà traité de salaud la première, alors tu ne vas pas vouloir être en reste. Plus sérieusement, suivant le contexte, le vulgaire je dis oui et nous en usons parfois, à partir du moment où je n'en sors pas dégradée, mon Colonel.

La trajectoire du hasard

Nous ne faisons pas l'amour tous les jours, tu sais. Mike est très demandeur, beaucoup plus que moi, mais comme il me le dit, c'est ainsi les hommes, le contact charnel… en ce moment c'est presque tous les soirs.

Hier soir, non, par exemple, nous nous sommes contentés de caresses, je n'avais envie que de caresses et de le sentir contre moi. Sinon, notre fréquence moyenne, c'est quatre fois par semaine. Et puis il y a des périodes où nous sommes plus abstinents, mais là ça vient de moi, c'est une période naturelle où je ne veux aucun contact intime… ce qui ne me rend pas de mauvaise humeur pour autant.

11

***

Du Paradis à l'Enfer

Benjamin vient de recevoir son ordre de mission, il va devoir partir le 3 janvier de Thaïlande pour se présenter au Nigéria à sa hiérarchie et il doit rentrer ensuite en France le 5, en ayant toujours à l'idée de prendre un petit café avec Mélissa, et hop ! direction la Normandie pour terminer le périple. Depuis plusieurs jours, la plateforme est en alerte typhon, une énorme dépression qui a pris naissance aux Philippines et qui, d'après les prévisions, se dirige tout droit vers le golfe de Thaïlande. Benji n'est pas très rassuré, il est toujours passé à côté depuis cinq ans qu'il travaille ici et de plus, il compte bien ne pas rater ce rendez-vous encore pas confirmé, mais auquel il croit fort, tellement il a hâte de rencontrer Mélissa, ne serait-ce que pour la curiosité qui l'anime de se retrouver face à elle après avoir osé se dévoiler à ce point.

Pour ce qui est du Typhon, à partir de l'alerte orange, le personnel évacue, excepté le dernier carré du management, indispensable pour maintenir la production minimum et la mise en sécurité avant l'évacuation finale, si le niveau venait à passer au rouge, auquel cas un hélicoptère viendrait récupérer les dernières vies humaines à bord.

Benji a reçu en même temps une invitation à une soirée à Bangkok, non pas initiée pour son départ de la filiale, mais parce qu'elle coïncide avec le comité annuel d'exploitation et qu'il est bienvenu de ne pas refuser pour l'opportunité d'y rencontrer la haute hiérarchie avec un verre à la main, ce qui est toujours plus convivial qu'un entretien au siège parisien. Hormis cette soirée programmée, quelques-uns de ses collègues se sont promis de lui organiser un dernier accueil dans la capitale thaïlandaise, les endroits ne manquent pas pour garder un souvenir impérissable après cinq ans d'offshore et Benji se retrouve pour sa dernière nuit à l'hôtel Oriental, le plus vieux et prestigieux hôtel de Bangkok, rénové bien sûr, et situé sur les bords la rivière Chao Praia. Un dernier massage traditionnel avec un supplément a été négocié par ses amis pour se terminer en body-body dont le but est de faire briller votre corps tout entier avec la seule brosse que la nature ait fournie à ces demoiselles. Pour clôturer sa période asiatique, Benji allait faire une dernière visite des bars à gogo-girls de la ville, la même qu'il avait faite cinq ans auparavant en rencontrant un autre Benjamin, ce jeune ingénieur français, basé à Singapour et qui venait conclure un marché avec la compagnie pétrolière locale pour la pose de nouveaux pipelines sous-marins, ce jeune avait alors fait connaissance avec Benji au bar du Central Plaza, non loin de Sukumvit avenue et ils avaient loué la limousine de l'hôtel avec chauffeur pour faire la tournée de Patpong, que dénomme aussi la balade culturelle nocturne de Bangkok, Pigalle à côté étant considéré comme un couvent de Carmélites. Les trois quartiers les plus chauds de la ville avec Soi Cow-boy et Soi Nana allaient ainsi être visités pour faire des adieux à la Thaïlande, en tout cas sous cet aspect-là, car il se promettait d'y revenir en touriste avec sa fa-

La trajectoire du hasard

mille pour prendre le temps de la découvrir sous ses bons côtés, cette fois. La dernière soirée de Benjamin allait donc probablement se terminer comme l'avait commencé sa mission cinq ans auparavant et hormis boire quelques Singha, « bière locale », ce n'est pas ce qu'affectionnait particulièrement Benji, tant on pouvait toucher de près la misère, la dépravation à vous faire vomir, en regardant les spectacles de jeunes filles nues debout sur les bars devant les yeux hagards de vieux alcooliques anglo-saxons et européens de plus en plus, venus mater ces filles sorties pieds nus des rizières pour enfiler des talons aiguilles et se trémousser sur des airs décadents. Quant aux shows, ils étaient encore plus à gerber, pardonnez l'expression, et pourtant, l'effet de quelques bières ingurgitées vous faisait rester à regarder les filles décapsuler les bouteilles des clients avec leur sexe, l'ustensile nécessaire ayant été introduit en coulisses dans leur fente pour faire illusion un instant. La seule et maigre satisfaction que l'on peut tirer d'un tel spectacle est que le sacrifice de ces jeunes filles servait à nourrir leur famille dans le nord du pays. L'américain de base aura l'impression de faire du social en « se tapant la petite » si facilement (pardon encore pour l'expression vulgaire, pourtant bien appropriée), quand on sait que ça ne lui coûtera rien en comparaison des niveaux de vie et de la parité des monnaies.

Benji s'apercevait qu'il finissait une mission chaque fois un peu plus écœuré que par la précédente. Le pire qu'il avait connu, toutefois, s'était passé durant sa mission en Indonésie. En effet, la phase de démarrage achevée de la nouvelle unité de traitement du gaz à laquelle il avait participé, l'équipe avait été conviée à une réception à Balikpapan sur l'île de Bornéo pour célébrer la réussite du projet et pour les remerciements d'usage. Benji et ses collègues avaient décidé de terminer la soirée en discothèque avant de reprendre l'avion pour la France. Des jeunes filles postées à l'entrée leur avaient demandé de les accompagner à l'intérieur, expliquant qu'elles ne pouvaient entrer seules, car le règlement exigeait d'elles de recruter des consommateurs pour la rentabilité de l'établissement. La jeune fille que Benji accompagnait était tout juste majeure et lui avait expliqué qu'elle venait d'être quittée par son mari, car elle venait d'accoucher d'un enfant qu'il n'avait pas désiré. Elle s'était mise à supplier Benji en pleurant pour qu'il l'emmène dans sa chambre du Blue sky hôtel en lui disant qu'il pourrait faire tout ce qu'il voulait pourvu qu'elle puisse avoir de quoi nourrir son bébé. Benji n'en revenait pas à l'écoute de son histoire et elle ne mentait pas, à l'évidence, car ses formes laissaient à penser qu'elle n'avait même pas encore eu son retour de couches. La soirée s'achevait et Benji avait plongé la main dans ses poches, en avait sorti une liasse de Roupiats, l'avait mise dans la main de la jeune fille et l'avait priée en anglais d'aller vite acheter ce qu'il fallait pour son bébé. Elle n'avait su comment le remercier, elle se rendait compte qu'elle était tombée sur la bonne personne et qu'elle aurait assez d'argent pour un mois. Écœuré, mais rassuré, Benji avait rejoint son hôtel en se disant qu'il en avait suffisamment vu et entendu ce jour-là. Il repensa à sa situation de tristesse personnelle quand il repartait pour un nouveau roulement de quatre semaines, il ne s'était pas toujours rendu compte de ce qu'il faisait et avait pu aussi déborder de sa ligne de conduite normalement correcte, mais cette soirée de départ de Thaïlande était différente et la seule excuse qu'il pouvait s'accorder dans cette déviation à visiter les quartiers chauds de la ville était d'éviter Pattaya, la Sodome et Gomorrhe de l'Orient, qui représente le culte du sexe dans ce pays et dont la définition n'est pas usurpée lorsqu'on dit d'elle qu'elle est au sexe ce que Lourdes est à l'eau bénite.

Pour clôturer sur le chapitre religion, né de religion catholique avec pour épouse une musulmane, Benji pensait que s'il devait venir à en changer, c'est sans aucun doute dans le bouddhisme qu'il se reconnaîtrait le mieux, religion qu'il trouvait dépourvue d'hypocrisie, de violence et d'extrémisme, mais qui, au contraire, représente l'Abaya ou absence de crainte, apaisement des querelles et le côté zen qui met en harmonie votre corps et votre esprit. Aussi, il est tellement plus accueillant de voir ces moines bouddhistes vous ouvrir les portes de leurs temples avec leur gentillesse sans pareille plutôt que de se voir interdire l'accès à d'autres sites religieux. Les moines bouddhistes vous y invitent sans aucune propagande ou arrière-pensée et hormis quelques gestes et attitudes conventionnelles, ils laissent à chacun une part à l'élévation vers la liberté.

La trajectoire du hasard

18 décembre

Je me suis persuadé à plusieurs reprises que tu étais plus cultivée que moi, Mélissa, tu l'es infiniment et je n'en fais point un complexe. J'aime avant tout échanger avec toi, te lire et c'est ce qui compte, mais je ne dirais plus cela à l'avenir.

Quelle idée Benji ! Tu associes la culture à l'écriture, nous n'avons pas discuté culture, alors n'imagine pas que je sois forcément plus cultivée, ainsi peu importe, tu as raison.

Non Mélissa, ce n'est pas ça que je voulais dire, c'est plutôt ton attirance pour des loisirs tels que les musées, que tu aies fait de la philo sans doute dans tes études alors que moi, c'était plutôt technique, donc je ne cherche pas systématiquement de différence entre nous, c'est juste une pensée écrite.

Je me réjouis de la différence, et oui j'ai étudié la philosophie, mais seulement au lycée, à la fac, c'était les langues étrangères et Histoire, et maintenant je fais dans le technique et l'informatique comme quoi… j'aime la peinture surtout, ça me fait rêver et j'aime la photo.

La trajectoire du hasard

J'ai beaucoup développé mes photos dans le passé, je travaillais le noir et blanc.

C'est bien ce que je dis, donc, je réitère et à partir de maintenant, je me mets à la philo, la peinture aussi, tu aimes visiter les galeries ? Tu m'emmèneras quand on passera une journée ensemble à Paris ? Ah oui, je ne t'ai pas dit : le 5 janvier, c'est confirmé, mon retour pour se rencontrer autour d'un café, enfin si c'est possible, et on en reparle dès que tu pourras confirmer, mais je ne fais pas une fixation, ne t'inquiète pas.

Tu es terrible. Eh bien, je m'arrange pour que nous réussissions à nous voir, mais attends de voir mes photos avant de « t'emballer » …

Mélissa, c'est toi qui es terrible, tu penses un instant que si tu n'as pas la taille mannequin et la tête de JLO, je changerais d'avis ? Tu sais très bien que notre relation n'est pas basée sur le physique. Pourquoi ne dis-tu pas la même chose de moi ? Tiens, je ne t'ai pas encore dit, mais j'ai le crâne rasé comme Bruce Willis et je suis tatoué comme un chien. Ah, du coup, tu annules tout ?

Je t'ai imaginé me regarder et écouter, Bruce ou pas Bruce… au bout d'un certain temps, quand Mike avait atteint le même délire que moi, je lui ai dit : voudrais-tu qu'un autre homme me prenne et que tu me regardes ? Et il m'a dit oui.

Alors j'ai repensé à ce que tu avais dit à ta femme, et je lui ai demandé, toujours dans l'excitation du moment, s'il ne serait pas jaloux qu'un homme me prenne devant lui et il m'a répondu que non, ça l'exciterait plutôt, exactement comme cela l'excite de me voir prendre mon plaisir alors qu'il me pénètre, à cet instant il a employé des mots plus crus. Je lui ai donc dit : alors imagine, et là je t'ai pris comme celui qui pourrait être cet homme en question et qui plus est, Bruce représente un homme séduisant et sexy de toute façon, et Mike m'a répondu qu'il regarderait et qu'ensuite il s'approcherait doucement de moi pour voir mes lèvres rendre un hommage gourmand à sa virilité vibrante et impatiente du supplice qu'elle allait subir...

Est-ce que ce n'est pas cela la force du fantasme ?

Ne pas connaître et imaginer, j'ai toujours imaginé un homme dans les envies les plus folles et c'est vrai que de discuter aussi avec toi renforce ce fantasme, d'autant que j'ai comme l'impression de t'entendre quand je te lis, tu es de plus en plus concret, mais c'est vrai que je ne vois pas de visage comme lors de tous mes fantasmes d'un inconnu ; et toi des fantasmes de cette sorte tu n'en as pas ?

Tu es pudique ? Si je comprends bien je me dévoile plus facilement que toi par la plume...

Très chère, ne te méprends pas, je ne me suis pas invité à partager votre fantasme, pas encore, et j'en suis pour l'instant à me décrire sommairement afin que tu ne recules pas de quinze mètres le matin où nous allons nous rencontrer à Paris à mon retour d'Afrique. Pudique, moi, pas vraiment, timide dans une discussion avec quelqu'un que je ne connais pas bien, oui, et réservé, mais pudique absolument pas, je suis plutôt capable de faire tomber le pantalon en me plaçant dans un contexte qui correspondrait bien entendu et de ne garder pour seuls vêtements que ma montre, mes tatouages et mes lunettes, ça te va ou ça te fait peur ?

La trajectoire du hasard

C'est vrai, je trouve cela beau les tatouages, et si ce sont des tribaux, encore plus, bref, non franchement ça ne me fait pas fuir et certainement pas le crâne rasé. Un homme me faire fuir ? Ne pas m'attirer oui, s'il est vulgaire au quotidien, sale, très laid et impoli ou rustre.

La fin approche, je te fais par avance des bisous et maintenant que tu as mon téléphone, quelques photos, ma lettre, il ne me restera plus qu'à t'envoyer mon visage et toi de même, mais ce sera pour tard ce soir ou demain, quelle générosité excessive !!!!

Ma bonté me perdra… je suis heureuse d'avoir discuté avec toi et ravie de te retrouver quand tu le pourras. On s'appelle lundi !!! C'est dangereux, peut-être vais-je avoir envie de lever le pied dans mes confidences érotiques, car se parler pourrait nous retirer le besoin de continuer de se découvrir par la magie des mots écrits et puis il me semble que je me livre beaucoup plus que toi, il n'y a pas de raison que tu me connaisses autant…

Pour ta panoplie, je relève le défi bien sûr.

NON, ne lève pas le pied, lève ton voile si tu veux, mais livre-toi, je te promets de faire un effort, à moins que je te le dise lundi au téléphone devant ton amie !!

Ah, parce que tu n'oserais rien écrire, mais tu oserais au téléphone ? J'en doute fort, car dans mes souvenirs tu n'aimes pas le téléphone rose et sans que cela en soit, si tu te livres par téléphone, ça s'y apparente un peu non ? Mais tu ne me décontenanceras pas pour autant, tu l'as dit et cette fois, j'en use, je suis « forte » … !

La trajectoire du hasard

Ce n'est pas exactement cela, mais je veux passer pour tout sauf pour un détraqué, un pervers, un vicieux, que sais-je encore et je me sentirai à l'aise plus tard, et sûrement quand on se parlera en tête à tête. Et quel que soit le devenir de nos conversations, de nos échanges, je dirais une seule chose : quelle richesse et quelle expérience, et j'étais à cent lieues d'imaginer l'intérêt de communiquer ainsi avant cette expérience, et toi ?

Quelle superbe soirée encore, vraiment, nous sommes en phase, c'est tout, mais c'est étrange que ça puisse arriver à ce point.

19 décembre

En toute honnêteté, je n'ai jamais discuté ainsi avec un « internaute », les rares fois où je suis allée sur un forum, ils ne tiennent pas une heure et hop, directement des propositions chaudes, il n'y a même pas de subtilité d'échanges, je ne sais pas, mais me concernant, je trouve cela beau de pouvoir se dévoiler sans mentir, sans faire ce que la bienséance veut, comme on le ferait en société quand on se rencontre, on évite les sujets trop personnels de peur de passer pour un obsédé ou une nymphomane, mais finalement, si l'amour et le sexe ne nous lient pas tous, tout autant que nous sommes, quoi alors… C'est une chose belle naturelle et l'homme a l'art de la compliquer… je ne suis pas dupe, je sais que c'est un plaisir intellectuel, sensoriel que je m'offre, qui me correspond, et si cela doit découler sur une belle amitié quelle qu'en soit sa particularité alors c'est beau et ce sera bien, une riche rencontre de plus ne peut faire que du bien, et dans notre cas, même si cette amitié a débuté à l'envers, des confessions intimes, des échanges coquins qui correspondent aussi bien à

La trajectoire du hasard

ton besoin qu'à ton éloignement et moi à ma gourmandise naturelle, je ne pense pas que cela gâte quoi que ce soit, je ne sais pas quel est ton avis et il peut être entièrement différent, tu as le droit et j'espère si c'est le cas, tu le feras, le droit de me le dire, ça ne me contrarierait pas et je ne fuirai pas non plus. C'est le manque d'honnêteté qui me fait fuir. Pour moi, les vérités ne blessent pas, ce sont les non-dits et les vrais mensonges qui blessent. Grande idée de méditation, mais j'attends bien une suite à cela, tu promets ?

J'ai recherché exactement la même chose que toi, une amitié solide, se chercher puis se rechercher, se découvrir, oser ensemble, continuons ainsi et rencontrons-nous.

Promesse tenue, je n'ai pas l'intention de te décevoir même si on ne devait pas se rencontrer, je ne supporterais pas que tu penses du mal de moi. Et maintenant, j'ai un visage à mettre à côté de cette amitié naissante et je n'ai pas l'intention d'annuler notre prévision de rencontre, je ne fuirai pas. Trop mignonne, tu pensais que j'aurais pu tout annuler ?

La suite de ton récit, que j'ai lu rapidement dans un premier temps ce matin à mon réveil, m'a mis dans un état que tu vas pouvoir deviner et je ne doute pas que tu sois aussi douée dans les relations sexuelles qu'avec ta plume, la seule chose est qu'il faut effectivement être deux à minima en accord parfait et je te promets d'être au diapason dans mon récit que tu attends, semble-t-il, avec impatience pour assouvir ton fantasme, Mélissa, mais je ne peux pas réfléchir, écrire et te faire l'amour pendant ma journée de travail et je n'avais surtout pas envie de bâcler, mais il est prêt maintenant.

Pourquoi donc m'étais-je fait cette fausse idée que les femmes n'avaient pas de fantasmes ou en tout cas, n'osaient en parler ?

La trajectoire du hasard

Merci infiniment Benjamin, pas de déception à venir, il n'y a pas de raisons, nous sommes sur les bons rails, je crois. Mike aura du retard, il y a encore un périphérique fermé ce soir et si tu en éprouves l'envie, envoie-moi ce dernier fantasme couché sur ton papier, allez, ose… mais avant cela, je reviens préciser ma pensée sur des points récemment évoqués.

Dans un premier temps, je t'avouerai que je n'ai pas pensé à une annulation quelconque, en fait je n'appréhende rien. Encore ma nature insouciante qui prend le pas, si ce n'était pas le cas, penses-tu réellement que je serais si impudique et confiante au sens large du terme ? Peut-être est-ce un défaut qui pourrait me coûter un jour, je parle en général, mais attention, je ne suis pas naïve. Cependant, après relecture de tes messages, et celui-ci également, je pense m'être mal exprimée.

Dans un second temps, je ne refuse pas que tu m'écrives un récit, au contraire, mais j'ai l'impression que tu te sens forcé, il ne faut pas. Sache que je n'ai pas demandé que tu m'écrives pour assouvir mon fantasme, même si cela me fera plaisir bien évidemment, ce que j'ai demandé de façon certainement peu claire, je m'en rends compte, c'est pourquoi tu ne te livrais pas… tu aimes lire, sûrement écouter, mais tu disais craindre de passer pour un vicieux si tu te lançais à raconter ce que tu ressentais ou les effets de certains de nos échanges.

Benjamin, la seule chose que je veux te faire comprendre, c'est de faire ce que tu aimes ou veux quand tu en as le désir et si et seulement si tu en as le désir, donc fais-le pour toi, voilà les termes exacts que j'ai employés, mais pas pour moi. Je t'ai dit que je n'ai pas de principe de donnant-donnant, c'est incompatible avec ma notion de générosité… tu l'as certainement observé. En revanche j'apprécie que tu te soucies de ne pas bâcler ton récit, c'est infiniment touchant de prendre autant d'égards pour moi.

Troisième point, hier tu m'as répondu que tu me promettais de ne pas changer d'avis à propos de notre rencontre, avant que tu aies les photos, je n'ai pas compris pourquoi tu me faisais cette promesse en réponse à ma demande, selon toi. En fait, j'ai écrit à peu près cela « encore un sujet de méditation, promets-moi d'y penser et d'y donner suite », je voulais dire, promets-moi de me donner ton avis à ce que je disais, de me donner ta vision à toi du sujet que j'abordais et non une promesse sur mes interrogations formulées. J'ai adoré ta réponse et ton engagement, tu promettais pour me faire plaisir, en aveugle en quelque sorte. Tu es vraiment très agréablement particulier. C'est une friandise à consommer sans mesure que celle de te côtoyer sur les ondes du Net....

Merci pour la trop mignonne, un vrai gentleman…

12

***

Parfums et lumières

Cet endroit est magique, il dégage un parfum ensorcelant, nous sommes au bord de la sublimation et nous prolongeons ces moments de sensations intenses jusqu'au seuil du bonheur parfait. Je prends ta main et t'entraîne vers le balcon de cette magnifique chambre paradisiaque en disparaissant de la lumière tamisée pour approcher l'obscurité au-dessus de la rue silencieuse, au milieu de la nuit. Une légère brise nous caresse, nos mains ne nous obéissent plus et font le reste, nos corps deviennent moites sous l'effet de la chaleur de la nuit mélangée au plaisir qui monte en nous, tu en frissonnes et nos langues se caressent, nos lèvres humides se collent, je te donne ce baiser, tu prends le mien, nous nous embrassons langoureusement à l'infini jusqu'à te provoquer un orgasme buccal, mes mains envahissent tes cheveux devenus fous par l'ambiance chaotique qui a précédé sur le grand lit blanc de lumière. Tu es la reine sur ce balcon au milieu de la nuit, les mains en appui sur la balustrade encore tiède du soleil de la journée, je te parcours le dos sans oublier d'en lécher le moindre

La trajectoire du hasard

centimètre, je caresse tes seins que j'aime voir coller à la paume de mes mains dans cette position penchée, tes jambes s'entrouvrent guidées par l'approche de mes lèvres qui trouvent le chemin, tes reins dansent au gré de mes caresses accompagnées par des gémissements étouffés par pudeur, je te prends de nouveau, nous nous adonnons au plaisir de la sodomie, ce plaisir partagé et je fais onduler tout ton corps, je sens tes jambes se resserrer comme pour mieux garder mon sexe, nous sommes nus dans cette nuit magique en savourant cette liberté que nous nous sommes offerte et nous en oublions toute crainte d'être surpris par l'occupant d'un balcon voisin, je me libère au plus profond de toi et tu me recueilles, nous nous envolons ensemble.

Nous pouvons arrêter de nous remercier, Mélissa, je trouve plus facilement mes mots, je vis mieux mes pensées, j'aime te faire l'amour pour autant que j'en aie le droit et tu m'aides plus que tu ne peux imaginer, car j'avais du mal à me raconter et j'ai l'impression de le vivre vraiment, c'est beau et bon de pouvoir me livrer sans retenue.

13

***

Baisers intenses…

Je pourrais rester sans manger des jours avec ce que tu m'offres, je pourrais me nourrir de toi, nous sommes si bien dans cet endroit magique qui est pourtant si différent de la chambre paradisiaque de nos rêves antérieurs. Ici, ce n'est plus un rêve, nous sommes à Paris, dans le quartier Saint-Germain, et la chambre ressemble davantage à l'idéal que l'on se fait d'un endroit qui va nous sortir de ce rêve pour entrer dans la réalité. Mélissa, tu as créé ce rêve dans ta confession, je l'ai capturé et je t'emmène avec moi dans ce monde nouveau. Je te donne tout ce que tu veux bien prendre de moi et toi, tu vas tout me donner de toi, car je connais ta gourmandise, je vais prendre tout de toi sans limites, je vais posséder ton corps, m'en délecter, je vais t'entendre crier ton plaisir avec insolence, sans étouffement, sans pouvoir différencier d'où il vient, de quel baiser, de quelle caresse, s'il vient de ma bouche, de ma langue, de mes doigts, de ma queue…

Nous baignons dans cette douceur, imprimons un rythme à nos

La trajectoire du hasard

caresses, passons de l'effleurement à l'effeuillage, je rends toutes les parties de ton corps dépendantes de mes gestes, je t'apprivoise et je t'envahis avec mon sexe tendu à exploser sous l'effet que tu me procures.

Tout d'abord, ce sont mes mains agiles et douces qui te font vibrer, puis je te lèche centimètre par centimètre, je suce tes pointes de seins, mes mains pianotent des nerfs sensibles de tes tétons, je les mordille, les pince jusqu'à la limite entre plaisir et douleur sans la franchir, ton clitoris connaît les mêmes plaisirs et tu te sens frissonner quand ma langue pénètre, effleure ton sexe, ouvre ta fente et délivre son nectar. Je m'affaire à séduire tes fesses ensuite, et ma langue visite ton sillon, tu facilites et provoques la caresse en me les ouvrant de façon impudique, tu te poses au-dessus de ma tête, approches ton sexe sur ma bouche, tu es à cet instant l'être dominant tel le prédateur, mais c'est toi qui vas te faire dévorer et tu diriges habilement la caresse buccale et fais venir ma langue dans ta fente et doucement tu te fais provocatrice en amenant tes fesses sur mes lèvres, tu diriges le plaisir que tu recherches en forçant ma bouche et, à leur tour, mes doigts recherchent tous les endroits pour faire entrer en vibration, en résonance ton corps tout entier et quand ils te pénètrent simultanément, tu laisses la caresse agir puis tu me libères et viens posséder ma queue, tu la fais entrer petit à petit en guidant la pénétration, laissant passer en douceur mon gland, gorgé de ta salive et tu t'asseyes brutalement sur moi pour me faire disparaître en entier et tu me rends de nouveau dépendant de tes gestes, de ta position et je te sodomise de la façon que tu souhaites, tu jouis à ton rythme et je te suis jusqu'au bout de ton orgasme. Je reprends enfin le rôle dominant et tu deviens ma proie, je te possède debout, tes fesses en appui sur le petit bureau, je t'embrasse à te dévorer la langue, prends tes mains dans les miennes comme pour être ma prisonnière, je cambre tes reins, écarte tes jambes, force tes cuisses et je te pénètre, je sens que tu aimes à ton tour être dominée, je t'écoute haleter, je me sens si bien en toi et toi tu ressens si bien mon sexe aller et venir que je relâche tes mains pour te laisser me serrer la taille et accompagner mes coups de reins, mais j'en veux encore plus, je veux que tu t'abandonnes totalement à moi, je me retire et te souffle que je veux te prendre en levrette et cette fois, ce n'est pas toi qui vas m'offrir tes fesses, c'est moi qui décide de les prendre et à ce moment, tu vas tout me donner et je vais te prendre sans ménagement, car je sais que tu aimes aussi le côté animal qui sommeille en toi et provoque de violents frissons préorgasmiques, tes seins s'affolent sous le rythme soutenu, je te laisse reprendre tes esprits, je t'écoute haleter et je reprends mes mouvements et enfin un diable passe, tes petits cris ont raison de moi et je me répands en toi, ça me remonte jusqu'au cerveau.

Je me retire délicatement de toi, nous nous allongeons et laissons filer le temps en restant enlacés, en nous regardant dans les yeux, illuminés qu'ils sont, chargés d'émotion d'être allés au bout de nos fantasmes, mais c'est sans compter sur notre imagination d'en découvrir d'autres, car il est désormais acquis que nous nous laisserons aller de nouveau à ces jeux endiablés.

Mélissa, tu dors ? Alors tu me diras demain si je suis toujours aussi pudique par la plume ? Il faut parfois laisser mûrir les fruits avant de les cueillir puis les manger et parfois on s'en fait une indigestion.

Tu m'as déjà demandé ce qui m'a séduit en toi, mais je n'ai pas répondu à quoi je suis plutôt sensible et cela te concerne davantage puisque j'ai été séduit depuis le début par ta sensibilité, ta façon d'exprimer tes pensées, de les écrire.

J'ai tout simplement été séduit par ta classe, ta très grande classe, je ne vois pas ce que je peux ajouter et cette remarque est valable aujourd'hui et le sera demain, je sais qu'une très grande amitié est née et qu'elle m'a permis de me sortir d'une tristesse larvée.

Douce folie…

20 décembre

Chaque fois que je t'écris, Benji, je réalise que j'ai des questions que j'aimerais te poser pour mieux te cerner et que j'oublie au fil de nos échanges ou de mes pensées, j'en ai une qui vient de ton dernier mail, tu n'aimes pas les Suédoises, OK, mais qu'est-ce qui te séduit en premier chez une femme que tu vois pour la première fois, ou plutôt à quoi es-tu sensible ?

Ensuite, quand une personne t'est moins inconnue, qu'est-ce qui te charme en particulier ?

Autrement, tu as parlé de marathon lié à une mauvaise période, c'était ta séparation d'avec ta première femme ?

Si oui, c'était une séparation non souhaitée de ta part ?

As-tu toujours travaillé dans le domaine où tu es en ce moment ? Tu m'as dit ne pas avoir de PC portable, cela veut dire que tu as une cabine équipée d'un ordinateur ? C'est courant, où cela fait partie des « privilèges » de ta fonction ?

Parce que franchement, quand tu m'as dit que tu n'avais pas de PC portable, j'ai eu du mal à imaginer que ta cabine était si bien équipée et pour la première fois, un dixième de seconde, je t'ai imaginé derrière un écran dans une grande salle technique type salle de contrôle, entouré de tes collègues, j'ai halluciné toute seule puis je me suis dit, bon, et bien on va supposer qu'il a une « position » qui fait qu'il est équipé... et j'ai conclu, si c'est le cas, et bien c'est ainsi, c'est qu'il me ment et on passe... puis cette idée est partie aussi vite qu'elle est venue. Et toi, un aveu ?

Voilà, j'ai eu quelques-unes des questions qui me sont revenues, réponds-y si tu le désires comme toujours.

Bon, j'aime écrire, mais ce soir je n'aime pas parler seule en fait, parce que ça me fait cogiter, je ne ressens pas la même émulation quand je ne t'ai pas à mes côtés. L'effet de la nouveauté, quand tu

La trajectoire du hasard

m'écris être bien quand on se parle, que tu aimes nos discussions, sache qu'il en est de même pour moi, que notre rencontre est toute neuve, et que c'est tout naturel, tout est à découvrir et même les choses que l'on connaît déjà, on les redécouvre sous un autre angle qui nous étonne, nous plaît ou nous excite comme un enfant, c'est en cela que les échanges sont riches et encore plus quand ils sont de qualité. Je m'arrête, tu as de quoi lire encore et encore.

Bonne soirée, Benji, je t'embrasse.

Mélissa,

Je viens de te lire en rentrant dans ma cabine après une journée de cavale, tu devrais bientôt me recevoir et je l'ai fait avec grand plaisir, je t'ai envoyé cela et je suis d'ailleurs étonné que tu n'aies rien reçu à cette heure, mais l'outil moderne a parfois ses faiblesses. Je me sens beaucoup plus à l'aise maintenant avec toi et bien que la confiance soit établie, j'ai été gentiment déçu à la lecture de ton mail ce soir, que tu aies pu douter un instant de moi. Je pense être assez gentleman et je tiens à le rester, même si je me veux un gentleman libéré, libéré comme toi tu peux l'être, croquant dans la vie à pleines dents tout en respectant et préservant chacun les nôtres.

Je ne perds pas davantage de temps pour te confirmer que le privilège de ma fonction fait que j'ai une cabine avec télé et ordinateur avec accès Internet, donc je t'écris et te lis en privé, mais je comprends que tu aies pu avoir un doute et cela me conforte dans l'idée que nous pouvons tous douter et que ce défaut ou cette faiblesse ne m'est donc pas réservé, sujet clos.

La trajectoire du hasard

Je suis responsable opération et production d'une plateforme.

J'ai testé ce midi ta ligne téléphonique pour être sûr que je pourrais te joindre.

Il est vrai que j'ai toujours eu une attirance particulière pour les brunes, Méditerranéennes, des femmes typées comme tu l'es avec une définition qui dépasse tout ce que je pouvais imaginer, cela ne m'étonne pas que tu puisses faire craquer un des ingénieurs qui travaillent avec toi.

Donc, pour finir sur le sujet, mon ex était d'origine française, mais typée et beaucoup pensaient qu'elle était Libanaise, je suis marié à une Tunisienne et comment peux-tu expliquer que je puisse te rencontrer… ou plutôt ne pas te rencontrer.

Ma période marathon est née de l'indifférence qui s'était installée entre nous et il m'a fallu combler ce vide, même si j'avais deux enfants, mais ils étaient adolescents et ce n'est pas la période où l'on a le plus de contact avec eux, c'est donc pourquoi je me suis mis à fond dans ce sport.

Pour info, je dors sur un tanker (pétrolier) qui reçoit la production journalière, mais mon bureau principal est sur cette plateforme où je passe la majeure partie de mon temps, je fais les trajets en surfer (bateau rapide).

Je dois aller dîner maintenant, je dois passer un peu de temps aussi avec le reste de la troupe et je reviens ensuite.

Bisous ma belle et cette fois j'en suis sûr je peux vraiment l'écrire.

Benji

La trajectoire du hasard

Ouah Benji ! Je passe et je découvre que tu m'as gâtée, je ne sais pas quand je pourrais tout lire, je suis impatiente, je vais m'y atteler, merci de me dire cette belle chose à la fin de ton mail, je suis touchée, je sens que tu vas encore me surprendre, et quel plaisir d'avance…

Je lis la suite, non, Benjamin je n'ai pas trop de classe, mais j'accepte avec plaisir que tu l'aies ressenti ainsi, ce qui compte c'est que nous nous sommes touchés l'un l'autre, au sens figuré et réel… par tes mots et mes mots… alors, classe ou pas classe, pour moi, ou gentleman ou pas gentleman, c'est néanmoins quelque chose qui nous sied à tous les deux, la petite épice qui fait que chacun est ce qu'il est… je me remets à ma lecture, je ne te laisse que quelques commentaires, mais sache que dès que j'aurais le temps, je t'écrirai plus longuement sur tes mails.

Je reviens encore une fois Mélissa, car j'ai du temps et j'ai eu un peu de peine, je suis sensible à ta remarque, la question que tu t'es posée de savoir si j'avais un portable dans ma cabine.

Je comprends que tu aies pu te demander si je n'étais pas avec des collègues à délirer sur Internet et ricaner sur tes récits comme des connards. OK, cette image a vite disparu de ta tête, mais c'est bien normal, me dis-je, car on se connaît si peu. Je clos cette fois définitivement le sujet.

C'est fait et certain maintenant, je vais être affecté au moins un an au Nigéria, le pays le plus difficile de la planète pour l'insécurité, le laxisme du personnel local, mais j'ai un challenge à relever, un métier que j'aime, des conditions extrêmement difficiles, tellement rien ne fonctionne dans ce pays et je finirai souvent sur les rotules, mais tu verras, j'ai toujours le sourire, en tout cas, tu m'as fait le retrouver et si tu me vois le 5 au matin….

Je me suis un peu égaré, mais je comprends, c'est normal, car on arrive assez loin dans nos échanges et moi aussi, j'ai pris peur la dernière fois quand j'ai cru que tu me lâchais pour avoir commis une maladresse en disant que j'étais une femme.

Mélissa, j'ai entière confiance en toi, mais il est vrai que ça doit être réciproque, vu tes confidences, ton téléphone au bureau et tes photos.

Merci, Benji, c'est étonnant et flatteur que tu ramènes tes réponses à moi, je ne cherchais pas une réponse me concernant. Pour nous, cette première impression a été faussée, car il n'y a pas eu de visuel dans nos premiers échanges, cela étant, nos échanges ont pour moi fait appel à une chose primordiale, celle de captiver l'attention, de stimuler l'esprit, de réveiller l'imagination d'une tout autre façon, et comme tu me l'as écrit un jour, envoûter. Non, j'étais curieuse de savoir comment un charmeur comme toi réagissait.

Oh, je suis désolée, je ne voulais pas être désagréable au sujet de mon doute concernant l'aménagement de ta cabine, j'avais pensé avoir bien insisté quand j'ai écrit cette pensée, pour te faire comprendre que cela n'a été qu'une pensée fulgurante, et je voulais être franche avec toi pour ne même pas te cacher cette fugitive pensée.

Tu vas partir un an ? Et ta famille ? Tu pourras revenir de temps en temps, j'espère pour vous, non ?

Je te sens comme quelqu'un de bien et de profondément gentil. À aucun moment tu ne t'es égaré, et si ce n'est pas le 5 janvier lors de ton retour en France, j'espère que ce sera à ton prochain départ le 31 janvier, cela me ferait un immense plaisir de continuer à nous découvrir en nous regardant. Eh oui, aussi étonnant que cela puisse paraître, vu la rapidité et me connaissant, oui, tout en toi dans tes mots me fait me sentir en confiance en ta compagnie, bien tout simplement, comme avec cette « sorte » d'ami à qui on parle de tout et de rien sans aucune fausse pudeur.

Je viens de te lire et te voir Mélissa : la différence avec le réel ?

Eh bien, je ne savais pas trop en fait si tu étais typée, car certains Kabyles, par exemple, ne le sont pas du tout, mais en fait, je t'avais bien imaginée, comme tu es avec des yeux foncés, une peau mate qui fait votre charme et votre beauté, vous, les femmes du Maghreb. Je ne pouvais t'imaginer que comme cela.

Je me permets une familiarité : une vraie p'tite gueule d'amour.

Bisous. À ce soir peut-être et j'espère entendre ta voix demain.

Un petit avant-goût, Benji, tu m'as donné des frissons, je t'ai relu deux fois, j'ai vraiment eu le sentiment de sentir tout ce que tu m'offrais, tes mains me parcourant si délicieusement et si fiévreusement, tes lèvres, j'adore les baisers, s'ils sont de beaux baisers. C'est important la façon d'offrir un baiser, je me donne beaucoup, parce que je m'abandonne à l'excès dans un baiser et tu m'as donné cette envie, l'envie de t'embrasser, voilà c'est dit !

J'imagine que tu acceptes de me l'offrir et de prendre le mien, dans la réalité je veux dire, pas dans le fantasme. Je suis désolée de t'envahir avec ce désir, mais voici entre autres, une des choses que tu m'as inspirées avant ta lettre et une que tu m'inspires d'autant plus maintenant.

J'aime le rythme de tes mots, ils sont tiens, des mots qui m'ont

La trajectoire du hasard

surprise agréablement, et j'aime surtout tout ce plaisir que tu m'as communiqué, qu'il a été doux de te découvrir ainsi.

Je n'ai pas encore tout dit, j'ai besoin de plus de temps que je n'en ai tout de suite.

J'aime bien cette familiarité, et puis sincèrement, nous sommes allés explorer des régions intimes, alors cette petite familiarité ne peut sonner que comme une douceur qui me plaît beaucoup.

À ce soir, je ne sais pas, en décalé peut-être, mais tu sais, même si les circonstances m'ont été favorables, que je serai forcément moins seule maintenant, à l'approche des vacances de Noël, je serai certainement plus absente qu'habituellement, tu ne m'en voudras pas j'espère.

Enfin, il n'y a aucun souci pour que tu m'entendes demain, je serai à mon bureau, je ne m'absente que pour une réunion l'après-midi.

Baisers.

Ne t'inquiète pas pour cette période de vacances, Mélissa, il te faut bien t'occuper de tes petits loups et de l'homme de ta vie, je tiens cependant à garder une petite place à tes côtés avec ce libertinage intellectuel et spirituel, même si elle est moins importante et à un rythme que je te laisse apprécier. D'ailleurs, je t'envie un peu sans te jalouser, de pouvoir préparer ce Noël en famille, dire que je vais encore rater l'occasion de voir mon lapin ouvrir ses cadeaux.

Je voudrais juste que tu ne m'oublies pas quand tu sauras si on peut se voir, ne serait-ce que trente minutes le 5 et ensuite, on planifie un petit resto sympa le 31 janvier et ensuite, on passe l'après-midi ensemble que ce soit pour un musée, un cinéma ou tout ce que tu veux.

Je me vois déjà passer cette journée et des batteries chargées à bloc pour affronter ce premier voyage au Nigéria.

J'ai hâte et j'appréhende un peu demain, car je serai un peu ému de t'entendre et te parler, mais sache que si je ne t'appelais pas, ce serait seulement à cause d'un empêchement lié à mon travail.

Pas de souci Benji, si tu ne m'appelles pas, je ne me poserai aucune question, de toute façon tu as même le droit de changer d'avis tu sais, il n'y a aucun problème pour moi, disons que si cela peut t'aider que mon numéro soit une carte joker, tu t'en sers quand tu le désires…

Comme c'est une première, Mélissa, tu vas me dire bonjour Monsieur pour faire diversion devant ta collègue et je suis sûr que tu vas ne décrocher qu'à la troisième sonnerie pour me faire languir.

Oui, comme ça, joue-la-moi bien à la comédienne, Madame l'artiste.

21 décembre

C'était plutôt bien, et malgré tout je crois ne pas avoir été aussi coincée que cela, non ?

J'ai vraiment été ravie de t'avoir parlé, je te le répète, cela ajoute une sorte de « consistance » à nos échanges. Heureusement que mon amie avait un autre de nos collègues qui lui parlait, ça m'a permis de me lâcher un peu plus que je n'aurais pu.

Quand bien même, ce ne fut pas la panacée, et toi tu étais à peine à l'aise, à l'aise ou complètement coincé ? Je ne t'ai pas senti gêné, mais tu avais un avantage sur moi aussi.

Alors, à ton avis, quels seront les prochains points communs que nous allons découvrir ?

Au fait, tu es tatoué ou non ?

As-tu remarqué mon défaut au téléphone ? Question à dix points… réfléchis bien !

Ce n'était pas une si bonne idée en fait parce que l'on risque peut-être de s'habituer, et hop, c'est ton entreprise qui va voir grimper ses notes de téléphone… !

Mince faut que je m'habitue à l'autre boîte, la professionnelle… mais avec la mention "Personnel" et avec parcimonie, promis… Tu vois que je ne t'ai pas fait languir, non, et en fait, je ne m'attendais pas à toi à ce moment précis, mais un peu plus tard et je décroche toujours vite en fait.

Je t'embrasse, tu as une belle voix, enfin le délié est doux et très agréable.

Tu sembles calme et ça colle avec ton écrit. Un homme serein alors !!!!

Je ne sais pas si tu es encore au travail à cette heure, Mélissa, moi je viens d'arriver sur le tanker dans ma cabine, j'ai pris ma douche et me voici devant le PC pour un petit mot avant de partir dîner.

J'ai hâte de te lire, car je sais que tu as encore plein de choses à me dire, des commentaires à me faire, mais prends ton temps.

La trajectoire du hasard

Tu me demandes les points communs que l'on a encore à se découvrir, sans doute nous n'avons pas fait le tour du sujet, tant mieux, car je ne voudrais pas que la lassitude s'installe. Nous allons continuer le chemin ensemble pour cela aussi.

As-tu toujours envie d'un baiser non virtuel ?

Moi oui, je ne suis pas avare de courtoisie, de sentiments et ma générosité fait que je pourrais t'en donner bien plus.

Je continue de donner libre cours à mes fantasmes, d'espérer nous rencontrer très bientôt, ce qui n'est plus du virtuel et avoir du temps avec toi pour nous découvrir et nous évader un peu.

Je te laisse et reviens plus tard, voire si tu seras disponible ou pas, pour quelques échanges.

Entendre ta voix m'a également été fort agréable, une femme sûre d'elle qui ne se laisse pas prendre au dépourvu, un peu comédienne peut-être et qui dépasse son temps de parole comme une politicienne, si bien qu'on ne risque pas le blanc.

Benjamin,

Je suis enfin seule au bureau et j'en profite donc pour te dire encore à quel point j'ai trouvé très belle ta lettre. Je te le répète encore, tu es doué, très doué pour faire ressentir chacun de tes gestes au travers de tes mots.

Lis, puis ferme les yeux et imagine ce lieu, jardin de ce délicieux péché.

Chaque fois que j'ai relu ta lettre, je nous ai imaginés dans une chambre très méditerranéenne, carrelée avec un grand lit central, juste des draps blancs dessus, ainsi qu'un grand fauteuil confortable pour accueillir les moments que tu me fais partager.

La trajectoire du hasard

Il ne fait ni jour ni nuit, il plane une espèce de semi-lumière. Une porte-fenêtre laisse passer un air chaud qui envahit nos corps fébriles, dont les fins voilages sont balayés par le rythme lent de cet air qui pénètre, cette même langueur nous a envahis comme pour nous forcer à nous délecter le plus lentement du monde de chaque instant passé ensemble, de chaque caresse que nous nous infligeons, car c'est la sensation que ta lettre m'a donnée.

Nous sommes à la fois pressés et avides de nous donner ces plaisirs, et nous en appréhendons à la fois le terme, nous désirons ardemment que ces instants s'impriment profondément en nous, sur notre peau, nous nous abandonnons dans chacun de nos gestes pour mieux ressentir chaque infime seconde qui nous a rapprochés.

Voilà l'ambiance qui se dessine à la lecture de tes mots. Une ambiance infiniment érotique et chaotique.

Tu m'avais déjà inspiré cette espèce de lenteur et patience, comme je te l'ai écrit il y a peu, et tu m'as encore redonné cette impression aujourd'hui dans ta voix. Peu importe que je me trompe, il y a certainement quelque chose qui y ressemble chez toi.

Merci encore pour ton cadeau, parce qu'il t'a demandé de te donner un peu. C'est à ce don que je fais allusion, car par contre, je ne sais pas encore si pour toi c'est chose aisée que de le faire.

Revenons aussi sur ce téléphone et tes questions : oui, mais tu le sais il reste néanmoins virtuel ce baiser... tu es impalpable à mes yeux, enfin sauf la voix maintenant, mais l'envie d'un réel est là, oui.

Néanmoins, une petite question curieuse, ça ne te fait pas bizarre cette façon d'avoir fait connaissance ? Parfois j'oublie que c'est par le biais de cette publication, et puis ça me revient d'un coup, et je me pose cette question. Méditation gratuite comme à mon habitude.

Ton timbre de voix correspondait à peu près à ce que j'imaginais par tes mots, c'est bizarre que mon cerveau ait imaginé une voix, mais bon et toi, quelle voix as-tu imaginée, d'abord si cela a été le cas, avant de voir mon visage en photo et ensuite après l'avoir vu ?

Bon appétit, oui en retard, mais bon… j'imagine difficilement de la lassitude…

Baisers à toi.

22 décembre

Pour l'instant, virtuel ce baiser, Mélissa, il l'est et ensuite, personne ne commande, tout au feeling.

Ta voix, quand j'approfondis, elle laisse dégager aussi de la douceur, mais avec cette touche de la femme qui en impose un peu quand même, sûre d'elle, puis je t'ai entendu parler à celui qui partait déjeuner avec fermeté, on sent de l'engagement, mais ce n'est pas une critique, je demande à te voir, à te parler, à être proche de toi, mais je ne pense pas me tromper.

Si tu avais raconté un récit comme certains le font sans grande classe, même si les mots crus quand ils sont employés dans le bon contexte ont un sens, je n'aurais peut-être pas répondu. Ce qui m'a fait répondre est que je trouvais, comme je te l'ai déjà dit, ce qui me faisait penser à une période de ma vie et que c'était tellement bien raconté que je sentais ta plume glisser sur le papier à mesure que je te lisais. Cela méritait une réponse et ensuite, nous avons fait le reste, je crois qu'il n'y a pas d'autre explication. Donc, rien ne me choque dans tes paroles non plus.

C'est un peu fou tout cela, mais n'est-ce pas cela, le propre de la folie, se permettre sans se soucier… mais pour nous c'est une folie consciente que nous choisissons.

Tendres baisers.

La trajectoire du hasard

Je m'adapte en toute circonstance, Benji, celui à qui j'ai parlé est un bébé qui a besoin de cette fermeté, mais j'ai aussi celui que je nomme le psychopathe dans l'équipe, alors voilà le pourquoi de ce ton.

C'est vrai, je suis ainsi quand il le faut, mais je déteste en abuser. Et en plus, j'ai des requins autour de moi, mais d'autres tellement adorables, et dire qu'ils me reprochent de ne pas assez m'imposer, c'est le prix de la crédibilité.

Il est vrai que j'ai déversé un flot de paroles parce que les blancs dans une discussion ou bien une discussion moins vive auraient été suspects vis-à-vis de ma collègue et amie. Tu sais que j'aurais aimé prendre mon temps et te laisser venir tranquillement.

Te répondre également à d'autres sujets que tu aurais aimé aborder. Mais à défaut d'en parler, nous pourrons toujours les écrire.

Eh bien, j'ai donc trop parlé et je ne t'ai pas laissé assez de temps de parole, j'en suis désolée, mais, Benji, nous ne sommes pas encore en campagne électorale !

Oui le feeling, au feeling…

Voici la photo du tatoué en Malaisie, Mélissa, je te retourne ce que tu m'as dit récemment : « attends de voir ma photo », tu vas peut-être déchanter, non pas que je me crois laid, mais je pourrais ne pas te donner cette envie de continuer !!!

Je te laisse me dire si tu t'attendais à cela, mais tu savais déjà deux choses sur moi.

La trajectoire du hasard

Ne te sauve pas ou alors dis-moi pourquoi.

Ravie de faire ta connaissance Benji et enfin de voir tes beaux tatouages de chien.

Dis-moi, tu avais l'intention d'être désagréable en supposant que je me sauverais, tu insultes ma grandeur d'âme, je suis limite offusquée !!!

En fait, je ne sais pas à quoi je m'attendais, je ne pense même pas que je m'attendais à une image particulière de toi. Mais je n'ai aucun souci avec la personne que je découvre encore plus, un constat tu es brun (ce n'est pas ton crâne qui me le dit, c'est sûr) j'ai toujours aimé les bruns, mais il n'empêche que je suis avec un blond, ça s'explique, cela ? Et j'aime ton regard et bon j'arrête, je pense à tes chevilles… tu es grand, moyen ? Je ne m'en rends pas compte, moi je suis plutôt petite en plus des autres défauts, aïe !

J'arrête mon délire, je suis sincèrement ravie Benji, et je ne te dis pas merci, car tu m'as fait languir.

Mélissa, je trouve que tu finis de plus en plus tard le soir, je le vois à l'heure de tes messages. Attention, tu cours un grave danger pour ton couple, car tu ne dois plus faire aussi souvent l'amour depuis que l'on se connaît, notamment, n'oublie pas que ce n'est pas le but et je ne voudrais pas que ça se ressente, à terme, sur ton caractère et que tu deviennes exécrable avec moi.

Bon, j'arrête d'aboyer et de délirer, c'était juste ma pensée du jour

La trajectoire du hasard

vu de mon balcon qui n'a rien de paradisiaque celui-là et j'y suis seul à attendre....

Je continue mes investigations : aimes-tu faire l'amour en plein air ? Même au risque d'être surprise ?

Grossière erreur Benjamin, je fais toujours aussi souvent l'amour, mais je ne t'en ai pas parlé, je reste au travail, tu sais, parce que j'ai du travail, pardon si c'est brutal, mais c'est avant tout pour cette raison. Mais pour moi, ce n'est jamais trop tôt ni trop tard, tu sais que je suis un peu gourmande. Je suis allée au lit vers minuit j'étais fatiguée, mais vers 2 heures du matin, une douce caresse est venue me réveiller, et je te laisse imaginer la suite, mais je t'en prive, car ta remarque me touche.

Mike a un appétit insatiable, je te l'ai déjà dit, enfin l'appétit d'un homme normal somme toute, mais oui, je ne t'ai pas systématiquement raconté mes ébats.

Oui j'aime cela, la nature, ça a souvent été dans les forêts, en plein champ, mais là avant les moissons, les parkings aussi. Être surprise ne me poserait pas de problème, au contraire, j'en rêve, bien que je ne le provoque jamais et celui qui nous verrait ne pourrait qu'être inspiré ou bien avoir envie de regarder, ou bien se sauver, mais ce ne serait pas moi la plus gênée.

14

***

Vertiges

Benji revenait de plus en plus souvent rendre visite à Mélissa, il s'était habitué à vibrer de ses mots, de ses récits. Ils s'étonnaient tous deux d'écrire aussi facilement, de s'étendre sur leur vie privée, et de s'épancher avec autant de naturel.

Il leur était devenu facile de coucher sur papier leurs histoires personnelles.

Cette aisance leur était apparue au fil des échanges et pourtant, cela pouvait paraître peu évident à écrire à une personne réelle, des scènes qui n'étaient qu'au stade du rêve ou du fantasme et par définition non encore vécues, il n'en était rien en fait, tant il leur paraissait acquis que l'espace entre l'imaginaire et le réel se réduisait.

Ce festin divin qu'ils s'offraient les laissait se cueillir à la lisière du supportable.

Benji lisait dans les pensées de Mélissa avant même de recevoir le message ou de lui parler au téléphone, elle disait :

Benji, n'essaie pas de résister plus longtemps, ton corps tremble, pendant que mes mains et mes lèvres dansent encore autour et sur cette tige durcie.

J'aime t'avoir ainsi à ma merci, à la merci de ton désir et du mien, j'aime être celle qui peut t'offrir cette délivrance, je me retire, ton regard me supplie de continuer, mais je veux encore faire durer l'insupportable, je veux que tu jaillisses malgré toi.

Alors seules mes lèvres se resserrent et se posent autour de la base de ton sexe, chaudes, elles effleurent la naissance de ce fier pieu, elles s'aventurent vers les plis de ton aine, tu sens le souffle chaud te caresser en même temps, tu appelles ma bouche de tout ton corps tellement cet arrêt sonne comme un coup d'épée, la douleur est forte de vouloir jouir tout de suite. Je me force à patienter, et toi de même, c'est aussi douloureux pour moi, mais je sais aussi combien la vague sera immense quand elle nous envahira.

Je n'attends que de sentir ton plaisir couler sur mes lèvres, et ton regard lointain et brillant m'intime de revenir te goûter… alors je te reprends dans ma bouche et je t'avale goulûment, je me piège à mon propre jeu, il est si offert et appétissant, que je t'en fais presque mal tant je le dévore. Le vertige t'a happé, tu te laisses submerger, et tu cries ton plaisir d'un son rauque et délivrant, j'aime infiniment ces instants d'abandon total, je quitte ce sexe qui m'a si bien honorée, je remonte doucement vers tes lèvres et je les goûte à leur tour, d'un baiser presque timide et pourtant chaud comme le brasier dans lequel nous nous sommes abandonnés.

Je t'invite à retourner sur le lit, tu es épuisé et serein, mais je veux sentir ton intimité contre la mienne, je te monte et juste je laisse la pointe de mes seins continuer à te frôler et mes lèvres à t'embrasser…. Un pur moment de bonheur !

La trajectoire du hasard

23 décembre

Bonjour Benji,
C'est surprenant, c'est si particulier tout de même la nuit que j'ai passée, tu es croyant Benjamin ? Si oui, en quoi ? Dieu, un vaisseau spatial ou tu penses que tu es simplement capable de venir me troubler à ce point dans mon sommeil ?

Cette question pour deux raisons :
J'ai passé une nuit entrecoupée de réveils, je ne sais pourquoi en fait, je me suis couchée sagement, pas de folies et pour le coup je ne me souviens d'aucun rêve... et pourtant je sais que tu m'as fortement perturbée.

Mélissa,
Ce doit être ce pur moment de bonheur dans lequel je me suis laissé bercer la nuit dernière.
Aujourd'hui, il n'en est rien, j'ai envie de t'écrire, mais je n'arrête pas d'écrire et effacer tellement c'est compliqué ce soir, ce soir particulier où une étape a été franchie après ces semaines d'échanges intenses. J'ai vécu deux semaines formidables avec toi et je n'avais jamais écrit autant de lignes en si peu de temps.
Aujourd'hui c'est un peu comme la mi-temps d'un match à l'issue duquel il n'y aura de toute façon pas de perdant.
Je vais me faire sans doute un peu plus silencieux en cette veille de réveillon de Noël pour respecter tes vacances avec ta petite famille,

La trajectoire du hasard

je ne serais pas loin et te laisserais un petit mail de temps en temps pour te rappeler que je suis toujours là.

Ta voix m'est maintenant très familière et la fin de l'année nous dévoilera si on doit se rencontrer. Un regret ce soir, celui de n'être pas aux côtés des miens pour cette veillée et disposer les cadeaux autour du sapin.

Pourquoi tu effaces ? Laisse comme ça te vient… allez viens, viens là…

Tes mails seront toujours les bienvenus Benjamin et si je désire un break, il me suffira de ne pas aller consulter ma messagerie. Mais je sais que je jetterai un œil régulièrement. Tu sais bien que je ne l'ai créée que pour toi, cette adresse.

J'espère que tu ne t'es pas déconnecté en pensant ne pas m'y trouver du tout, ce serait si dommage de savoir que je suis seulement un petit bout de temps pour toi… Ces semaines ont été intenses, oui, et j'ai même eu la sensation que ça faisait encore plus longtemps que nous nous parlions, tellement j'ai appris à te découvrir.

Je sais qu'il reste encore beaucoup à dire, imaginer, deviner, j'ai hâte et en même temps je souhaite que ce soit lent.

15

***

Quartier Saint-Germain

    Je m'en souviens comme si c'était hier, cet hiver où le froid persistait, notamment à Paris. Mélissa et moi avions rendez-vous pour un déjeuner en tête à tête, Mélissa connaissait un petit resto sympa à Saint-Germain, j'avais toujours rêvé de me balader avec elle dans ce quartier et d'y prendre un verre au café de Flore, connu pour sa terrasse fréquentée par de nombreux artistes et célébrités. Je trouvais que Mélissa méritait bien cet endroit riche de culture, à son image. On s'était rencontrés pour la première fois à peine un mois auparavant et, comme pour fêter nos retrouvailles, nous y avions pris un apéritif et après avoir dégusté son Margharita et moi ma Caipirinha, j'avais pris ses mains, lui avait demandé de fermer les yeux et doucement mes lèvres étaient venues toucher les siennes délicatement, je me souvenais de l'importance qu'elle accordait au baiser, puis nos langues s'étaient mélangées en un délicieux cocktail.

    Nous étions ensuite allés dans ce petit restaurant et Mélissa m'avait dit : j'ai faim.

La trajectoire du hasard

À l'époque, je ne savais pas encore si c'était son estomac qui réclamait, je désirais tant qu'elle ait faim de moi. Je voulais que ce soit une belle journée, une journée pour elle, pour nous, j'aimais tellement lui faire plaisir, lui rendre ce plaisir qu'elle me procurait quand j'étais au bout du monde. Je la regardais mettre ses lèvres sur le bord de son verre, j'avais choisi pour accompagner le repas un médoc, car elle était assez attachée au plaisir de la table, une de ses multiples gourmandises.

À la fin du repas, et après avoir tenté à plusieurs reprises d'évoquer notre occupation pour l'après-midi, je m'étais mis à l'eau et lui avait demandé si elle accepterait de passer ce moment dans l'intimité du Clos des Lyres, rue Vaneau, un endroit pour nous deux, nous avions tellement de choses à évoquer depuis ce premier contact sur le net. Elle avait une telle confiance en moi qu'elle avait accepté tout de suite, comme si elle attendait cet instant depuis longtemps puisqu'elle s'était persuadée qu'elle y avait droit.

Cet hôtel n'avait pas ce balcon sur la rue, ce grand lit blanc au milieu, la salle de bain y était dépourvue de ce grand miroir et enfin la luminosité y était très différente de l'endroit qui nous avait fait tant rêver durant notre long voyage à la découverte l'un de l'autre.

Peu importe, nous étions allongés sur le lit, Mélissa était sur le dos et moi sur le ventre à ses côtés, un coude en appui sur le lit et l'autre bras recouvrant sa taille et nous avions longuement parlé. Nos coupes de champagne avaient été servies comme prévu, car je tenais à ne rien laisser au hasard et immortaliser ce souvenir d'un après-midi lové sous la couette.

Nous nous étions débarrassés de tous nos vêtements et les caresses avaient remplacé nos paroles, les baisers avaient atténué nos gémissements de plaisir et ses petits cris étouffés par mes baisers étaient venus à bout de nous deux.

Te souviens-tu Mélissa de cette merveilleuse journée…

16

***

Joyeux Noël

24 décembre

Je t'ai lu Benjamin, j'ai été très troublée, j'ai beaucoup aimé, je me laisse m'en imprégner encore, j'avoue que tu t'es surpassé, tu as mis le doigt sur des choses auxquelles je suis sensible, je ne sais pas comment tu es tombé si à propos. Je prends encore le temps de savourer cette journée, et je te raconterai comment je m'en souviens à mon tour…

Tu devines beaucoup de choses encore une fois, mais je te raconterai et indépendamment du moment fort, sache que c'est encore différent, l'intrusion comme tu dis, ce n'est pas le terme exact, mais tu verras je te le raconterai, là je ne fais que passer, Mike se douche… je vole cet instant de liberté pour te l'offrir en ces quelques petits mots et baisers.

Maintenant le 5 est à nous, nos volontés l'ont élu, comme tu le dis.

Je t'embrasse fort, je t'envoie des baisers de tout cœur comme tu les rêves et comme tu les aimes.

La trajectoire du hasard

Je suis comblé à mon tour de t'avoir troublée, mais j'ai tout autant apprécié tes baisers, ceux que tu me donnes avec le cœur. Je n'ai eu aucun mal à te toucher puisque je connais déjà beaucoup de toi. À force de nous toucher l'un l'autre par les mots, on va bien finir par se toucher réellement.

Je sais que ce n'est pas facile en ce moment pour toi, mais prends ton temps, j'ai envie de savoir comment cette journée du 31 sera pour toi, que tu me décrives comment tu l'imagines, à l'exception près de la marque du vin rouge, peut-être !

Ne change rien à ce que tu as déjà prévu d'écrire, de toute façon, j'ai déjà une sauvegarde de ta mémoire.

Mélissa, tu penses que je me suis surpassé, commencerais-tu à me sous-estimer ? Si je me surpasse, je vais te faire fondre. Non, là du coup, ça devient prétentieux !

N'aie pas peur, ce ne sont que des phrases avec mes mots et j'aime à te faire frissonner, à te voir partir, à mettre le doigt et bien plus sur tes sensibilités.

Reste s'il te plaît, je suis si bien avec toi, tu m'extirpes de cette solitude profonde.

J'avoue ne faire que me projeter et ne laisser que peu de place à la spontanéité, je dois me calmer et arrêter de tout programmer, mais c'est tellement agréable de te voir si bien adhérer.

Oui Mélissa, rencontrons-nous le 5 et arrêtons de prendre le calendrier à l'envers !

Nous venons de rentrer, Mike est parti à la cave jouer le père Noël, bref, il faut tout installer pour les petits loups. À cet instant je pense à toi qui ne pourras jouer ce rôle, mais je ne peux rien pour cela, donc je te retrouve comme je le peux… non, je ne commence même pas à te sous-estimer, vas-y, fais-moi fondre…

Je n'attends peut-être que cela. Peur ? De qui, de quoi ?

Toi, tes mots ou moi ?

Je crois que je suis mon pire ennemi. Je suis bien aussi avec toi, mais tu le sais déjà. Oui je reste avec toi et oui, si tu me demandes de fermer les yeux le 5, je les fermerai… mais pourquoi ?

Je pars quelques jours la semaine prochaine, si je suis silencieuse, c'est normal, mais d'ici là, tu auras eu mon souvenir de ce bel après-midi, de cette belle journée.

Nous sommes le 25, bon Noël et voici enfin mes baisers de Noël, je t'emmène avec moi dans mes rêves cette nuit…

25 décembre

Joyeux Noël, Mélissa, avec ta petite famille ! En ce moment, j'ai une pensée aussi pour la mienne, ma pauvre mère seule, mes enfants qui me manquent cruellement. Je voudrais les appeler aujourd'hui, dès que le décalage horaire le permettra, pour leur demander des nouvelles et parler à mon jeune fils, lui demander ce qu'il a trouvé au pied du sapin, mais j'avoue que ça ne va pas être très facile pour moi, surtout s'il me demande pourquoi je ne suis pas là, enfin, c'est la vie et pas toujours celle que l'on voudrait.

Fermer les yeux pour oublier ou éviter de te demander si c'est bien ou mal et pour le côté magique de ne pas savoir jusqu'au dernier moment (mais ce n'est pas pour te voler ton sac à main et partir en courant).

Te faire fondre.

Mélissa, je sais que tu en as envie, mais je ne suis pas magicien, on ne peut pas tout faire avec les mots, donne-moi ton 31 janvier comme le 31 dont nous nous souvenons tous les deux, tu sais, pour visiter ce musée que tu me promets depuis si longtemps !

Tu m'as écrit récemment à propos de tes motivations : je saurai en te voyant si je suis piégée, tu te souviens ?

À cet instant, tu ne te sens pas piégée n'est-ce pas ? Car ce n'est pas mon but, moi je dirais juste que la boucle sera bouclée.

Elle va commencer fort cette nouvelle année

Joyeux Noël, Benji, avec ta petite famille en pensées.

J'imagine que tu as eu ton petit ange en vidéo, que ça a dû te faire du bien et sûrement un gros pincement au cœur. Mais il est proche le jour où tu vas le retrouver, et surtout en profiter à souhait.

Bien ou mal ? Ce n'est pas une notion qui convient, je crois, à notre relation, elle est saine, parce qu'elle correspond à toutes ces facettes que nous avons. Que faire pour que ce soit bien, les nier au fond de soi, est-ce que pour autant elles n'existeraient pas… est-ce que cela nous rendrait meilleurs ? Non je ne crois pas, nous sommes certainement plus honnêtes envers nous-mêmes et c'est ainsi. Me faire fondre, mais tu l'as déjà fait, alors non je ne te demande pas des miracles, je te pousse à continuer ce que tu fais malgré toi ou sciemment, peu importe, j'aime cela de toute façon. Non tu n'es pas magicien, mais tu es magique à ta façon. Te rends-tu compte de ce que tu as créé avec une inconnue, même si j'y ai participé et je te parle bien de ce que tu as créé avant de te sentir l'envie de m'envoyer ta photo. Quand je t'ai vu,

La trajectoire du hasard

j'ai su que je ne fuirais pas et qu'au contraire j'appréhenderais d'être encore plus piégée, que tu ne le veuilles pas comme tu dis, je le crois, oui et non, car tu sais pertinemment que tu as voulu me séduire, ou du moins séduire la femme dont tu te fais une idée à toi.

Je suis agacée, car je n'ai pas encore le temps de t'écrire tout ce que j'ai à te dire… mais je sais que cela viendra vite… alors je continue de fermer les yeux pour mieux nous imaginer, je sais que je te demande d'être patient pour ma réponse… et je suis impatiente de te la donner, mais c'est ainsi, je profite comme je te l'ai déjà dit de moments d'absences brèves…

Baisers Benji,
je reviendrai vite…

Mélissa,
Tu vas m'excuser j'espère, mais voilà, je me suis offert un petit cadeau de Noël, je te livre les choses comme je les ai vécues hier soir et je n'aurais aucune honte à être devant toi après t'avoir raconté cela, car je sais que toi, tu me répondras. Évidemment, tu vas trouver ça beaucoup moins à la hauteur que ma façon de raconter jusqu'ici.

Je n'en peux plus de ne pas avoir vu de femmes depuis tout ce temps et c'est plutôt bizarre qu'il n'y ait pas de cas d'homosexualité sur nos plateformes ou alors on ne le sait pas.

J'ai ouvert ta photo, et alors oui, je me suis masturbé en pensant très fort à toi, en pensant que tu me faisais une fellation comme tu en as le secret et qui est incontournable pour moi dans la relation sexuelle, je t'ai imaginé les cuisses ouvertes, entièrement offerte, je n'ai pas arrêté de regarder ton sexe, tes fesses, tes seins ou ta bouche qui m'avalait avec gourmandise et j'ai joui en savourant cet instant.

J'ai eu envie de toi à ce moment-là.

Désolé Melissa, je me suis lâché, car je n'en peux plus, j'aurais pu prendre une photo de ma femme nue, mais je t'ai préférée, toi,

pour ce moment-là et pour ta présence tout au long de ce mois de décembre.
Si tu m'as trouvé trop vulgaire dans ma façon de t'avoir livré cela, ne me réponds pas et oublie ce message, merci. Au contraire, si je ne t'ai pas choqué, merci de m'avoir offert ce délice.

Alors tu as pris le seul plaisir que tu pouvais t'offrir et tu t'es inspiré de ma photo, aucune raison que j'en sois outrée, parce que tu as le droit de le faire et de ne pas me le dire et tu as le droit de le faire et de me le dire, penses-tu que j'aurais considéré que je ne suis qu'un défouloir ? Non, mais effectivement, peut-être que je l'ai été à cet instant pour toi, quelle importance… je suis ravie de t'avoir inspiré… et puis zut, sois toi-même comme tu le désires.

Mélissa,
Vraiment je m'en veux de t'avoir envoyé mon précédent mail, je ne sais pas comment tu vas réagir et pour qui tu vas me prendre alors qu'il n'y a plus rien de magique, tout a disparu.
J'ai carrément disjoncté comme ça m'arrive parfois, mais je ne le raconte pas et là, j'ai cru à propos de te le dire, mais je suis vraiment stupide d'avoir fait ça.
Je te demande de m'excuser.

Quelle idée, arrête tes excuses, tu ne m'as pas choquée, tu n'es pas stupide, tu es un homme qui est à des lieues de là où il aimerait être, avec les pulsions naturelles et normales que toute personne a et a le droit d'avoir, même dans des situations moins extrêmes que les tiennes. Tu as tout simplement dévoilé franchement un autre aspect de toi, un aspect que je n'ai pas un instant imaginé ne pas exister et dont j'aurai trouvé anormal qu'il n'existe pas. Aucun de tes mots n'est vulgaire en soi. Alors j'ai choisi de répondre à ce mail parmi les autres pour te mettre à l'aise tout de suite… rien n'a disparu, crois-tu que tu n'es que mesure, douceur, tes mots crus sont autant fiévreux que les mots délicats, ils offrent autre chose comme désir. Et si je privilégie les mots plus doux, c'est juste qu'ils ouvrent un imaginaire différent… trop long à expliquer, pas de souci pour moi je t'assure, à demain…

26 décembre

Bonjour Benjamin,

J'essaie de répondre et de coucher sur ce semblant de papier tout ce qui m'est passé par la tête entre hier soir et ce matin et que je n'ai pas eu l'occasion de t'écrire spontanément.

Alors je vais écrire au fil de mes pensées pour faire resurgir tout aussi bien ce que j'ai lu de toi récemment, et quelles réactions tu as inspirées.

D'abord comme tu disais, pas d'incident diplomatique, et tu es fixé sur ce que je pense du plaisir solitaire, de ses motivations, de son inspiration et de « l'aveu », sujet clos.

Je voulais réagir aux termes masculins employés pour désigner l'objet de désir tant convoité par l'homme en général. Aucun des termes que tu emploies ne me gêne, ne me choque ou ne m'est pas familier.

La trajectoire du hasard

Ta femme n'en aime pas un. Je crois deviner qu'il est souvent employé par une catégorie d'homme qui n'a que peu de respect envers la femme, et peut-être que cela lui inspire cette image. En fait, tout est affaire de qui l'emploie, dans quel contexte, et pour qui....

Il est clair que Mike peut user, ou presque, de tous les adjectifs qui l'inspirent, je sais qu'il n'associe pas les termes pour ce qu'ils sont, et il lui est arrivé de me traiter de « salope » quand nous étions à des moments forts de l'acte, sans pour autant considérer sa femme comme telle. Tu vois, ce terme est plus réservé pour moi que le mot chatte.

Je n'aurais pas accepté, sauf si la demande émanait de moi, qu'un homme que je connais peu et avec qui je fais l'amour use de ce terme.

Sinon, je t'ai parlé de cette nuit où tu nous as rejoints de façon très particulière. Alors je vais t'en parler plus longuement. Nous avons donc fait l'amour, j'étais gourmande différemment cette fois, et je lui ai demandé de me caresser longuement, il a doucement enivré tous mes sens, car je savais qu'elle était son intention, ses lèvres et ses mains ont eu raison de moi, alors doucement ses doigts m'ont d'abord pris, puis sa queue, et là j'étais folle et je lui ai dit de nouveau que l'envie d'une deuxième queue me reprenait encore et encore. Il m'a fait le lui répéter, oui c'était des moments forts, mais j'étais suffisamment consciente de ce que je disais et lui aussi, je lui ai répondu que oui, je voudrais essayer avec un autre homme en sa présence et il m'a dit que si cela me faisait plaisir, oui, il accepterait sans problème et il s'est mis à me décrire cette scène imaginaire où je me faisais doucement sodomiser, pendant que mes lèvres se délectaient d'un autre sexe. Et là c'était toi… Je t'ai goûté par mes lèvres et tu m'as fait vibrer en me pénétrant comme j'aime particulièrement.

La trajectoire du hasard

J'ai dit à Mike que je sentais cette seconde queue me prendre, il m'a demandé de la décrire.

Quand nous avons repris nos esprits après cette terrible jouissance, nous en avons rediscuté, puis nous sommes allés dans la cuisine boire un grand verre d'eau. Mike a allumé sa cigarette et là encore, je lui en ai reparlé en lui demandant quels étaient ses désirs et il m'a fait ses aveux en ce sens que rien ne le dérangeait excepté le choix de la personne, respect… bref, tu étais de plus en plus dans mes pensées, je ne lui ai pas parlé de toi en te nommant, mais disons que je lui ai dit : si je fais la connaissance de quelqu'un par le biais du Net, puis le rencontre et qu'il me plaise infiniment, tu accepterais de le connaître et que je l'invite dans mes bras ?

Sa réponse a été OUI.

Nous avons discuté de nos raisons et motivations et je lui ai fait comprendre que j'acceptais l'idée et qu'elle me faisait vibrer, pour la simple raison que je ne suis plus une jeune fille, que j'ai une certaine expérience, que j'ai deux beaux enfants et un homme que j'aime et que je veux néanmoins profiter de la vie, j'ai bientôt 40 ans et je ne vois pas en quoi l'ivresse des sens procurée par un autre remettrait en cause des sentiments, leur sincérité, cela se construit sur le temps et ça ne s'efface pas avec une partie de « baise » aussi belle soit-elle (oui un peu d'images crues venant de moi…), que je trouverais dommage de finir ma vie avec ce genre de petits regrets… que je ne suis plus jalouse comme j'aurais pu l'être à 20-25 ans, car je ne doute plus de moi comme plus jeune et donc je ne doute plus de lui, et je ne suis pas dupe du fait que tous les hommes (à quelques « saints » près) ont tous envie d'une autre femme, ou de goûter à un autre sexe, à un moment ou un autre… comme tous les autres plaisirs de la vie en fait.

Je ne dis pas, Benji, que c'est ce qui se passera avec toi, parce que nous n'avons jamais discuté de cela, je ne sais pas si c'est une chose que tu conçois dans ton esprit. Je sais que si cela devait arriver, je ne souhaite pas que ce soit l'aventure d'un jour avec toi et que ça rompe notre amitié.

De toute façon je suis tout à l'idée de te rencontrer pour le moment, de nous découvrir, et de fabriquer notre jardin vers lequel nous semblons aller, que ce soit pour construire et forger une amitié profonde... je ne sais pas, et puis ce sera ce qui devra être... Voilà cette façon particulière où tu m'as rejointe cette nuit-là.

J'ai encore beaucoup de choses à te dire...

Mélissa,
J'étais encore à repenser si cette idée était nouvelle, je ne le pense pas, car tu y as songé depuis longtemps déjà, mais il semble que tu en aies parlé à Mike que très récemment.

J'ai effectivement compris que Mike adhérait à ton envie d'un autre sexe, d'une relation à trois et que c'était aussi dans ses aveux, son souhait d'assouvir le même fantasme quand tu me dis qu'il pense la même chose que toi, à savoir d'accepter un homme choisi par toi. Est-ce exact ?

Dans ce cas, la question qui me vient est de savoir si tu n'as jamais pensé à quelqu'un de votre entourage auparavant, ou l'idée naît ou renaît depuis que tu me connais ?

Tu vas peut-être penser que je me pose trop de questions, que je candidate, mais j'aime connaître tellement de toi que je suis curieux de tout comprendre.

Qu'as-tu encore à me dire, tu m'as mis l'eau à la bouche avec tes fantasmes qui sont les miens aussi, ne me retires pas le fruit et dis-moi tout, Mélissa.

J'ai faim et soif de tes confidences aussi intimes et secrètes soient-elles.

Bonsoir Benjamin,

Non l'idée n'est pas nouvelle, elle est née il y a quelque temps et ce fantasme s'est confirmé de plus en plus bien avant de te connaître. Disons que c'est le temps qui a fait que j'en ai eu le fantasme de plus en plus prononcé jusqu'à désirer une double pénétration anale/vaginale. Et surtout quand Mike m'a redonné l'envie de la sodomie, curieuse d'en connaître les sensations qui me feraient tourner la tête et imaginer combien deux hommes seraient un délice. Plus le temps passait, plus ce fantasme m'a obsédée. Tout s'est combiné, je me suis de plus en plus dévoilée auprès de Mike, je ne sais plus si je ne te l'ai pas déjà dit, mais cela faisait plus de dix ans que Mike fantasmait sur mes aventures de célibataire, c'est une autre forme de révélation sur moi et de déclic, je pense qu'il a découvert des aspects qu'il a peut-être supposés et que je lui ai confirmés par cette parution. Quand nous avons commencé à échanger des mails, je n'ai pas un instant supposé que tu pourrais être ce deuxième homme, plus nos échanges avançaient, plus j'ai fantasmé sur toi, mais pas dans une relation de trio à ce point. Ce n'est que récemment, depuis que je t'ai invité dans mes rêves et dans mes délires pendant l'acte, que je t'ai imaginé également avec nous. Mais sache que ce n'est pas ce que je te demande, ce que je désire avant tout, c'est te connaître toi, dans une relation qui ne soit que nous deux. D'ailleurs, c'est aussi pour cette raison que je ne me souvenais plus que l'idée ne te repoussait pas, je t'en avais parlé, tu m'avais répondu à ce sujet comme tu me le rappelles, mais tu vois, je n'en avais pas pour autant assimilé l'idée ainsi. Là est toute la différence entre une démarche calculée et la spontanéité. En ce qui te concerne, tu es entré dans ma vie, car c'est ainsi qu'il faut le voir, même si c'est principalement par des échanges de mails, parce que tu m'as séduite. Peut-être que je t'inclus dans une hypothétique relation à trois, parce qu'elle me conviendrait, dans l'état d'esprit que j'ai vis-à-vis de Mike, à savoir avoir son aval… mais là, c'est un autre débat, je me suis lancée dans cette aventure avec toi, pour toi, parce que c'est, bien avant, toi, ton intellect, ta sensibilité qui m'ont séduite, je le répète et tu le sais.

Oui, Mike me dit accepter l'idée d'un autre homme choisi par moi, mais une chose est claire, avant tout et avant que tu n'existes pour moi, j'ai toujours dit que je ne voulais absolument pas d'un inconnu et pas davantage d'une de nos connaissances communes. Je n'arrive pas à concevoir ce type de relation avec une connaissance, d'abord parce que je ne saurais pas réellement qui m'inspirerait et que je n'ai pas envie de me dévoiler à des amis qui me connaissent d'une façon qui leur est propre. Mon ouverture d'esprit leur est connue pour certains, mais cela s'arrête là. J'avoue aussi que si je ne te connaissais pas, cette idée serait toujours présente, mais je n'en parlerais pas comme d'une chose qui peut plus que probablement s'accomplir. En fait, tu m'as permis d'entrevoir que cette possibilité pouvait être plus que tangible. Mais j'insiste, je ne dis pas que je l'entrevois et que mes intentions sont arrêtées. Je ne veux pas que tu croies que je me « servirai » de toi, cela me peinerait. Je veux que tu comprennes que tout d'abord notre relation d'amitié, je l'estime profonde, car nous sommes allés loin dans notre confiance et confidence. Je veux la développer uniquement si tu es d'accord, et que cette affinité particulière, honnête, sans fausse pudeur ou tabous de bonnes mœurs ne nous emprisonne pas ; tu ne trouves pas que ce serait merveilleux

de pouvoir être des amis de toujours et de savoir nous émouvoir autrement, sans péril, sans souci, bien sûr, je sais que j'extrapole, mais j'essaie d'aller à l'extrême pour te faire comprendre mon sentiment. Tu m'as découverte d'une façon que je ne peux plus changer, tu fais preuve d'un respect que j'apprécie infiniment et qui est l'essentiel et c'est pourquoi nous en sommes là. Sans cela, je crois que jamais nous n'aurions continué, tu m'as touchée à cette limite qui est que tu ne me juges pas, je ne te juge pas, je t'apprécie et te prends comme tu es. À l'exception près que je pense que tu « m'idéalises » un peu trop peut-être.
Baisers, Benji.

27 décembre

Mélissa,
Je t'ai posé ces questions sans aucune arrière-pensée et je te fais une confiance totale tellement nous nous connaissons bien et nous apprécions et je sais que tu serais incapable de te servir de moi et l'idée ne m'en est venue à aucun moment.
Est-ce que je t'idéalise : oui, je pense un peu, car je t'ai dit un jour, je n'efface pas, mais je viens de me rendre compte que l'on ne se connaît que depuis quelques semaines alors que j'ai l'impression que cela fait des mois, donc je t'ai dit une fois au début que tu mettais la barre haut. Il est vrai que tu représentes tout ce que j'aime chez une femme : la classe, l'intelligence, la culture, l'humour, l'humilité, l'ouverture d'esprit et en plus, cette découverte de la femme qui a des fantasmes et qui en parle, bref, la femme, l'amie idéale. Oui, Mélissa, tu es tout cela, mais je n'ai pas dit que cela me diminuait, tu m'as trouvé du charme, un pouvoir de séduction, un certain don

La trajectoire du hasard

pour la plume dont je me suis moi-même étonné avec d'ailleurs des dérapages imprévisibles, Balance oblige…

Avec tout ce qui nous lie, je n'attends que cela, nous connaître encore mieux, nous voir, concrétiser cette amitié profonde et je mentirais si je ne disais pas que j'espérais déjà aujourd'hui davantage, comme la naissance de cette complicité dans une relation particulière pour continuer de se découvrir et oui, Mélissa, c'est ce dont j'ai envie pour nous deux. Laissons passer ce bref rendez-vous à mon retour si tu veux et après, tu me diras tes envies aussi.

Ne pense pas un seul instant que j'ai exagéré sur les compliments que j'ai faits sur toi et de mon côté, je suis infiniment touché par ce que tu penses de moi.

Benjamin,
La curiosité a été forte et je reviens deux minutes juste pour te préciser que quand je te dis que tu m'idéalises, je ne supposais pas que ça te diminuait, aucun rapport, quelle idée, mais peut-être as-tu juste voulu le préciser, et je le prends ainsi. Ta notion de classe m'intrigue, mais bon.… et attend aussi le physique, je peux être à l'opposé de tes goûts et c'est important. Au fait, merci pour ta photo, tu fais très sérieux avec tes lunettes… je te taquine et ce n'est pas un soupçon de reproche, au contraire… laisse-moi finir mes lettres et je te les donne, elles sont pour toi. J'attends, tout comme tu dois aussi attendre, tu sembles si à l'aise et sûr, quand moi je suis si peu sûre de moi à ton égard, je veux dire te paraître aussi séduisante, au sens large du terme, que mes mots semblent me dessiner. En fait, je réalise que je souhaite te séduire tout autant quand nous nous retrouverons, mais j'en doute tellement.

C'est ainsi, plus d'attente, voilà ma confidence.
Doux rêves et belle journée

17

***

Nourritures terrestres

À Benjamin,

Oui je me souviens, je me souviens de cet après-midi et de tous les instants partagés, les dits et les non-dits. Je me souviens de ce petit restaurant où nous avons goûté aux nourritures terrestres, tu m'as agréablement surprise en commandant ce Médoc, décidément tu m'avais appris sur le bout des doigts si j'ose dire. Tout ce qui faisait en partie moi, tu le connaissais. Et moi je me disais : Mélissa, est-ce que tu vas être à la hauteur ? Dès l'instant où je t'ai retrouvé, j'ai été impatiente de me délecter de cette union, je voulais en jouir à l'excès et je voulais que le temps reste suspendu pour pouvoir en apprécier réellement chaque minute.

Tu semblais calme et tranquille à la fois, de ce calme qui donne ce goût provocateur à chaque mot qui sortait de ta bouche. Je te regardais parler, plus je te regardais et plus je désirais croquer des nourritures moins terrestres… mais je me raisonnais et mon « j'ai faim » était

La trajectoire du hasard

un appel à toutes ces nourritures, l'avais-tu compris ? Je ne le saurai pas pour le moment. Je parlais peut-être trop, comme les premières fois au téléphone, tu souriais, tu semblais t'en amuser, quant à moi je me demandais que faire, continuer, te provoquer, t'inviter à autre chose... et puis tu as enfin offert ces mots libérateurs que j'attendais ardemment : un après-midi lové dans cette chambre d'hôtel... j'avais jusqu'alors passé des moments merveilleux, les prochains allaient être magiques.

Dès que nous sommes entrés dans cette pièce, j'ai repensé à cette nuit rêvée dans cette lumière particulière... y pensais-tu également ?
La chambre était différente, mais idéale, d'ailleurs, en y réfléchissant, j'ai été soulagée qu'elle soit différente, mon esprit ne nous attirerait pas vers ce que nos corps se sont offert cette nuit de rêves, hors de question de suggérer, de se laisser influencer. Ces instants précieux seraient à nous, bien à nous et nous allions les dessiner et en prendre possession à notre façon. Après avoir investi du regard cette chambre, je me suis tourné vers toi et je t'ai vu me tendre une coupe, tu souriais et j'ai répondu à ton sourire, en tendant mon bras vers cette flûte. Tu avais vraiment pensé à tout, enfin nous allions trinquer au champagne, comme cette fois où j'ai bu une coupe à ta santé, seule de mon côté et toi à des milliers de kilomètres.
Tu m'as invitée à m'installer sur le lit, et tout naturellement tu m'as rejoint, nous discutions et buvions ce petit nectar... je désirais tes lèvres plus que tout et enfin est venu ce baiser que je voulais tant te voler, tes lèvres se sont posées doucement, presque chastement, cette douceur en était presque brûlante, puis nos lèvres se sont faites plus pressantes, plus offertes et doucement ma langue est venue goûter la tienne. Je ne sais comment, de cet instant presque religieux, nous avons défait nos vêtements, je me souviens de ce frisson quand ma peau a frôlé les draps. Un instant, je me serais crue une adolescente

sans expérience, tant j'étais intimidée, tout semblait être en fait arrivé si vite et à la fois si lentement, tu as posé ta main sur ma hanche et ton autre main m'a attirée vers toi, j'ai frissonné de nouveau en sentant la douce chaleur de ton corps contre le mien, j'ai à mon tour posé mes lèvres sur les tiennes et je les ai prises sans aucune pudeur, tu étais bien là et mon corps te réclamait, je me suis fait douceur et douce violence, je me suis faite prédatrice et proie, mais à aucun de ces instants tu ne te serais effacé, tes mains ont su ouvrir mon désir, ta bouche a su me rendre dépendante de tes baisers et caresses, nous étions fébriles de désir, et nous avions bien l'intention de nous repaître l'un de l'autre. Puis ta main s'est faite plus insistante dans ses caresses, je te fixais, je voulais voir ton plaisir et que tu prennes possession du mien. Ton sexe s'est enfin glissé en moi, le plus simplement du monde, et mes hanches sont venues se coller aux tiennes pour te sentir au plus profond de mon intimité, quel délice, tes mains ne se lassaient pas de caresser mes seins tendus et moi je ne me lassais pas de te sentir me parcourir ainsi alors que mes doigts imprimaient le rythme de ta pénétration en se laissant aller à te caresser le bas des reins, tes fesses et à se faire plus intrusives encore, j'aimais te sentir tout contre moi. Nos gémissements trahissaient le plaisir de cette découverte, mais nous ne voulions pas nous laisser aller à la jouissance si vite, nous avions tant attendu cet instant, qu'il nous fallait faire durer ce plaisir, aussi difficile que cela soit.

J'ai alors basculé pour venir te dominer de ma hauteur, je me suis juste mise sur toi, tu es resté allongé et je t'offrais ainsi mes seins, tu t'es redressé pour les prendre dans le creux de ta main et dans ta bouche, ta langue dansait autour de leur pointe, une ivresse, j'ai repris un mouvement lent des hanches et je me caressais ainsi sur ton sexe, quand je l'ai senti vouloir me pénétrer, je t'ai demandé de t'asseoir, je voulais pouvoir t'inviter entièrement dans mon sexe... mes sens ont perdu leur repère dès que tu m'as investi d'un mouvement brusque, je t'ai senti entrer avec une force comme j'aime tant, une lame de désir… nous commencions à peine à découvrir nos gourmandes envies, nous avions tant envie d'essayer toutes celles que nous connaissions par nos mots échangés, mais nous avions aussi envie de nous étonner de rester cachés dans notre nid de désirs… nous avions le temps, tout le temps encore de nous offrir ces plaisirs, de nous rapprocher encore plus l'un de l'autre… oui, nous étions dans un jardin secret en train d'en construire ses contours, et pendant que ces pensées erraient dans mon esprit, tes mains doucement caressaient mes fesses, tu les prenais dans chaque main, tes paumes dessinaient des cercles qui descendaient et qui revenaient vers mes hanches puis vers mon sexe pour mieux repartir vers ces fesses que je savais que tu tenterais de dompter…

Te souviens-tu de la façon dont tu les as séduites ?

Dis-moi Benjamin, est-ce ainsi que tu la désires, cette étreinte… ?

28 décembre

Benjamin,

Pardonne-moi ma gourmandise, mais je suis heureuse de t'avoir extirpé du vide.

J'ai supposé que je soumettrais cela à l'approbation de Mike, mais en réalité je n'en sais rien, ce n'est pas si simple et j'en ai aussi beaucoup à te raconter, je sais que tu saisiras mieux mes pensées quand j'y viendrai…. C'est de la projection par rapport à ma réalité actuelle, mais comment savoir si ce que je considère comme une expérience sexuelle éventuelle ne deviendra pas un acte d'amour charnel ? Si je suis piégée, séduite, envoûtée cérébralement, c'est ce qui se passerait, je pense, une façon de me limiter peut-être, mais j'y reviendrai. Il va falloir que je surveille mes mots, j'aime infiniment débattre et frissonner avec toi....

Notre rendez-vous approche, Benjamin, nous allons enfin faire connaissance autour d'un café et puis hop, un bisou et tu rentres chez toi, c'est ainsi que tu le vois, n'est-ce pas ?

Pas d'inquiétudes Mélissa, je l'avais compris ainsi et j'y apporte une précision.

Je suis quelqu'un de très sérieux avec ou sans lunettes et je suis un gentleman, au cas où tu l'aurais oublié.

Au travers des mots, nous sommes en train de nous séduire mutuellement depuis le début, c'est évident et je ne vois pas en quoi tu peux douter de toi. On a tous des choses en nous qui nous font douter, je sais très exactement qui tu es, comment tu es et j'ai très envie de te rencontrer et rien ne changera, car nous sommes tous deux attirés par la curiosité, par ce qui se cache derrière nos plumes. Je vais regarder mon plan de métro ce soir pour situer Sèvres-Babylone et je suppose que tu nous as trouvé un endroit qui convient pour se parler aussi aisément qu'avec l'outil informatique.

Je répondrai à ta lettre plus tard et je dirai néanmoins que tes nourritures me donnent faim.

Merci pour ces plaisirs affolants auxquels je rajouterai quelques fessées.

La trajectoire du hasard

29 décembre

Bonjour Benji,
Alors tu me proposes des fessées c'est cela... comme tu y vas ! Quelle est cette soudaine assurance !
Car si je comprends bien, en faisant semblant de ne pas avoir osé l'écrire, tu le fais par négation, mais tu le fais quand même... où est la différence ? J'en vois une, celle de t'inviter à continuer ou de ne pas donner suite à ta suggestion... que crois-tu que j'aille en dire ?

Mélissa,
J'ai une pensée à cet instant pour toi, je savoure toutes ces choses que l'on s'est échangées et ces dernières lettres où nous sommes allés très loin ensemble, sache que si je t'ai fait chavirer, tu m'as amené là où je ne suis encore jamais allé avec une femme, jusqu'à ce côté totalement débridé entre nous. Nous n'avons plus beaucoup de secrets l'un pour l'autre sur le sexe, la façon d'attiser nos sens, d'exprimer nos désirs et de crier nos plaisirs depuis ce premier baiser virtuel jusqu'au bout de nos fantasmes. Nous nous connaissons déjà si bien, je n'arrête pas d'observer tes lèvres quand elles se posent sur ce verre de vin, ta langue qui passe sur tes lèvres, ta bouche qui donne maintenant le même signe que tes yeux. Nous nous sommes approchés de si près que j'ai pu te deviner et c'est pour avoir parcouru ce chemin ensemble que nous avons appris à connaître les réactions de nos corps. Merci à cette revue de nous avoir unis dans cette fougue, cette folie, cette liberté des mots qui nous amène aujourd'hui à notre rencontre imminente.
Merci à toi, Mélissa, de m'avoir donné tant de toi et de m'avoir ten-

La trajectoire du hasard

du la main, c'est toi qui m'as permis d'atteindre ce bonheur virtuel, cette liberté de communiquer et cette aisance à me dévoiler. Merci encore d'avoir éveillé tout ce qui devait pourtant déjà exister en moi et que je ne pouvais pas exprimer seul.

Je t'embrasse.

18

***

Le Delta

Deux longues journées ont passé depuis leur précédent échange, ce qui a permis à Benji de remettre à plat cette situation naissante, moments de réflexion entrecoupés par des soucis liés à la montée croissante de l'insécurité dans le Delta du Niger, partie sud du Nigéria où se trouvent toutes les richesses pétrolières. Benji y pense, car sa mission en Thaïlande se termine et qu'il doit s'y rendre pour son premier entretien à Port Harcourt, ville pétrolière du Nigéria en plein cœur du Delta où viennent d'être retrouvés assassinés sept ressortissants étrangers, tous collaborateurs de compagnies pétrolières ayant des intérêts dans cette partie du monde. Aussi, 32 personnes sont toujours otages des commandos du MED (Mouvement d'Émancipation du Delta) qui regroupent plusieurs ethnies de cette région et réclame une répartition plus équitable des revenus des richesses et la libération de leur leader détenu pour de multiples sabotages. Le mouvement exerce la pression sur le gouvernement avant les futures élections présidentielles. Le dernier otage est précisément un Français sous-traitant de la compagnie de Benji. Inquiet lui-même, Benji n'a mis personne au courant de son déplacement, hormis Mélissa, avant de rentrer en France pour ne pas inquiéter sa famille. L'insécurité dans ce pays commence à l'aéroport international où il arrive fréquemment que le personnel au sol coupe l'éclairage de la piste quand l'avion se présente pour atterrir avec de l'avance sur l'horaire et qu'il ne se considère pas prêt à le recevoir. Ce genre d'incident est fréquent, mais le dernier, reporté par un collègue de Benji déjà en poste au pays sur un site offshore, est celui de la traversée d'un troupeau de vaches sur la piste quinze jours plus tôt et qui avait sérieusement endommagé le train d'atterrissage de l'avion et surtout donné la peur de leur vie aux passagers et à cet ami de Benji présent dans l'avion. Une fois posé, il vous suffit d'avoir prévu de donner quelque chose au personnel sous peine de subir une fouille minutieuse et de vous voir confisquer une partie de vos équipements comme les nécessaires de toilette ou autres objets attrayants. Inutile de penser pouvoir passer une tablette de chocolat, ce n'est qu'illusion et si vous montrez quelque réticence, votre pastille pour la gorge pourra devenir rapidement un stupéfiant, si vous n'avez pas une ordonnance médicale l'accompagnant.

31 décembre

Bonjour Mélissa,
Comme promis, je me suis montré discret ces derniers jours pour ne pas perturber votre cocon familial.

Dis-moi, tu vas m'emmener dans un parking souterrain jeudi prochain, lequel de nous deux est le serial killer ?

De toute façon, il faut vivre dangereusement.

J'ai relu de nombreux mails dont ceux du début, où le vouvoiement était de rigueur, et j'avoue qu'il n'y avait pas meilleur moyen d'avoir envie de se connaître que la façon dont on s'est abordés avec ce mélange de dialectique et d'intrigue.

Un parcours de rêve et tu peux me croire quand tu as reçu ce plus beau compliment.

Je te laisse à tes occupations de ce dernier jour de l'année et ce soir la fête ?

Bisous, baisers, Mélissa.

Benjamin,
À mon tour de préciser, oui c'est un soir de « fête » ou disons que c'est un des soirs de fête sur cette planète où beaucoup se réuniront pour la même raison, mais cette année j'ai décidé de le faire sagement en famille et je n'avais ni envie de sortir, ni d'aller chez des amis, ni d'inviter comme je le fais souvent… C'est rare, mais j'avais cette envie aussi d'être avec toi. Aussi, je peux te dire que je serais là à t'attendre, à Sèvres-Babylone, ce 5 janvier au matin et ce n'est pas du serial killer dont j'ai peur, je n'ai peur de rien d'ailleurs, et je redis haut et fort que j'aime mon mari et j'aime ma famille et pourtant je dirais plutôt que je crains un peu cette limite fragile entre l'amitié et les sentiments et encore davantage avec ce que j'ai envie de partager avec toi après notre première rencontre, car nous sommes forcément devenus accros malgré nous au fil de nos longs échanges.

La trajectoire du hasard

Tiens, juste une interrogation, crois-tu que si nous ne nous sentions aucune attirance ou affinité érotique je dirais, tu voudrais entretenir notre amitié ? Réfléchis sereinement à cette question… et honnêtement comme toujours.

Mélissa, je ne viens pas uniquement pour t'entendre dire oui, je viens avant tout pour sceller notre amitié profonde avec tout ce qu'elle a de particulier, car j'ai vraiment envie de te connaître après ces kilomètres de mails que l'on s'est échangés, et à supposer qu'il ne se passe rien entre nous, je te retourne la question : peux-tu imaginer que je me dérobe et qu'on ne prenne pas ce verre de Médoc ensemble et cette coupe de champagne et qu'on n'aille pas visiter ce musée le 31 janvier prochain ?

Si ça devait se passer comme cela, on serait toujours amis malgré tout et j'espère que l'on continuera de s'écrire dans ma prochaine mission, car pour le coup, je risquerais de faire une déprime. Mais en toute honnêteté, j'aspire à autre chose que de l'amitié pure et tu le sais puisque tu aspires à la même chose, mais je ne dis pas que nos échanges pourraient être aussi intenses, bien que si tu continuais de me donner régulièrement des lettres, l'homme seul que je suis quand je suis offshore serait, de toute façon, ravi.

Je ne sais pas ce que tu attendais comme réponse, mais je pense être honnête, Mélissa.

Oui, tu as effectivement raison, nous sommes devenus accros des mails et comment cela sera après ce 31 janvier programmé, tu oses imaginer. Le mieux serait que je sois si nul que tu ne donnes pas suite à nos échanges dès jeudi prochain…

La trajectoire du hasard

Intense, ça devrait l'être, parce que je ne vois pas pourquoi ça serait moins bien que nos lettres.

J'ai confiance en nous pour ne pas nous mettre en danger et surtout nous dire notre ressenti.

En tout cas, pour l'instant, souviens-toi, on ne s'est pas encore vus, tu t'en souviens, moi parfois j'oublie, tellement c'est devenu naturel de s'écrire comme si on avait déjà vécu toutes ces expériences ensemble.

Oui, oui, et oui, Benjamin, et moi aussi tu sais… et je n'attendais rien d'autre qu'une réponse sincère et j'espère bien que l'on continuera à s'écrire de toute façon…

Je reconnais que je confonds parfois le fantasme et le réel, au sens que c'est si naturel ce que je te raconte, que je n'imagine pas que je raconte un fantasme, certes particulier et très ciblé, puisque tu es là, mais bon, et soudain je réalise que nous nous décrivons et dévoilons dans tous les sens (et là tu m'as tout de même fait monter d'un cran), alors que nous ne nous sommes jamais effleurés, ne serait-ce qu'une joue amicalement…

1er janvier

Des vœux comme tu les aimes, Benjamin, tu sauras mieux que moi les rêver, mais je te souhaite surtout bonheur et santé, argent bien sûr, car tu adores ça, et que de belles choses pour toi et tes enfants, ta famille, que la joie vous suive aussi longtemps que tu le souhaiteras.

Aussi, je nous souhaite un beau et long voyage, plein de choses frissonnantes, enivrantes, qu'elles soient comme tu les aimes, que

La trajectoire du hasard

cette amitié dure, érotique ou pas, je veux qu'elle soit surtout et que nous soyons toujours ces amis particuliers que nous avons découverts... la vie est étonnante et belle et elle apporte toujours son lot de joie et de surprise lorsque l'on ne s'y attend pas, je crois que notre rencontre en fait partie et c'est pour cela que je désire qu'elle perdure. Même si je sais que tu es plus attiré par cette magie érotique qui est née de nous, eh bien j'espère que si cette magie n'était pas ou plus, nous garderions nos liens de quelque façon que ce soit, car j'ai beaucoup d'attirance pour toi et ce n'est pas que du fantasme, loin de là.

Je regrette que devenir amis soit peut-être compliqué, je parle d'une amitié au grand jour, mais je sais que quoi qu'il doive se construire, cela se construira, comme nous le déciderons, voilà ce que je nous souhaite et j'espère aussi que cela fait partie de tes vœux.

Je t'embrasse fort.

Mélissa, je te souhaite de rencontrer un ami découvert récemment, d'aller avec lui aussi loin que tu croiras en son amitié profonde et en sa sincérité.

Aussi, cette année va, je l'espère, te permettre d'aller au bout de tes fantasmes avec cet ami qui te suivra où tu voudras aller avec lui sans jamais rien t'imposer et qui s'effacera si besoin était, mais sans jamais pouvoir t'oublier.

Cela ne sert à rien d'en ajouter davantage, mais sache que tu m'as permis de passer une bonne fin d'année, tu m'as permis d'écrire beaucoup et je te redis le compliment qui t'est allé droit au cœur :

Mélissa, tu m'as amené là où je ne suis encore jamais allé avec une femme.

Je te suggère donc de nous prendre par la main et de faire tout ce long chemin parfumé d'érotisme ensemble et d'aller jusqu'au bout et de rester de vrais amis particuliers, certes, mais authentiques.

Essaie de me donner une coupe de champagne aujourd'hui, Mélissa, et j'aimerais que tu le boives pour le faire couler dans ma bouche ensuite pour effacer la pointe de pessimisme que j'ai perçu d'une femme pourtant sûre d'elle.

Non, Benji, je ne suis pas toujours sûre de moi, j'ai bien compris que c'est ce lien érotique qui t'attire, je suis une grande fille, Monsieur, mais tu sais, ce lien érotique, je ne l'ai autorisé que parce qu'il m'est apparu de qualité, toi, tes phrases, tous nos échanges, le fait aussi que tu sois un homme avec une certaine maturité, parce qu'il est clair que si tu avais eu, je ne sais pas 25 ou 30 ans, il ne se serait rien passé.

Je ne pouvais que correspondre avec un homme qui avait une certaine finesse aussi, ce que j'ai aimé en toi et que je t'ai dit au fil de nos échanges. Le plus dur, tu l'avais fait au tout début, me donner l'envie de te répondre la première fois, et de continuer au second mail puis au suivant et à me dire, tiens, mais il est subtil celui-là…

Donc non, je sais bien ce qui te plaît, mais il est clair que dans nos échanges j'ai donné certes plus que quelques photos coquines, c'est en cela que je parle d'amitié particulière, elle est réelle pour moi, et je tenais à ce que tu le comprennes bien. De toute façon, je sais que nous voir me confirmera qu'elle l'est tout autant pour moi que pour toi.

Je suis assez sûre de moi pour savoir qu'on me cache difficilement la vérité quand j'ai une personne en face. Je n'arrive pas à imaginer que tu puisses, ne serait-ce qu'un instant, être de cette trempe d'hommes vides et sans intérêt qui savent leurrer pour ne montrer finalement qu'une coquille vide uniquement avide de ce sexe éveillé de façon particulière. Cela me décevrait énormément et je ne m'encombrerai pas d'une telle personne plus de cinq minutes.

Attention, Benjamin j'extrapole, je ne parle pas de toi, je te décris ce que j'exècre et que j'ai transposé un bref instant. Tu vois là un petit échantillon du sale Scorpion que je suis, à savoir que je suis généreuse et douce, mais, s'il faut que je me fasse tueuse, je le fais, je ne peux me retenir, je ne prends pas de gants, mais c'est sans « souffrance », c'est juste brutal si j'atteins ce cap.

Puis imagine l'inverse, imagine que je me moque de toi, que je te fasse tourner en rond, pour consolation, tu auras eu des moments agréables par mail, mais imagine que les photos que tu as envoyées ne sont pas les miennes, que mon visage n'est pas celui que je t'ai envoyé et imagines-tu un instant, que jeudi personne ne soit au rendez-vous, tu en penserais quoi ? Est-ce que tu arrives à m'imaginer comme cela ?

Non, Benji, rien de tout cela de ma part, c'est moi, moi et moi que tu as et c'est toi, toi et toi que j'ai et voilà et tout va bien et la cogiteuse arrête d'emmêler les neurones du monsieur presque sûr de lui, mais qui doute parfois... je t'adore comme tu es... baisers, baisers, baisers (c'est toujours mieux trois fois).

Et même si, comme tu l'as deviné, parfois le cap n'est pas clair pour moi, je ne m'inquiète pas et je prends doucement le chemin que je dois prendre. Je n'aime pas juste programmer ce qui ne doit pas l'être... mais c'est une autre histoire.

La trajectoire du hasard

4 janvier

Cette fois, on y est Mélissa et on va enfin se voir cette année.

Tes vœux sont les mêmes que les miens, en tout cas aussi sincères et honnêtes, non ?

Mais je ne voudrais pas que tu commences l'année sur une note pessimiste, car je perçois en approchant que le souhait de l'amitié profonde est intact, mais que tu mets quelques bémols qui reviennent plus souvent à la clé de ta partition. Mélissa, ne te laisse pas envahir par des doutes, ce n'est pas toi la Balance. À moins que ce soit finalement moi qui vois des doutes où il n'y en a pas. Bien sûr, je ne parle pas d'amitié profonde, car je suis sûr qu'elle existera puisqu'elle existe déjà, je parle de la naissance de cette magie érotique qui est née entre nous et là où sont tes doutes qui n'ont pas lieu d'être, c'est que nous nous sommes connus non pas comme des amis « normaux » qui deviennent des gens presque inséparables, entre qui il ne peut rien se passer d'intime, d'érotique ou de sexuel alors que nous, c'est le contraire, on s'est connus sur une base érotique et nous avons fait connaissance en développant nos fantasmes, certes une amitié profonde est bien là où le sexe est bien présent aussi.

Je comprends que le cap n'est pas clair parfois pour toi et on revient tout naturellement aux limites du jardin secret que l'on s'accorde et c'est de cela que tu veux parler sans doute.

Ne t'inquiète pas, ma belle Mélissa, je vais te conduire sur ce chemin et nous irons ensemble et je ne suis pas inquiet pour le reste.

J'ai lu d'abord tes vœux si tu veux savoir, mais je n'ai pas pu résister à te regarder ensuite avant de te répondre, merci infiniment, Mélissa, de penser à moi ainsi et en tout cas, tu vas continuer de me faire rêver, je peux imaginer les parcours érotiques et sexuels avec toi.

Je savais que tu allais me combler.

Je t'embrasse tendrement

19

***

Sèvres-Babylone

Benji est parfois effrayé par son brouillard cognitif ou sa mémoire sélective, comme lui dit sa femme. Il a aussi le don de n'écouter que ce qui l'intéresse et d'en retenir uniquement l'essentiel. Le superflu, disait-il, appartient à ceux qui ont du temps à perdre. Ce 5 au petit matin, il était soit très fatigué, soit amnésique, tant il était perdu dans cette rencontre autour d'un café à Sèvres-Babylone au Lutetia, quand il fut réveillé par le service de nettoyage des trains en gare de Caen.

Il voyait encore cette femme, Mélissa, descendre de sa voiture dans le froid glacial, ouvrir son coffre pour qu'il puisse y glisser sa valise et monter dans le véhicule, tel un taxi. Quelques indices revenaient peu à peu comme une main tendue, puis ces baisers offerts et à déguster.

Le point de rendez-vous avait été choisi de façon à faciliter l'itinéraire final des deux. Toutefois, ce quartier correspondait parfaitement pour leur lieu de rencontre, un endroit de confluence et de contraste, de discrétion et d'élégance, qui plus est, au magique Bar de l'Hôtel Lutetia.

Rien ne paraissait plus beau que de conclure leurs longs échanges en virtuel par cette rencontre.

La trajectoire du hasard

5 janvier dans la matinée

Benjamin,
Voilà je suis arrivée au bureau il y a 10 minutes, à l'heure où je t'écris ce mail, je n'ai pas quitté Paris pour y aller, histoire de me laisser bercer par notre rencontre, donc oui, nous avons passé la frontière du virtuel vers le réel. Si je réalise cette étape de l'un vers l'autre, je ne réalise pas encore le moment que nous avons passé.

Je sais que j'ai freiné beaucoup de choses ce matin, mais je désirais absolument, hormis ces baisers que nous avons tant écrits et enfin goûtés parfois timidement, parfois avec empressement, que la découverte de notre peau ne se fasse qu'à tâtons… il faut garder et nourrir ces fantasmes que nous avons racontés, encore et encore, je sais que ce n'était pas confortable pour toi, parce que forcément se sont mêlés le désir et le besoin naturel dont ton corps a été privé pendant 28 jours au moins. Mais je trouve aussi que forcer cette attente est délicieux, ça nous laisse imaginer et présager des douceurs sucrées et salées à venir, non ?

Mais il ne fallait surtout pas bâcler ce que nous avons tant partagé dans nos mails, en caresses avides mêlées de manque. Nos caresses, si elles doivent être, ne devront naître que du désir.

Et puis, ces instants que nous avons passés devront te confirmer si ce que tu as ressenti a effleuré ce que tu imaginais, et si cela a éveillé chez toi l'envie et le besoin de revenir y goûter et cela, seul le recul te le dira.

Depuis, tu m'as fait la surprise de m'appeler, je savais que tu le louperais ce train…

J'ai vraiment aimé voir ton tatouage et tes mains…

C'est important les mains. Je m'arrête là, j'en garde pour le prochain sinon je ne vais pas l'envoyer avant que tu sois arrivé et je tiens à ce que tu le lises en guise de retrouvailles sur le mail.

La trajectoire du hasard

Baisers, Benji, mais là tu sais quels goûts ils peuvent avoir, au fait, tu les as aimés ces baisers ?

Je viens de te lire Mélissa,
J'ai trouvé ce moment magique ce matin et comme toi, je sais ce qu'on a fait, je ne regrette rien, c'est une certitude et j'ai beaucoup apprécié nos baisers, je me suis même laissé guider par les tiens, cette façon qui est la tienne d'aller à la découverte l'un de l'autre avec délicatesse, ce qui rend magiques tes baisers et ils ne sont pas volés. Tu as stoppé ma main ce matin, mais sache que je n'avais aucune intention de précipitation et je ne me serais pas égaré et je comprends ta volonté de savourer, même si de mon côté, je ne t'aurai pas freinée et tu l'as ressenti comme cela, c'est tellement facile de s'en rendre compte quand un homme se prête à la caresse. Ton décolleté ne m'a pas choqué ce matin et ma main qui s'y est égarée te prouve que j'ai été attiré par l'invitation au voyage. Je regrette une seule chose ou plutôt deux, le moment a été trop court et je t'ai un peu massacrée avec ma barbe de 24 heures. Je suis bien dans ma peau et j'estime être entré dans notre jardin dont nous savons déjà les limites qu'il aura et je n'ai pas de culpabilité du tout et comme toi, j'ai envie de découvrir des moments intenses de sensibilité, d'avoir du désir, d'éprouver du plaisir et de donner à une autre personne et je sais aujourd'hui que c'est toi, Mélissa, si tu me suis. Je voudrais encore t'embrasser et je te promets, la prochaine fois, je ne te freinerai pas. Baisers, et oui pour le sucré salé, d'ailleurs tu as repris mon expression, voleuse d'idée.

La trajectoire du hasard

6 janvier

Oui, dites donc m'sieur, c'est vilain la gourmandise !

Il ne faudrait pas déjà en abuser tout de même, ta gourmandise me parle déjà du prochain rendez-vous, il est vrai que j'en ai parlé en premier, donc oui, tu es malin et tu ne laisses quasiment rien t'échapper. J'ai hâte aussi de te retrouver…

Tu as nourri ton corps de pâtes, à l'heure où tu me liras tu auras nourri ton corps d'amour et de sexe avec Samira. Tu seras de nouveau plus serein, et tu auras aussi plus assimilé ce début de journée à Paris et celle qui t'a tenu compagnie, et là tu sauras (je te cite en partie) si la femme que tu sembles trouver belle, tendre, douce comme tu l'as imaginé, a cette même présence et charme magique à tes yeux. C'est important le recul, tu sais…

Je réalise que nous n'avons vraiment pas eu le temps de parler de plein de choses… en fait je suis assez troublée aujourd'hui et j'aimerai revenir en arrière, à ce matin 7 h 30… je ne réalise qu'à cette heure que c'est vraiment passé vite. Tu me liras tard et m'écriras peut-être tout aussi tard. Moi je te lirai demain seulement, j'imagine. Je crois que ça va être très tortueux, en fait. Je n'ai pas la tête à travailler en ce moment, ça craint et puis voilà.

Tu m'as beaucoup plu, Benjamin, si tu en doutais encore, je casse ton doute ainsi. En fait j'aurais aimé que tu sois à Paris plus longtemps, c'est frustrant de te découvrir si vite, de ne pas avoir le temps de réaliser vraiment et une fois après l'avoir réalisé de me dire mince, j'aimerais le revoir pour maintenant savourer consciemment.

Je t'ai donné ces baisers et j'ai pris les tiens parce que j'en avais déjà envie avant que tu ne rentres en France, puis, face à moi… j'ai su que j'en aurais encore envie dès que tu m'as parlé dans le café, et je savais aussi que le temps jouait contre nous, 1 h 30 environ pour

La trajectoire du hasard

nous approcher et quasi un mois d'attente à vivre avant de pouvoir nous apprivoiser de nouveau… c'est loin, très loin.

Tu as raison, Benjamin, j'aime aussi le sexe, j'aime tout cela, mais si c'est le sexe qui nous a rapprochés en abstrait, si c'est le sexe qui nous a liés et retenus, en partie, retiens bien ensuite que ce n'est pas le sexe qui m'a séduite chez toi. Je tenais à te le redire.

C'est drôle, mais maintenant, quand je t'écris, j'ai ton visage devant mes yeux, je sais que je l'avais déjà grâce à tes photos, mais c'est différent, car là j'ai enfin ce que j'avais scindé, une photo d'un côté et une voix de l'autre, je les ai eu réunies !

J'aime beaucoup ton regard quand tu es soudain sérieux, sans sourire, et que tu t'interroges sur ce que je viens de dire, parce que ce matin, j'ai à plusieurs occasions, mal compris ce que tu me disais et pour le coup, mes réponses étaient décalées, alors tu avais ce petit air de celui qui cherche à saisir ce que je lui dis.

Et puis j'aime tes mains et… oui, ton tatouage, je n'arrive pas à savoir pourquoi il m'a subjuguée, je sais que j'aime le motif oui, mais plus j'y réfléchis, plus je sais que c'est lié à la photo où tu le découvres, l'image que tu donnes est décalée, tu n'as rien de sauvage ou de rebelle, plutôt félin et calme et ce détail énorme sur ton biceps qui me saute aux yeux. Oui je sais, je suis bizarre, j'adore ce genre de décalage. Un peu comme celui d'imaginer une bourgeoise d'aspect, tailleur Chanel, soignée jusqu'au bout des ongles, cachant des piercings (puisque tu en parlais) sur la langue, le nombril… et écoutant du black métal, tu imagines le tableau ? Moi j'adore ça comme idée. Comme mon directeur ou encore le mari de mon amie Carmen, qui est directeur d'une boîte, mais quand tu connais le fou que c'est…

Bon, je suis vannée pour aujourd'hui, je me sauve maintenant…

Je t'offre mes baisers pour la soirée, qui sait je te lirai peut-être aussi tard ce soir…

La trajectoire du hasard

Mélissa,

Je suis vraiment touché par ta sincérité, par ce que tu me dis et sache que tu ne m'envahis pas, si tu as envie de m'écrire, ce sera un immense plaisir de te lire. J'ai senti des mots qui viennent du cœur et quand je les lis, ils arrivent droit au mien. J'aurais aimé que ça dure, que notre première rencontre dure tellement plus longtemps, mais ce n'était pas le but que nous nous étions fixé, on a fait exactement ce que nous avions convenu et je crois que c'est important de s'y tenir, car nous n'en sommes pas là dans le but de nous voler l'un l'autre aux nôtres, nous avons créé cette union sur une autre base que celle de l'amour, mais sur une amitié particulière et profonde et l'envie de faire une rencontre de qualité basée sur ta confession, l'évocation de nos fantasmes, le sexe, puisque nous l'avons évoqué à de nombreuses reprises en voyageant grâce à nos fantasmes et je sais que l'on va s'apprécier tellement que nous allons flirter avec la limite de l'amour, la limite de nous aimer, voilà le mot redouté dans lequel il faut éviter de tomber. Ce mot qui relance le débat sur la possibilité d'aimer deux personnes en même temps, je n'y crois pas, mais ce que je crois est que ce mot a, aura, une signification quelque peu différente entre nous. S'aimer dans le sens s'apprécier si fort, ressentir des frissons, aller ensemble à la recherche du plaisir que l'on peut s'autoriser à son emploi. L'essentiel est de connaître nos limites pour garder intactes nos relations avec nos familles et d'apprécier les moments chacun à leur tour.

Une question m'est venue et je ne te l'ai encore pas posée : te sens-tu différente, parfois rêveuse, quand tu es avec Mike depuis que l'on se connaît, a-t-il pu à un moment donné te poser la question, par exemple après que tu aies profité d'un moment de liberté pour m'écrire ?

Moi non plus, je ne veux pas envahir ton espace réservé à ta famille, mais je t'assure que oui, je suis bien dans mes baskets et je ne me reproche rien non plus parce que je me suis protégé en me persuadant d'avoir droit à ce bonheur-là sans nous mettre en danger.

Ravi que tu sois mon régulateur pour freiner mes ardeurs, mais ne met pas la barre trop basse, tu risques d'être la première à réclamer davantage, je te connais bien, Mélissa et je te conseille de nous laisser faire les pas comme cela doit se faire, sans rien prévoir à l'avance. Souviens-toi ce que tu m'as dit, il ne faut pas vouloir systématiquement ce que l'on a décrit dans nos lettres, mais se laisser guider par nos instincts, c'est exactement ce qu'il faut faire (je n'ai pas dit Basic instinct).

Bon, assez parlé, tu sais quoi, j'ai envie d'un verre de Médoc, d'une flûte de champagne, pas toi ?

N'oublie pas que je suis quand même là pour faire chavirer ma meilleure amie, je m'en fais un point d'honneur et visiblement j'ai réussi le cap du baiser, mais c'est un cap que l'on a passé ensemble. C'est simple, il faut toujours être minimum deux pour y parvenir, le tout est de commencer par réunir les personnes compatibles et nous, on s'est trouvé le plus naturellement du monde.

8 janvier

Bonjour Benji,

Je t'ai lu cette nuit, vers 3 h 30 en fait. On venait de rentrer de soirée. Je t'ai lu deux fois, car j'avais un doute sur ma compréhension. J'ai commencé à t'écrire et puis j'ai changé d'avis, fatiguée, le cerveau embrumé, ce n'était pas propice à des mots clairs.

Ce matin, non il est exactement 11 h 51, je suis gâtée je retrouve un second message... et je découvre la photo du premier message, petit coquin, tu me nargues de ton beau tatouage, mais c'est du harcèlement ça, non ?

Benji, tu n'as aucune crainte à avoir, je ne te volerai à personne et tu ne me voleras à personne. Je ne sais pas si tes paroles sur l'amour, la famille sont une réflexion qui est venue malgré elle, ou une crainte qui est née de toi, peu importe, j'ai le sentiment que tu veux te persuader ou te préserver ou m'éloigner, je ne sais pas, mais en tout cas, mettre une distance.
Elle existe cette distance, sommairement, pour commencer, Paris-Caen et ensuite Paris-Nigeria. Ensuite notre volonté, notre choix de l'amitié sincère et forte.
Je n'ai aucun doute sur ce que je veux et ne veux pas.
Il ne sera donc pas question d'amour au sens du couple, j'ai comme le sentiment que tu veux te le rappeler ou me le rappeler, alors je souris et je te dis, oui, tenons-nous à ce que nous voulons, et si je t'ai écrit des mots trop intenses récemment qui t'auraient fait t'interroger, que nenni, très cher !! Les mots et moi c'est une grande histoire d'amour…
Je suis ton amie, Benji, et j'y tiens ainsi, et oui l'amitié est importante, très intense pour moi parce que c'est une des rares relations qui durent à vie, les amis on les choisit et l'exigence n'a rien à voir avec celle de l'amour. Je crois que c'est limpide pour nous deux et nous allons arrêter de glisser ce type de garde-fou dans nos messages, ce qui est décidé, mais pas forcément acquis… et du coup, j'en reviens à une petite réflexion contradictoire que je vais t'exposer, c'est du reste la seconde fois seulement que je vais te contredire.
Nous n'avons pas décidé réellement ce qui devait se passer jeudi, nous n'avions pas le choix en matière de temps, à savoir pas le temps de discuter indéfiniment, le baiser nous l'avons imaginé et rêvé, et nous l'avons concrétisé, c'est seulement le baiser que nous nous

La trajectoire du hasard

étions sans doute programmés, pas autre chose, mais je crois qu'il nous a rassurés, ce baiser.

Autrement, crois-tu vraiment (et c'est une projection) qu'avec toute la volonté du monde on peut faire fléchir un cœur en fonction d'une décision ? Ce que je veux dire, c'est que si deux individus tombent amoureux, c'est malgré eux, non pas parce qu'ils l'ont décidé et encore moins s'ils décident de ne pas tomber amoureux.

Alors il ne suffit pas d'écrire : nous avons décidé que, « etc. » ; si on se piégeait on ne pourrait pas le contrôler, le seul contrôle que l'on aurait serait d'ignorer, dans ce genre de situation, cet état de fait.

Et d'ailleurs, tu le devines aussi, tu dis : nous allons flirter à la limite de… et tu dis le mot redouté *amour* dans lequel il ne faut pas tomber… Moi je dis le sentiment dans lequel il ne faut pas tomber… dans lequel on ne choisit pas de tomber, mais qui vous tombe dessus. Garde bien cela à l'esprit parce que tu sais que c'est vrai, et tu sais que nous allons jouer avec le feu, peut-être.

Mais je te le dis de tout cœur, je ferai tout pour nous préserver de cela, cela nous fera tester nos limites, car je ne les connais pas, je n'ai jamais vécu cette situation.

Cependant, si toi tu connais leur adresse, à nos limites, donne, j'éviterai d'aller y flirter trop près. Voilà, passons sur ce débat, tout est clair et décidé, on y a posé les barbelés… beau champ pour s'amuser.

Je ris, moi, être un régulateur ? Tu plaisantes, ne confonds pas avec l'autre jour dans la voiture, j'en voulais tout autant que toi peut-être, mais le temps… je ne calme pas tes ardeurs, j'en ralentis le rythme seulement. Je sais très bien que si je joue trop, je risque de retourner mon jeu contre moi, et puis je sais que je n'ai pas affaire à un gamin, ou à quelqu'un qui, sous couvert de paraître un homme sensible et doux, se ferait passer pour une proie, non, non, cher Benji malin, je te l'ai dit, tu observes et tu agis. Promis, je ne mettrai pas la barre trop haute, en tout cas pas plus haute que là où je peux encore l'attraper,

La trajectoire du hasard

1,68 m, ce n'est pas grand de toute façon... promis, je ne prévois rien et je laisse venir.

Rêveuse oui, je le suis parfois, par exemple quand je t'écris et que je t'imagine lire, ou encore quand j'aimerais tant te parler pour te dire les choses plus simplement et le plus clairement, comme maintenant, mais Mike ne me pose pas de questions, j'ai souvent cet air rêveur, et ce depuis toujours, donc la différence est dans l'origine de cet air rêveur, et toi ? Je te retourne cette question.

Oui, assez parlé et cogité... le verre de Médoc me ferait plaisir effectivement, alors vas-y, fais-moi chavirer, donc... je reconnais qu'on ne s'est pas mal débrouillés avec le « cap » du baiser, comme disait Cyrano, attaquons donc la péninsule maintenant...

Baisers.

Mélissa,

La fatigue de la nuit et l'écriture en décalage ne facilitent en rien la clarté de l'esprit.

Je me suis relu puis je t'ai lu et c'est clair que ce n'est pas clair.

Rien de bien problématique, en fait, chacun est conscient de ses responsabilités, mais cela n'empêche pas un éventuel débordement, celui du franchissement dangereux dans ce jeu qui est le nôtre, mais à part ça, j'avoue avoir joué un rôle qui n'est habituellement pas le mien, à savoir celui de mettre un frein et je me suis fait piéger ou déceler en voulant t'imiter dans ta façon de me réguler la dernière fois et tu l'as visiblement compris, j'ai fait cela sciemment pour te faire jouer mon rôle, celui de te faire dire que tu en veux toi, que tu as envie de moi.

Cela dit et plus sérieusement, on est d'accord sur l'analyse que l'on

La trajectoire du hasard

va sans doute flirter avec les limites et que cela peut nous tomber dessus. Mais s'il te plaît, ce n'est pas d'une prison dont je veux, mais d'un jardin, alors vire-moi ces barbelés.

Ma photo de tatouage, c'était pour te rappeler que je suis toujours là.

Méfie-toi de moi, j'adore jouer, même si je ne suis plus un enfant comme tu l'as dit.

Oh, Mélissa, si tu savais… tout le bien que tu me fais.

Benji, j'imagine comme ce n'est certainement pas évident d'être clair, mais merci de ce mail, car je comprends mieux… tu as effacé certaines zones d'ombre. Oui, tu es un joueur, oui, tu voudras nous calmer et moi je t'attiserai et quand je voudrai te calmer, je sais que tu me feras flamber, mais nous aimons le jeu. Tu sais que je veux jouer avec toi et que j'en veux !

Que c'est dur de ne pas pouvoir nous le dire par mail aussi facilement que je le voudrais en ce moment, je veux dire.

Mais ce n'est qu'un début, Benjamin, nous avons à peine commencé à visiter ce jardin secret, il ne peut y avoir que du bon à découvrir et déguster….

Je ne peux pas t'oublier, comment est-ce possible, euh, en fait si, jette ton cerveau et là oui, j'aurais plus de mal, c'est certain. Je te mets à l'épreuve, je ne me lève pas souvent en pleine nuit c'est vrai, alors mes mots enivrants, tu les auras seulement à partir de lundi.

J'oublie pour le trouble, et je veux que tu continues à jouer….

Bon, c'est parti pour une journée de silence, je me sauve voir la famille aujourd'hui.

20

***

Repères

Je repense sans cesse à tes mots, ils coulent comme du miel, ils sont sucrés, j'aime ton regard sur moi, tu me ferais croire qu'aucune imperfection ne vient gâter ces charmes qui t'ont séduit.

Jamais on ne m'avait lu de poème, parce que je considère cela comme un poème, une ode à notre toute première rencontre.

Moi je ne regardais que tes yeux qui pétillaient malgré la fatigue, des yeux vifs et intuitifs à souhait. Je les imagine ces regards, mais je ne pensais pas en avoir autant délivré par ces furtifs jeux visuels. Je me suis dévoilée parfois et tu l'as saisi, mon esprit m'a « trahie » inconsciemment et je m'en réjouis, pas un instant je ne me suis rendu compte des regards de gourmandise dont j'ai pu t'envelopper. Je me souviens te sourire, je me souviens regarder tes lèvres, tes mains. Je me demande à quoi ressemble ce regard qui semble boire ce qu'il y a de plus désirable et de délectable en l'homme. Mais je compte bien mettre à profit ces charmes pour me laisser te goûter, boire et me délecter de ce que tu as de plus désirable.

La trajectoire du hasard

    Je me souviens que mon esprit a voulu assembler ta douce voix, tes mots, et toi, tout glissait tout seul, tu m'as intimidée ce jour-là parce que je savais que tu continuerais à me séduire, et je me suis laissé aller à cette espèce de langueur, que mon regard t'a dévoilée à mon insu. Je me réjouis que cela se soit passé ainsi, et il est bon aussi que ce soit si tôt le matin, je n'avais aucun désir de me réfugier dans une bulle de maîtrise de moi. Je t'ai rejoint dans un état de brume où je me suis lovée pour t'écouter, pour parler et te regarder, j'adore regarder et parler avec mes yeux, et tu es aussi habile pour comprendre ce langage. C'est l'avantage de ta maturité, elle me sied à merveille, sans s'être connus ou vus depuis longtemps, tu sais deviner ce que d'autres auraient découvert après plusieurs mois. J'aime que tu m'effeuilles de la sorte, et j'aime cette idée que nous allons nous effeuiller de multiples façons.

    Je t'écris encore ce mot interdit… Merci, je l'aime infiniment cet ami, parce que c'est toi tout simplement.

10 janvier

Benjamin,
Pour ton départ en vacances, voilà, cette fois c'est moi qui serai la première depuis ton retour à t'accueillir de mes mots, mes regards sur toi. Tu n'as pas eu d'insomnies… peut-être as-tu fait l'amour comme un fou cette nuit.
Fais bon voyage et bonnes vacances, Benji, à très bientôt.
Baisers tendres.

16 janvier

Bonjour Mélissa,
Je t'ai envoyé un petit bonjour ce matin, mais sur notre boîte, me revoilà avec toi. Oui je sais, je ne devais normalement pas t'écrire et profiter pleinement de cette tentative de renaissance dans mon couple, loin de tout dans cet autre continent. Je te mets dans la confidence, on vient de s'engueuler avec Samira, pas facile la vie parfois, madame ne conçoit pas de faire l'amour en présence de notre fils dormant dans la même pièce que nous, elle dit qu'il est grand maintenant et qu'il peut se réveiller, bref, à mon âge, j'ai envie de vivre encore ces moments intimes et de profiter aussi des moments privilégiés que sont les vacances, je m'adresse à toi en tant que femme et maman, Mélissa, même pas en tant qu'amie intime, juste pour me dire ce que tu en penses, si tu as un conseil, je ne la comprends pas et je me souviens ce que tu m'as dit, il y a quelque temps, que tu ne croyais pas à ce genre d'union entre elle et moi de la façon dont je te l'ai raconté et comment cela s'était passé.

La trajectoire du hasard

Voilà, je sais que je t'ai, toi, même si tu ne prends pas la même place qu'elle, mais c'est bien la première fois que je peux discuter avec une autre femme de mon mal-être. C'est d'ailleurs une extraordinaire coïncidence, notre rencontre, non pas à cause des circonstances, mais de tomber sur toi, qui plus est, des mêmes origines, de même religion, mère de deux enfants dont un qui a le même âge que notre fils. Dis-moi comment vous gérez ce genre de situation dans votre couple, dis-moi si je suis normal de vouloir ces moments-là.

Rassure-moi, mais rassure-toi, je vais bien malgré tout, je pense toujours à toi, j'ai envie de dire que c'est l'essentiel, tu me fais revivre une troisième fois et pourtant je sais que je l'aime, car autant je n'étais pas sûr ni mature à 23 ans la première fois, autant il y a sept ans bientôt, je voyais les choses différemment et la preuve en est que j'ai eu envie de lui donner, de nous donner un enfant, on ne fait pas cela si l'on n'est pas sûr de soi à 42 ans.

Je suis vraiment très heureux de t'avoir rencontrée, Mélissa, mais cela ne change rien à notre relation, tu sais, le fait que je me dévoile un peu plus aujourd'hui vient de cette énorme confiance que j'ai en toi et parce que tu comptes infiniment pour moi. Ne t'inquiète pas, je ne veux pas la remplacer et le contexte reste le même entre nous, mais j'ai vraiment hâte de te revoir et de passer cette journée avec toi le 31.

Baisers tendres et veloutés.

Je peux me permettre, je sais que je n'ai plus besoin de te séduire, le mal est déjà fait.

Tu me manques énormément Mélissa.

La trajectoire du hasard

Bonjour toi !

Je ne suis pas allée voir notre boîte ce matin, j'étais en retard et au bureau j'étais toute la matinée en réunion puis de nouveau cet après-midi. Jusqu'à maintenant, il est presque 17 h et je te découvre avec plaisir... Il est l'heure de déjeuner pour toi... Je suis ennuyée pour trois choses :

Que tu te sois engueulé avec ta femme, même si c'est normal dans un couple.

Que ce soit pour les choses de l'amour... Elles devraient rapprocher et non pas éloigner.

Que tu passes ton temps à prendre des précautions sur ce que tu me dis, de peur que j'interprète mal tes propos, non Benjamin, ne t'inquiète pas, je n'imagine pas un seul instant supplanter Samira, et je n'ai aucun doute sur tes sentiments et la priorité qu'elle a dans ton cœur. Je ne vois pas comment il peut en être autrement, du reste.

Donc tes interrogations, tes doutes ponctuels, n'induisent aucun doute à mes yeux en tant que femme et en tant qu'amie. Je ne prendrai jamais la même place ni sa place, car je ne suis pas elle. Et en extrapolant par exemple, mais gravement, là, si je prenais sa place, ce serait encore différent, car je suis différente. La place que je pourrais avoir dans une telle situation serait l'écho de ce que j'ai réveillé chez toi, de ce que tu affirmes de plus en plus comme étant toi, ta personnalité que tu as a priori occultée, parfois trop longtemps.

J'espère avoir été claire et que le doute est levé, je ne lis pas que je prends la place de ta femme dans ton cœur, je te rassure.

Voici mon avis de femme en premier...

Oui, il est normal qu'elle réagisse ainsi et cela est logique avec le concept de l'acte sexuel qu'elle semble avoir. Le tabou a sa place et se faire surprendre par son fils, qui est tout aux yeux d'une femme de culture arabo-musulmane, serait inimaginable. Ce qu'elle oublie, c'est que dans ce même concept, le mari passe avant, et en ce sens elle prend en compte le fait que tu sois européen et que tu le toléreras autrement voire l'accepteras par respect, alors qu'un homme arabe ne lui laisserait même pas ce choix, aussi européen qu'il se dise...

Je crois qu'il te faut trouver une solution, pourquoi ne pas l'inviter dans la salle de bain de votre chambre pour faire l'amour, les yeux de votre fils ne vous surprendront pas, le son ne peut pas être interprété et compris à son juste sens et surtout, si vous l'entendez, vous êtes enfermés et vous aurez le temps de vous refaire une « figure ». Ne reste pas sur ce malentendu et surtout, c'est dans ce cas qu'il faut faire preuve d'une grande imagination de situation...

Maintenant, sans passer par la case salle de bain, tu peux aussi lui faire comprendre que sous un drap en ne hurlant pas il y a moyen de... et même, en vous faisant surprendre. Ma fille s'est déjà réveillée ainsi et est entrée dans notre chambre que nous avions laissée dans le noir, alors que Mike me prenait en levrette, il a eu le temps de remettre le drap, ma fille s'est inquiétée des gémissements, et Mike a tout simplement répondu que maman s'était coincé le dos, qu'elle avait mal et qu'il lui mettait de la pommade sur tout le dos, ça, c'était pour justifier le bruit et la position. Et la réponse lui a suffi. Toutes les autres fois, nous avons essayé d'être silencieux et moi qui aime crier mon plaisir, c'était un défi, mais je l'ai tenu.... La situation peut être tournée au comique.

Autrement, ton mail me laisse entendre que vous n'avez pas eu l'occasion de faire beaucoup l'amour, voire pas du tout depuis que vous êtes en vacances. Car j'imagine que votre fils est dans votre chambre depuis le début, non ? Tu as essayé avant ou tu n'as pas osé ? Benji, ne la laisse pas te paralyser, insiste, fais-lui comprendre qu'elle te manque, que la séparation viendra à nouveau et qu'elle ne te donne pas l'impression de souffrir de ce manque. Que seuls les mots ne suffisent pas. Benji, sa libido est endormie, mais pour la réveiller, il faut aussi qu'elle ait le désir de la réveiller. Maintenant voilà ce que l'amie pense et te conseille, je prends les extrêmes et sans gants, ne m'en veuille pas, mais il faut aussi tout entrevoir…. Mais je vais émettre les hypothèses suivantes.

J'avance à l'aveugle, un peu, mais j'essaie d'envisager tout, mais de but en blanc, si côté sexe il ne s'est pas passé grand-chose, soit elle a un amant, soit elle n'en a pas, mais elle n'a plus de désir exacerbé pour toi, à cause du rythme de ton travail. Soit sa libido n'est pas là ou bien pas réveillée ou elle fait partie des femmes qui n'en ont quasiment pas. De toute façon, ton travail a joué en ce sens et peut-être son choix de toi aussi, un homme qui ne réclame pas, qui s'efface, qui n'exige rien, puis qui n'est pas là tout le temps, ne demande pas des mails d'amour et de sexe de sa part. Samira peut donner l'impression de ne pas se soucier que tu ne sois pas satisfait ou que tu puisses te contenter de si peu. Elle fait peut-être partie de ces femmes qui aiment le calme, la sécurité financière, materner et être mariée parce que c'est ainsi. Sa libido n'a jamais été éveillée par un autre homme que toi, qui plus est. Je sais tu peux m'en vouloir, je ne cherche pas à te peiner, mais à imaginer le pourquoi.

Et franchement, sans être ta chose, j'estime que vu le rythme que ton couple et ta famille connaissent, elle doit faire l'effort, sachant qu'une fois lancée, elle en éprouvera du plaisir et s'en félicitera. Il m'arrive de ne pas avoir envie, d'être fatiguée et malgré cela Mike me fait savoir qu'il a envie de moi, le désir et le plaisir de ses caresses prennent le pas sur cette fatigue. Et c'est tellement bon de s'endormir ensuite, le sommeil est encore meilleur…

Laisse ce mois-ci de côté dans ta tête, tu verras en temps voulu, mais ne te persuade pas de quelque chose, et ne projette rien dans ton esprit pour nous deux, attends que cela arrive. Ce serait dommage, quand tu iras à la montagne, d'avoir l'impression que c'est sans grand enthousiasme.

Benji, la lucidité, même dans ce qu'elle a de moins agréable, est plus salutaire que l'illusion ; d'accord, des choses ne fonctionnent pas comme tu voudrais, alors le voir et comprendre le pourquoi te permettront d'envisager de prendre les choses autrement pour en jouir du mieux possible et de mettre de côté ce que tu sais ne plus ou ne pas pouvoir ou encore vouloir changer. Mais passer son temps à vouloir se persuader de quelque chose et se poser éternellement les mêmes questions empêche d'agir, pour le coup, c'est plus destructeur je trouve. Ai-je été claire ?

Tu me manques aussi, et je suis ravie que tu te dévoiles, c'est aussi ça une amie, écouter. Cela ne retire rien à notre relation si ce n'est qu'elle est forcément plus riche. Tu es à fleur de peau, discute avec elle, ne la laisse pas camper sur ses positions et ne gâte pas tes vacances de ces petits conflits, même si le sujet est important. Tu referas le point avec elle après si la situation ne se décante pas. Vis, Benji, tu me donnes l'impression de penser que tu ne l'as pas encore fait… vis, ne laisse pas vivre.

Quoi, comment cela, tu n'as plus besoin de me séduire, mais c'est tous les jours qu'il faut me séduire, moi, semaine après semaine, puis mois après mois, puis année après année…. Que crois-tu, ah sérieusement oui, la séduction encore plus dans un couple qui a un certain nombre d'années de vie commune, c'est là le danger et c'est ce que je ne supporte pas et à quoi je veille, c'est à entretenir tout le temps. Rien n'est acquis, Benji, pour personne.

Que des baisers veloutés.

Vraiment, oui Mélissa, je mesure à quel point tu es vraiment une amie, une vraie pour tes conseils, ton analyse, bref je prends, j'écoute et j'enregistre tout ce que tu peux me dire, cela dit, ce n'était en rien une démarche de perdition, j'ai juste eu envie de parler de cela avec toi, car je sais à quel point ton avis compte pour moi.

Passons sur le sujet et je plaisantais en disant que je n'avais plus à te séduire, au contraire, j'ai toujours envie d'être au top pour ne rien rater et vivre des moments intenses avec toi et j'attends cela depuis que l'on s'est rencontrés, car je suis sûr que l'on a quelque chose d'important à vivre tous les deux. Alors oui, je vais essayer d'être séduisant à tes yeux, je veux continuer de dévier ton regard sur moi dans un petit coin de ta vie.

Je suis avec toi déjà et même si tout était au mieux avec ma femme, car notre rencontre était évidente, de toute façon, j'en suis persuadé.

Je te laisse, Mélissa, et te dis à très bientôt.

Dans mes pensées tu es.

Bonjour Mélissa,

Voilà, une semaine est passée, la vie est toujours aussi belle et je te reviens couleur caramel, enfin un caramel pâle, mais pas mou en tout cas, peut-être ce sera à toi de répondre à cette question en le goûtant ?

Trêve de plaisanteries, je vais profiter de bronzer encore un peu cette dernière journée. Ton silence m'inquiète un peu, tout va bien j'espère de ton côté, il est vrai que parfois il m'arrive de me dire que tu as été surprise par Mike en train de m'écrire et qu'il t'a demandé des explications.

Mais je sais que ce n'est pas ça et que tu fais silence volontairement pour t'effacer un peu et me laisser avec Samira, tu sais bien que je comprends tout de toi, de ton fonctionnement, c'est du « tout Mélissa ».

Cela dit, tu as cinq minutes pour me répondre que tout est OK sinon, ce serait dommage de commencer par une fessée le 31.

La trajectoire du hasard

Merci Beau Gosse ! Tu m'as fait sourire, comme quoi tu restes doué…

Quelle idée de penser que j'aurais eu cette pensée, je peux me mettre en colère, je peux le faire de façon inconséquente comme je l'ai fait à ton égard, tu as le droit, je le redis, de m'en vouloir, c'est normal, j'ai été brutale, mais je ne sais pas être autrement, si le feu est attisé, il est attisé. Non, ce n'est pas toi directement qui es en cause ou à l'origine, la faute à pas de chance, ton mail est tombé à un moment ou l'empilement a été de trop dans ma tête. J'ai vu dedans une demande, une requête, une plainte. C'est vrai, je suis dans ma phase qui ne laisse pas passer grand-chose en ce moment, tu sais que je suis une personne ouverte, généreuse, je crois, et qui ne ménage pas sa peine, alors, j'ai le sentiment parfois que l'on me reproche de ne pas en faire encore assez… Du délire quoi !

Tu sais, j'ai bien lu ce que tu m'avais écrit en dessous, je te cite : non, en fait je ne le pense pas puisque tu viens de me dire « j'en crève d'envie », mais tu vois, c'est parti quand même, comme une fusée…
Mais que te dire d'autre, j'ai aussi des phases où je vis les choses de l'amour, où je vis des fantasmes, mais que je n'ai pas envie de raconter. Je crois te l'avoir déjà dit. C'est pour cela que tu ne dois pas mettre en doute, ou t'imaginer des choses qui ne seraient pas. Je veux dire à ton égard.

Je sais aussi que je t'ai peut-être « pourri » une partie de ton après-midi, je veux dire en pensées. Je ne dirais pas que j'en suis désolée, je n'y ai pas pensé en fait.

Tu n'es pas bête, alors ne doute de rien en ce qui me concerne, car je ne donne jamais de quoi faire douter, je n'offre que des certitudes,

La trajectoire du hasard

des possibilités, ou rien, mais quand j'offre, je donne. Alors vraiment, il n'y a pas de raison de douter et tu sais pourquoi ? Parce que je déteste que l'on doute (je parle de ce doute constant, pas du doute de temps en temps) qu'un homme doute, que mon homme doute, ou qu'un homme qui m'est proche doute, c'est de la faiblesse à mes yeux et je n'aime pas les hommes faibles, j'en connais trop, c'est épuisant, alors je ne donnerai pas matière à ce que je déteste.

Et ne me dis pas que ce mail te rassure quelque part, tu le sais déjà tout ça, j'en suis certaine.

21

***

Délires

Je ne sais pas ce qui m'arrive, Mélissa, je viens de me réveiller, je suis encore à demi endormi, 1 h du matin le 1er février, le valet de chambre me secoue et me dit que j'ai raté mon avion, mais j'y vois trouble, je sens une brûlure au bras droit juste sur mon tatouage, comme si j'avais été piqué par un joli scorpion qui m'avait juste inoculé la dose non mortelle pour me garder à ses côtés. Non, mais ce n'est pas le valet, c'est Mélissa enveloppée dans un drap de bain qui me fait revenir à moi. L'après-midi a été mémorable, j'ai eu droit à un accueil comme je n'en avais jamais eu à Saint-Lazare, à bras ouverts par une charmante et charmeuse amie, elle m'a fait faire un tour de Paris agrémenté d'un joli décolleté, mais pas vulgaire et d'une jambe à demi-découverte qui me donnaient un début de torticolis. La suite fut un succulent Médoc, quelques baisers dont elle a le secret, une balade dans ce joli quartier et l'arrivée à l'hôtel où l'on a longuement parlé, il a fallu attendre un peu que le champagne soit à température avant de le faire couler dans nos bouches, puis vers 16 h, nous avons

La trajectoire du hasard

basculé ensemble dans un rêve que je ne décrirai, par pudeur et par respect de notre intimité et surtout afin de ne rien provoquer, anticiper, imaginer.

Toujours est-il que la chambre était finalement à nous pour la nuit, je crois que nous allons avoir du mal à expliquer l'un l'autre le pourquoi de notre absence, la seule raison explicable est que nous étions ivres de l'alcool écoulé, des plaisirs reçus et donnés et de cette herbe qui nous avait mis un état second. La douche m'a vite ramené à la réalité et rappelé qu'il était temps maintenant de nous quitter afin que je ne rate pas cet avion et pour que tu n'aies pas une raison inexplicable à donner à ton retard, mais on s'est promis de s'écrire, de se téléphoner à notre rythme en fonction de nos possibilités respectives sans exigences et sans contrainte.

Quelle merveilleuse journée.

C'était notre 31 : le Clos des Lyres, un Bollinger et les nourritures terrestres que tu avais si bien anticipées avant même notre première rencontre.

14 février

Benjamin,

Désolée pour ce long silence.

Dernièrement j'ai eu beaucoup de mal à écrire, beaucoup de mal à raconter d'autres instants précieux. Précieux, parce que cette sève montante, hargneuse de cracher tout le plaisir que je ressens, ne me laisse ni de répit, ni de contrôle.

La trajectoire du hasard

À quoi bon contrôler, non juste ressentir et goûter chaque parcelle de cette sève, elle n'est jamais seule, mais elle est la seule, une des rares à pouvoir m'arracher ces cris qui disent combien je jouis. Curieux l'esprit humain lorsqu'il est traversé et renversé par ses sens… une libération ou un appel au bis ! Les deux, je crois, du moins en ce qui me concerne.

J'ai le sentiment que les mots me manquent et j'ai souvent l'impression de ressasser les mêmes gestes, les mêmes caresses.

Qu'est-ce qui fait que ces mêmes caresses si souvent et inlassablement racontées (fantasmées et vécues) me mettent toujours en émoi… me fassent autant vibrer et lâcher mon désir, mon plaisir…

Je me dis que c'est le souvenir de cette indicible sensation, cette chute vertigineuse. C'est une drogue aucun doute.

Mais je sais que je ne suis pas une « sex-addict », grande mode américaine, il paraît, entre puritanisme et maladie, mon cœur balance, belle excuse….

Alors qu'il est plus salvateur de sombrer dans les travers du plaisir… consciemment et de s'y abandonner jusqu'à l'inconscience.

Non, j'avoue, je plaide coupable cent fois plutôt qu'une, j'aime cela, j'aime le sexe, et il me le rend bien, quoique… jusqu'où ira ma gourmandise, je ne sais pas.

Parfois j'arrive à m'abandonner à un point tel que je me demande quelle sera l'étape suivante. Parfois j'arrive à m'abstenir ou plutôt les circonstances font que… et je m'abandonne dans le fantasme, une autre sensation, mais terriblement excitante, je joue comme je l'aime au rythme que j'aime, mon fantasme n'a pas de limite, il invente ou fait revivre.

Il a ce pouvoir, ô combien immense, de me donner cet appétit féroce, tant j'aime les images qu'il crée dans mon esprit.

La trajectoire du hasard

Il m'absorbe de plus en plus souvent au bureau en ce moment et j'avoue apprécier l'incongruité de la situation. Une partie de mon esprit rêve et s'enflamme, quand mon visage n'offre que sérieux et concentration feinte…

J'ai pensé à toi, et j'ai relu encore et encore tes mails, mes pensées allaient vers « l'inconnu » que tu es… dans mon esprit mes cuisses s'ouvraient, et je t'invitais à m'explorer… écoute ces bruits et ces parfums…

22

***

Submersion

Le tissu froisse régulièrement alors que je bouge sur mon siège, ma dentelle m'offre ce délectable supplice, celui de frotter ma peau, légèrement, à chacun de mes gestes… ce tissu est insignifiant, minuscule et léger, mais avec tant de poigne à cet instant. J'ouvre et je resserre mes jambes par petits gestes, je sens bien que ces contractions font monter mon excitation, j'ai déjà en moi l'image de ce dont j'ai envie que tu m'infliges. Je continue de resserrer mes cuisses… cette pression s'empare du sillon de mes lèvres pour remonter jusqu'à la pointe de mon bouton, je le sais, il est prêt à se laisser submerger de toutes les divines sensations que je veux sentir, là, tout de suite.

Le paradoxe de la situation est que je me concentre encore plus sur le plaisir que j'attends et surtout du fantasme que je suis en train de dessiner, car je ne peux pas me laisser aller à le vivre et à le crier comme j'aimerais, là, derrière mon bureau.

La trajectoire du hasard

J'ai le sentiment que ces quelques mouvements m'offriront de puissantes sensations.

J'avance le bassin légèrement, et je le repousse ensuite en arrière, de cette même façon de m'offrir lors des lentes pénétrations.

Je t'imagine présent, je continue à bouger ainsi doucement et ma jupe se relève dans ce doux froissement… J'entre dans mon rêve et tu es là… je t'invite à venir regarder le réveil de mon sexe.

Viens t'installer sous mon bureau, juste le réveil des yeux.

J'ouvre un peu plus les cuisses, tu découvres ce léger voile presque transparent, et cette chair bombée qui s'expose… Je m'avance pour n'être assise qu'au bord de mon siège. Je veux t'offrir plus encore à regarder, ce geste expose ta nudité et lentement mes lèvres en avalent une partie.

Je vais pouvoir frotter encore plus ma peau à ce tissu, c'est légèrement douloureux, juste comme j'aime.

Mon sexe palpite de plus en plus et se laisse couler, tu approches ton nez et le frottes délicatement contre le tissu humide, je me livre encore plus tant cette caresse est agréable… Je veux que tu me goûtes.

J'écarte encore plus les cuisses…

Vas-y, mange-moi, lèche-moi, prends-moi seulement de ta bouche.

Je l'imagine se coller à mon sexe et l'aspirer goulûment, cette caresse est violente, car elle m'appelle trop fortement, j'essaie de résister à ma gourmandise naturelle.

Je pose ma main sur ta tête et je redescends doucement vers ton visage, je caresse ta joue et j'arrive à ton menton et je le relève vers moi, juste pour voir ton visage inondé de mon jus, tes lèvres brillent, et je me goûte en t'offrant un baiser. Je lâche mon étreinte et tu reviens à l'assaut. Enfin tes doigts tentent une approche que je leur refuse.

Lentement, je soulève mon bassin et fais glisser cette fine ficelle légèrement sur le côté, ensuite mes doigts vont se nicher dans mon sexe et j'en recueille un peu de son jus pour l'offrir à mon œillet.

Tes yeux pétillent, tu sais où je désire te conduire.

Pose ta main à plat sur mon siège et relève un doigt, tu sais que je désire m'empaler doucement dessus. J'ouvre mes fesses à pleines mains et je t'attends.

Tu obéis sagement, tu m'offres ce pieu discret, je veux sentir ce bâton forcer doucement le passage, en délier les plis et l'ouvrir, je m'assieds tout aussi doucement. J'aime la sensation de ce doigt qui se glisse puis frotte les parois de ma chair, pour se perdre enfin entièrement dans l'antre de mon plaisir.

Tu es entré et tu bouges délicatement, bientôt je t'en réclamerai plus d'un.

Mais je suis impatiente de sentir ton doigt me fouiller et je bouge pour t'inciter à continuer cette danse à laquelle je t'ai invité.

Ta langue pénètre mon sexe, je suis ainsi complètement à ta merci et tu aimes tout autant que moi…

Non tu ne peux pas la toucher de ton autre main… je ne veux que ta langue pour le moment.

Tu invites mon cul à prendre plus d'un doigt et je t'accueille avec plaisir, je suis de plus en plus trempée, tu en introduis soudainement deux, puis trois… Je suis offerte et ouverte.

Ta bouche abandonne mon sexe pour glisser sur une de mes cuisses, redescendre jusqu'à ma cheville nue.

Puis tu m'inclines sur le dos, le siège n'est pas très grand, mais j'arrive à gérer cette gymnastique, tu relèves mes jambes et tu les maintiens serrées en croisant mes chevilles.

Je sais que ton regard jouit de cette vue soumise.

Tu observes à loisir mes fesses, mon cul ouvert et mes lèvres collées et rougies par tes caresses. Tu aimes cette vision et elle m'offre

La trajectoire du hasard

un sentiment d'abandon qui ne me laisse pas indifférente, quel passage vas-tu forcer en premier ?

Tu as pris le temps de sortir ta queue, elle est gonflée et gorgée de ces délicieux préliminaires.

Tu avances ton sexe vers moi, il me fait envie, envie de le prendre entre mes lèvres et t'y glisser la pointe de ma langue... Mais il se dirige fièrement vers son but.

Je le sens glisser le long de mes lèvres, il est chaud et doux, tu pousses légèrement juste à l'entrée, mais tu ne me pénètres pas vraiment, tu vas m'offrir encore une de mes caresses adorées.

Tu poses ta queue juste à la naissance de ce fin tissu proche du périnée, tu appuies ton gland sur cette peau en pressant vers le bas et tu feins de me pénétrer en même temps, le frottement est divin, et mon sexe se contracte aussitôt sur le bout de ta queue. Tu recommences plusieurs fois et tu sais que dès que ma fente d'amour palpite ainsi, elle continuera jusqu'à la jouissance.

Sentir ta queue étreinte inlassablement te fait brûler de désir. Et plus je la sens vibrer à chacune de mes contractions, plus elle m'excite, plus tu m'excites.

Mais le trésor que tu convoites est tout autre, et sans me prévenir, tu te retires et me sodomises aussitôt, mon bassin va à ta rencontre tant j'attendais cet instant.

Je ressens ce même plaisir, cette même faim, que lorsque je fais l'amour au réveil le matin, je suis toujours plus avide de cette queue dans ces moments-là.

Tu as tant fait vivre mon désir et j'aime tant te sentir en moi quand mon sexe continue de palpiter alors que mon cul s'ouvre sous ta belle queue insidieuse...

Tes hanches appuient fortement, tu es décidé à me faire jouir ainsi, merci de ce délicieux cadeau, j'aime te sentir et te voir venir

La trajectoire du hasard

quand tu me regardes... Et j'aime cette violente pénétration, où tu ne t'arrêteras que lorsque tes testicules rencontreront le rempart de ma croupe... Pourtant tu cherches encore à t'introduire plus loin... Jusqu'à ce que tu me prennes en otage, quand tu sens que je perds pied, là seulement tu te laisses aller et sombrer dans cette furieuse onde de plaisir... Qu'il est bon de jouir ainsi...

Baisers.

23

***

Je te dois ceci depuis le 5 janvier

Regards

J'aime à mon tour son regard éloigné
De celui qui feint de découvrir, quand en fait il devine
Ce regard qui prend tout, les refus comme les non-dits
Et qui sait avec art les transformer en oui
Ses mains m'ont saisie, quand les miennes m'ont trahie
Sa voix m'a charmée, ses mots m'ont attirée
Au point de ne pas avoir su cacher combien il m'a intriguée
J'ai laissé mes yeux le déshabiller, croyant qu'il ne me surprendrait pas.
J'ai laissé parfois mes sourires l'inviter, il a su me cueillir comme si de rien n'était.
J'ai soudain eu envie de lui offrir mes baisers, il savait qu'il pouvait.
J'ai sagement attendu qu'il vienne les réclamer pour aussitôt le goûter
 Son regard m'a percée et ses lèvres n'ont cessé de me donner envie

La trajectoire du hasard

À cet instant je ne voulais recevoir que ses baisers, mais il m'a aussi attiré par ses subtils pièges... ses mains

Ses mains que j'ai trouvées si belles, je les ai imaginées, ce jour-là, voyager, me parcourir, comme je les imagine souvent depuis qu'il m'a touchée.

Il m'a envahie de désir et m'a donné soif de lui, il sait comment me maintenir ainsi, il sait comment m'avoir à sa merci, mais à mon tour je vais lui offrir de quoi délicieusement souffrir.

De son tatouage, de ses mains, de ses lèvres j'aurai raison de lui,

Je lui ferai goûter aux charmes de Mélissa, pourra-t-il lui résister ?

Non, car il aura envie de succomber, de faire croire qu'il a été dompté, pour mieux encore savourer, car tout comme elle, Benjamin aime trop jouer...

Elle l'aime, elle s'est promis à lui comme une amie particulière, lui seul sait quelle place elle lui offre.

24

***

Février s'achève

Invitation au voyage

J'ai réussi à te détourner de tes dossiers parisiens et le rendez-vous n'est pas au très sélect Selangor Club, mais dans le quartier chinois.

La Jamek Mosquée, enchâssée dans son écrin de verdure, offre un bain de jouvence bienvenue avant de plonger dans le bain de vapeur de Chinatown. Sur Jalan Petaling, la rue piétonne, véritable épine dorsale du quartier, tout se bouscule, vibre et pétille dans le bruit des klaxons, la poussière et les odeurs d'encens et de nourriture mêlées. C'est déjà la tombée de la nuit et les « hawkers » (cuisines ambulantes) s'installent sur les trottoirs constellés de guirlandes chinoises qui instaurent un jeu d'ombres et de lumières fantasmagoriques. J'ai rendez-vous devant le temple hindou de Sri Maha Mariamman. D'après des relations, cet endroit symbolise à lui seul cette Malaisie multiraciale qui fait coexister pacifiquement Malais, Chinois et Indiens. Les premiers représentent 60 % de la population, mais ce sont les Chinois minoritaires qui disposent de 70 % des richesses. J'aime me promener dans ces rues bondées. Les femmes indiennes et surtout malaises sont séduisantes, issues de mariages mixtes. Mon rendez-vous se révèle être une jeune femme, vêtue élégamment d'une simple robe courte et d'une pochette. Elle paraît prête pour se rendre à une soirée, mais elle est en fait ma guide. Comme dans un film d'espionnage, nous échangeons un code puis grimpons dans une voiture que la jeune femme conduit avec dextérité. Nous échangeons peu de paroles. Nous fonçons vers notre premier rendez-vous.

Le lendemain, elle me conduit à Malacca. Cette ville est située à 150 km. Nous arrivons à la tombée de la nuit. Mes différents contacts aiment les fins de journée.

Lorsque je sors de la voiture, encore fasciné par les jambes nues et brunes de mon guide, je suis pris par le parfum de cette ville, véritable orgie d'épices. L'air est chargé de poivre, de citronnelle, de coriandre et de gingembre. Sur les quais du port, se presse encore une foule dense où se mêlent turbans, calottes. Les langues se mélangent aussi, brassage de mandarin, de tamoul, de portugais et de hollandais.

La ville reflète le passage de chaque envahisseur. Du règne portugais ou du legs hollandais, chacun a laissé sa trace aussi bien en architecture, qu'en cuisine ou dans l'art de vivre.

En suivant les rues envahies de cyclopousses décorés de fleurs et de rickshaws se dévoile l'héritage britannique. La ville s'est un peu assoupie par rapport à Singapour qui se trouve plus loin sur la côte, à l'entrée du détroit de Malacca. Il y existe un charme languide et désuet. Il est agréable d'y flâner en cette fin de journée tropicale lorsque la pluie d'orage a fait baisser la température de quelques degrés, mais accélère mon pouls et ma température interne en dénudant, par collage de l'étoffe sur sa peau le corps de mon guide, en particulier ses seins nus et sombres sous sa robe claire. Elle sauve la situation d'un éclat de rire et m'abandonne à l'hôtel où le massage est le bienvenu pour me régénérer avant de sortir dîner d'un chicken rendang à la terrasse du Harper's, devant Malacca River, au son d'un bon vieux titre de Simon and Garfunkel « The sound of silence ».

Mon contact est enfin là. Il s'agit de négocier les conditions du recrutement de personnel local pour le chantier et le développement des écoles des villages alentour et de l'éducation des enfants, le tout s'inscrivant dans un programme sociétal pris en charge par la compagnie pétrolière.

Retour à Kuala Lumpur pour prendre l'avion. Direction Kuching, capitale de l'État du Sarawak, au nord-ouest de l'île de Bornéo. Après une nuit au Merdeka Palace avec la trop sage Ampbika (je ne suis vraiment pas Jason Bourne ni même James Bond), la jungle nous attend, univers mystérieux propre à nourrir les fantasmes. La chaleur est étouffante et le bruit lancinant des criquets accroit notre nervosité au fur et à mesure que nous grimpons par un étroit sentier dans la forêt vierge. Le rendez-vous n'est plus très loin. Ampbika, l'air de rien avec sa démarche indolente porte une arme, je ne doute pas qu'elle sache s'en servir. De larges touffes grasses envahissent la fourche des branches ; des plantes grimpantes jettent comme un voile sur le feuillage épandu ; leurs spirales enlacent les troncs majestueux et de ramure en ramure prolongent de longs tentacules fleuris. De cette végétation puissante émane comme une griserie. Ampbika m'a indiqué avant de partir que les touristes venaient ici voir les orangs-outans se balancer de liane en liane avec la souplesse d'un trapéziste audacieux. J'ai moi-même l'impression d'être un équilibriste dans ce type de mission. L'avant-dernière du genre. Soudain, un léger froissement de feuilles, puis quelques craquements d'arbres. Enfin, ils sont là. Pas indemnes du long séjour contraint qu'ils viennent de vivre, mais en bonne santé. Personne à l'horizon sauf ces cinq personnes, mais nous ne sommes pas dupes. Un seul ordre de nous suffit pour qu'ils nous suivent. Ont-ils été prévenus que la fin de leur mésaventure était arrivée ? Ils sont hagards et faibles, mais s'éloigner de la jungle leur donne des forces insoupçonnées.

Je déambule dans les vestiges spectaculaires du passé colonial britannique à Kuala Lumpur. Le cœur de la ville est hérissé de gratte-ciel à l'architecture ambitieuse. Ampbika m'a proposé d'être mon guide pour ce dernier jour. La marche est le meilleur moyen de découvrir la ville, m'a-t-elle dit, et la voilà qui arrive à notre rendez-vous à Datatran Merdeka (place de l'indépendance), hissée sur des talons hauts qui mettent en valeur ses jambes dénudées par la longueur de sa jupe en jean. Je l'observe arriver de sa démarche chaloupée, traversant cette immense esplanade aux dimensions proches de celles de la Concorde à Paris. J'ai du mal à oublier ses mots au téléphone « juste pour le plaisir, rien de professionnel dans cette visite… ». Elle avait enchaîné, mais je n'avais retenu volontairement que ce passage plein de promesses. L'endroit est marqué par l'histoire, je me trouve devant le Royal Selangor Club, bâtiment style Tudor qui était le haut lieu de la gentry locale. Face au Royal Selangor, le luxueux palais du sultan Abdul Samad, avec ses étincelants dômes de cuivre et sa tour de 43 mètres. Avec Ampbika, je découvre cette ville aux mille styles, Moghol, Maure, Arabe et néoclassique Anglais. Nous déjeunons au Charlie's Restaurant, une halte reposante, savoureuse et rafraîchissante.

Les gratte-ciels illuminés scintillent comme un arbre de Noël. Ampbika m'a invité à passer ma dernière soirée avec des amis. Le luxe me berce et je suis là, allongé sur un lit moelleux, malade d'ennui. Serai-je moins timide cette fois-ci ? Sans doute pas !

Je pense à toi, Mélissa, loin de l'agitation mercantile, des cafés bruyants et t'imagine sortir de la salle de bain de cette chambre d'hôtel, le peignoir ouvert, encore toute mouillée. Tes jambes sont toujours légèrement ouvertes. Tu as tellement l'air d'être au bord de l'orgasme que l'on ne peut s'empêcher de penser qu'une simple caresse te ferait éclater. Bien sûr, je me trompe.

Lorsque tu t'assieds sur le lit pour remettre tes bas, je ne peux plus me retenir. Je m'agenouille à tes pieds et pose ma main sur ton sexe entièrement épilé pour y déposer un baiser léger comme un papillon. Je le caresse tout doucement. Ta chair s'ouvre comme une fleur, tes jambes s'écartent un peu plus. Ta bouche est si humide, si prête au baiser, comme doivent l'être les lèvres de ton sexe. Tu ouvres un peu plus tes jambes et me laisses regarder. Je touche délicatement tes petites lèvres en les écartant pour voir si elles sont mouillées. Tu vibres lorsque je caresse ton clitoris, mais je veux que tu découvres ma bouche sur toi.

J'embrasse ton clitoris, encore humide après le bain ; ton sexe a le goût d'un coquillage, d'un merveilleux coquillage, frais et salé. Oh ! Mélissa ! Mes doigts se font plus rapides. Tu te renverses en arrière sur mon lit, m'offrant ton sexe, ouvert et mouillé, comme un camélia, comme des pétales de rose, comme du velours, du satin.

Tes jambes pendent sur le bord du lit. Ton sexe est ouvert. Je pourrais le pénétrer, mais rien ne presse. Je préfère le mordre, l'embrasser, y glisser ma langue. Ton clitoris durcit comme la pointe d'un sein. Ma tête, entre tes deux jambes, est prise dans le plus délicieux des étaux, un étau de chair soyeuse et légèrement salé.

Mes mains se promènent sur tes seins ronds, les caressent. Tu te mets à gémir faiblement. Maintenant, tu fais glisser tes mains vers ton sexe que tu caresses en même temps que moi. Tu aimes que je te touche à l'orifice du sexe, juste sous le clitoris. Tu me l'indiques de ton doigt, c'est là que tu aimerais que j'enfonce mon pénis pour aller

La trajectoire du hasard

et venir jusqu'à ce que tu hurles de plaisir. Mais patience, cette caresse est banale alors pourquoi la désirer ? Je place ma langue à l'orifice et je l'enfonce aussi loin que je peux. Je prends tes fesses dans mes mains, comme un énorme fruit et je les pousse vers ma bouche, et, tandis que ma langue joue sur les lèvres de ta fente, mes doigts pétrissent la chair de ta croupe, se promènent sur tes fermes rondeurs, et mon index rencontre le petit trou, où il s'enfonce doucement.

Soudain, Mélissa, tu sursautes – comme si j'avais provoqué une décharge électrique. Tu fais jouer tes muscles pour retenir mon doigt. Je l'enfonce plus loin tout en continuant à remuer ma langue dans ton sexe. Ton corps se met à onduler. Lorsque tu pousses vers le bas, tu rencontres les pressions de mon doigt, et lorsque tu te soulèves, celles de ma langue. À chacun de tes mouvements, tu sens que j'accélère mon rythme jusqu'à provoquer un long spasme. Dans mon doigt, je sens les palpitations de ton plaisir, toujours renouvelées…

25

***

Nordeste do Brasil

C'est à ce moment que le téléphone sonne et me ramène à la réalité. Tu as quitté ma chambre d'hôtel. Décidément, je m'étonne de l'activité de mon cerveau dans le peu de temps de répit que m'offre une journée.

Je te sais et t'imagine bien là-bas, au Brésil, en vacances avec ton Mike, tout comme je peux m'imaginer dans un de ces hôtels de luxe, profitant de congés ou d'une mission professionnelle pour découvrir ce nouveau continent, car le Brésil me semble tellement différent de l'Europe, surtout lorsque l'on quitte les abords de Rio de Janeiro pour s'exporter dans les dunes du Rio Grande do Norte entre Recife et Fortaleza. Mon amie brésilienne Carolina, venue en France pour ses études et raisons professionnelles, m'a parlé de Salvador de Bahia, berceau de l'esclavage où l'on peut encore voir la place du pilori. Elle a été un peu étonnée que je lui demande de me parler de son pays et de cette ville en particulier, mais je lui ai dit que je songeais à m'y rendre. Carolina raconte bien, en particulier sa jeunesse dans une vieille maison coloniale portugaise, au milieu de ses frères et sœurs.

La trajectoire du hasard

J'aimerais beaucoup y déguster la feijoada avec les ingrédients et épices nécessaires à sa confection qu'elle cuisinera pour son orixa protecteur : viande de porc, haricots noirs, farine de maïs, huile de palme, lait de coco, crevettes séchées, noix de cajou, piments. Les mets préférés de Ogun Ferraille. À Bahia, les dieux sont à l'image des simples mortels : des grands gourmands et fins gourmets, surtout.

Carolina me parle de son athéisme, de son goût pour le Black Metal et la danse classique, mais sa culture est tout aussi capable de parler des heures de l'initiation de ses voisins au candomblé, syncrétisme des religions africaines dans ce Nouveau Monde, cette culture africaine avec ses mythologies, ses rituels millénaires qui se métissèrent au contact des croyances des premiers habitants indiens et qui formèrent l'essence d'une Internationale des Dieux en exil. Salvador de Bahia est même surnommée la « Rome noire ». En tout cas, si les habitants sont physiquement du même acabit que Carolina ou Pedro son ex-petit ami, tu as dû connaître une jouissance visuelle de première (si ce n'est davantage) !

Je ne peux que t'imaginer en compagnie de ton Mike et d'un invité de circonstance aux traits et au corps souple et puissant proches de ceux de ce Pedro, dans des plaisirs croisés et insolents de liberté dans les lumières de l'aube. Oui, quel effet de vous deviner, dans la fraîcheur de votre grande chambre d'hôtel, maîtresse de cérémonie d'un culte autre que le candomblé. Vous ne quitterez surtout pas le Brésil sans clôturer les fêtes de Cachoeira, à une centaine de kilomètres de Salvador de Bahia. Cachoeira est l'un des centres historiques du candomblé. Ici se trouve la dernière fabrique de ces minces cigares que l'on fume seulement au Brésil ou à La Nouvelle-Orléans.

Oui, depuis mon bureau, j'entrouvre le rideau de votre suite et vous observe, surtout toi, Mélissa, t'abandonnant aux caresses, t'offrant les pénis de ton mari et d'un Pedro. Oh, plaisir du voyeurisme !

26

***

Convenances

Je reviens sur ton goût du vêtement, voire de la mise en scène. En tant qu'homme, l'uniforme qu'est le costume a le don de simplifier certains choix. Pour vous, mesdames, le choix est plus difficile. Je comprends ton goût de la tenue suggestive qui peut, à l'extrême, remplacer un discours. Mais tu habites cet habit en la présence de Mike. Offerte aux désirs animaux de tes partenaires, les provoquant même, mais sous la houlette de ton mentor, ton complice.

Dans la gestion du quotidien, pourquoi est-ce si difficile de s'habiller ? Parce que le vêtement est d'abord une frontière entre nous et le monde extérieur. Il nous protège et nous masque autant qu'il nous expose. S'habiller, c'est peut-être d'abord se dévoiler. C'est révéler quelque chose de nous-mêmes, sans qu'on sache toujours exactement quoi !

Alors, comment te sors-tu de ce casse-tête ? Comme souvent, je le suppose, tu fais des arrangements entre ce qui t'a été transmis et ton désir qui, si j'ai bien suivi, est parfois extrême ! Même pour aller

La trajectoire du hasard

travailler. Si tu es assez distante du regard de tes proches, de ton histoire et des convenances sociales, si tu ne rêves pas trop à un moi idéal, la tâche se révèle facile, sinon plaisante. Tu peux te mettre en scène avec légèreté, y compris te déguiser de temps à autre, un jour dans un jean, un autre en robe sexy. En revanche, si tu es enfermée dans une contrainte interne, l'image de soi se fige, et ta tenue aussi. Je te devine relevant de la première catégorie.

Ce qui me rend fou parfois, ce sont combien certaines mères usent des vêtements pour façonner leur enfant à l'image de leur rêve. Que l'on ait été habillé comme un petit prince, comme un petit dur ou encore en garçon manqué, on en garde une représentation de soi, des conventions et des interdits. Cette marque d'origine, on s'en fait l'héritier ou on entre en conflit avec elle, mais il semble qu'on ne s'en libère pas facilement.

Excepté dans certains pays d'Afrique où les hommes participent aux concours de la « Sape », animés par leur besoin de paraître, l'art de la fringue est plus féminin que masculin, car il a trait au rapport au corps. Le sexe féminin se doit d'être caché, mais tout à la fois, il s'expose pour susciter le désir de l'autre. Voiler et dévoiler est donc la grande affaire des femmes. D'ailleurs, le plus souvent, les femmes redoutent plus le regard des autres femmes sur leurs vêtements que celui des hommes. Mères, copines, rivales, semblables, ce sont les autres femmes qui règnent sur la féminité. Je choisis d'abord mes vêtements pour leur plaire, susciter leur envie et m'assurer une place au sein du groupe. Le regard de l'homme est autant attendu que celui des femmes, mais il n'agit pas sur le même registre. La question posée aux femmes concerne leur propre valeur en tant que femmes : « Dites-moi ce que je vaux… ». Non je n'ai pas dit combien. La question adressée à l'homme est de savoir s'il me désire ainsi.

La trajectoire du hasard

Retour en France. Tu dois déjà être de retour dans l'hexagone, ton visage et ton corps brunis par le soleil. Je prends un chemin différent du vôtre en ne restant pas sur Paris, mais en gagnant directement la côte Normande. Samira est venue me chercher à Roissy, puis nous filons en direction de Caen. Nous nous sommes aimés, là, enfin, sur l'aire de bord de l'autoroute A13, presque à l'insu de tous, debout contre la voiture. Notre plaisir a été rapide, violent, mêlant le manque de ces jours de séparation et la crainte d'être ainsi surpris. Lorsque Samira a ramassé sa culotte qui gisait, informe, sur le sol, elle a fait en sorte de dénuder son postérieur et a jeté un regard en arrière pour constater que la vision de son cul avait toujours le même effet. Je bandais de nouveau. Un couple de touristes a profité du spectacle. Ma femme était toujours habitée par une pudeur forte et le goût de la transgresser pour coller à mes fantasmes.

La plage devant la maison est couverte de coquillages. Le chemin côtier qui dessert la maison de nos hôtes court entre mers et prairies, un ancien bâtiment du phare transformé en maison secondaire. Le salon et la salle à manger en enfilade, pour un panoramique belvédère face à la mer.

Soudain, la réalité refait surface, j'oublie mon rôle de presque agent secret et me replonge dans mon job au chantier de Kuala Lumpur pour le projet Kopko Islando, un immense chantier de construction d'un bateau plateforme en Offshore très profond pour l'Angola et nous reprenons chacun nos fonctions, toi derrière ton bureau dans ton cabinet d'audit à Paris.
J'aime te faire voyager.

Je ne verrais que lundi si j'ai de tes nouvelles, je l'avoue, j'en espère. J'apprécie ta complicité et ta confiance.

27

***

Légèreté

Quel dommage que je ne puisse lire ces mails qui s'égarent et retrouver en toi cette légèreté qui s'évapore. Que t'arrive-t-il, Mélissa, hormis le fait que tu as du mal à me suivre de pays en pays ? As-tu des soucis ou si tout simplement tu as changé ?

Non, rien de tout ça et ce n'est pas une vraie question bien sûr, c'est juste parce que j'ai envie d'écrire avant d'aller au lit et quand j'ai envie d'écrire, c'est à toi que je pense, voilà, c'est normal que je ne puisse oublier ta personne.

Que dire si ce n'est que je pense que le plaisir entre adultes consentants que nous sommes n'a de limites que dans la fin du plaisir d'un des deux partenaires.

J'espère pour autant que tu n'as pas changé, car ce n'est quand même pas moi qui vais te dire qu'il faut prendre des distances avec le paternalisme moral sous prétexte que nous nous moquons d'être

La trajectoire du hasard

parfaits parce que nous mangeons trop, nous fumons ou nous aimons faire l'amour ou que nous fantasmons de baiser à plusieurs ou rêvons d'une autre présence aux côtés de celle ou celui que nous aimons.

Gâchons-nous cette morale ou talent qui est en nous en laissant une part pour les jeux érotiques au détriment de la pratique du saxo ou du piano ou que sais-je encore ? Quand cette morale nous reproche ce mode de vie, il ne faut surtout pas y adhérer et penser à vivre avant toute autre considération, car j'ai passé suffisamment de temps à attendre pour ne pas avoir compris ce qu'était la vie, celle que tu dois prendre, ce qu'elle te tend, car elle ne te le tend souvent qu'une seule fois.

Bon, ce ne sont que des mots à défaut d'être des paroles et tu dois n'y attacher aucun message ou importance, car si je devais faire passer quelque message, je te le dirais franchement.

Avec la Corée, j'ai tout gagné ou perdu, je n'en sais rien.

Je passe des journées interminables au travail, un rythme à vous rendre fou et dépendant de la société qui éponge votre matière grise et le temps qui reste d'une journée, je bois beaucoup plus que je ne devrais comme ce soir, je fais des nuits de trois heures parfois, je me suis remis à fumer et pour finir, je m'interroge sur l'idée de tromper ma femme, enfin, pas par vice, mais par un cruel besoin à combler.

C'est arrivé bizarrement dans le bar où je joue régulièrement au billard. La patronne du Wheel house, style de bar où l'on se sent chez nous comme cela est inscrit au-dessus du bar : « Your home far away from your home », est devenue une amie et m'a demandé si je pouvais héberger une cousine à elle arrivée de Séoul et qui n'avait pas d'hôtel, elle savait que j'avais une chambre disponible, alors j'ai dit oui, si c'est pour seulement une nuit, la fille était mignonne, on est rentrés ensemble et on s'est endormi chacun dans notre chambre respective, puis elle m'a rejoint au petit matin, mais il était l'heure de me lever, sauvé par le gong en quelque sorte. Il n'en faut pas plus pour cogiter ensuite sur ce que je n'aurais pas dû accepter, mais après trois semaines passées seul, plus une semaine d'abstinence avant mon départ, cette fameuse semaine où tout s'arrête de fonctionner… Je sais que je suis proche de ne pas résister en homme normalement constitué que je suis. À cela, je devrais ajouter qu'il est temps que je me ressaisisse et que finalement, ma petite vie paisible au Nigéria n'était pas si mal, surtout avec toi comme drogue pour y tenir le coup.

Bon, j'arrête, car je ne sais plus quoi dire, mais j'avais envie de te confier des choses à toi, ma p'tite Mélissa, même si tu n'as jamais été à moi ou sauf une fois peut-être, qu'en sais-je !

Bonjour Benjamin,
Excuse-moi encore pour ce long silence.

Tu n'as pas à être désolé du mail que tu m'as envoyé, comment voudrais-tu que je te juge, d'abord je n'en ai aucun droit, et même dans mon coin, je n'en ai aucune envie. Je t'aime comme tu es, c'est une amitié très particulière, mais c'est cela qui la rend riche, car même à ses amis les plus proches, on n'avouerait pas forcément ses envies, faiblesses, bref, surtout si ses amis connaissent le partenaire de vie. Ce qui est mon cas, par exemple. Donc, en cela j'aime notre relation. Donc dire que je m'en moque est faux, je veux dire que je partage et je me réjouis de tous ces petits et grands riens qui peuvent te rendre heureux. Je vais te dire franchement, chapeau en fait, pour avoir été aussi longtemps un homme fidèle de cœur et de corps puisque tu as eu cette force de ne pas dévier avant notre relation et pourtant, à te croire, cela n'a pas toujours été facile. De cœur, j'imagine que c'est toujours le cas, et même si cela ne l'était pas ou plus, ce ne serait en rien affligeant ou choquant ou regrettable. Tu es un homme et donc ni infaillible, ni maître de tout et encore moins de ton futur. Je crois justement que tu fais partie de ces hommes qui ne reconnaissent peut-être la culpabilité quand en substance peut-être, rien de plus que le physique n'a été apporté. Ce qui expliquerait que tu ne sois pas un homme qui trompe sa femme et surtout pas par vice, mais par vide. Tu es comme moi, tu as besoin d'une relation plus intense. Du moins c'est ce que j'ai découvert de moi depuis que je te connais et c'est en cela que notre relation s'est arrêtée sous la forme qu'elle était devenue parce que Mike s'est rendu compte du vide qu'il mettait par ses absences répétées, à cause de son sport et de ses copains alors que pourtant il ne m'a jamais délaissé sur le plan intime, sexuel.

Moi, c'est parler et écrire qui m'ont surtout manqué, j'ai trouvé tout cela avec toi et ensuite, ma gourmandise a fait le reste et je n'arrive toujours pas à culpabiliser pour ce qu'on a fait.

J'ai pensé à toi dimanche, car je suis allée justement voir mes amis dans ta province non loin de chez toi, elle est curieuse la vie, tu as vu comme nos chemins se croisent, s'effleurent.

Je suis en vacances ce soir, et je reprends le travail dans deux semaines. J'aimerais bien que l'on se voie quand tu seras dans les environs, pour un déjeuner.

Ne te fais pas de soucis pour cette aventure d'une nuit, tourne la page si tu le souhaites, ne te sens pas coupable. Même si c'est certes plus facile à dire, quand on y pense, cette idée que les parcelles d'un corps et la chimie de la tête quand on fait l'amour puissent appartenir et être l'exclusivité d'une personne, en l'occurrence ta femme, c'est bien le mal de l'homme en général. Un mariage a cette chose curieuse qui est de se rendre soumis par l'abstinence et la frustration à un autre être, alors que le concept moral est autre chose.

Or, ces sensations, elles sont tiennes, celles qui ne le sont pas sont celles que tu procures à ton partenaire, mais cela, d'autres peuvent le lui procurer.

Donc, si on y réfléchit bien, être amoureux de quelqu'un n'a rien de physique ou de palpable, mais c'est l'aspect physique qui est mis en avant dans l'adultère. Quand je te dis que l'être humain est tordu, ceci dit mon explication doit l'être pas mal, je ne suis pas sûre d'être claire, tu me diras.

Voilà, pour terminer, je t'embrasse.

À très bientôt.

28

***

Les mois défilent, le printemps arrive

À dix mille miles de toi

J'étais sous la douche lorsque la sonnerie a retenti et alors que je venais de te confirmer mon numéro de mobile professionnel, j'ai tout de suite pensé que c'était toi qui m'appelais. Mon déplacement rapide et maladroit a failli me coûter un rendez-vous à l'University Hospital d'Ulsan. J'ai rattrapé une glissade au prix d'une douloureuse acrobatie et réussi à me saisir du portable.

— Je te dérange ? me demandes-tu sans doute surprise de ma difficulté respiratoire.

— Non, j'étais sous la douche, comme si j'avais besoin de me justifier.

— Seul ? ne peux-tu t'empêcher de demander, à cause probablement de l'écart récent dont je t'avais parlé. J'ai senti immédiatement que tu regrettais aussitôt cette remarque.

— Oui malheureusement, ai-je répondu sur un ton badin. Je savais que tu avais fait un effort pour ne pas dire « nu ». Tu t'étais retenue, mais je te sentais prête à continuer à jouer les dominatrices. L'idée me plaisait, mais pas immédiatement, j'avais trop envie de ton corps depuis ce souvenir inoubliable. Un corps exceptionnellement sensuel, même si tu ne m'avais jusqu'à présent jamais fait voir ta féminité vêtue d'une robe et de bas jarretelles, à l'exception des photos érotiques et chaudes dont tu m'inondais à une époque. À l'évocation de ton corps, j'ai passé mes doigts sur mon sexe, jouant de la paume de ma main avec le gland, puis écartant les cuisses, j'ai caressé mes testicules rasés.

Nous sommes restés trois quarts d'heure au téléphone, j'avais cessé ce jeu puéril et chassé un instant mon côté animal pour convenir d'un rendez-vous pour l'heure suivante.

J'avais choisi un restaurant brésilien assez guindé, le Favela Chic, un peu trop chic, mais la nourriture était délicieuse. Lorsque tu m'as murmuré : tu essaies de m'en mettre plein la vue ! Je n'ai su que sourire. Tu avais raison et j'adorais jouer de ma séduction. En fait, j'étais heureux de ta présence.

Ce soir, tu es splendide ainsi légèrement maquillée, vêtue d'une simple robe noire et d'escarpins à talons hauts, les Manolo que tu affectionnes tant. Tu m'offres un sourire éclatant, un rire gai et chaleureux, une poitrine somptueusement mise en valeur par le décolleté qui te va si bien. La gêne initiale a disparu. J'apprécie même le regard des autres clients sur toi. J'ai évité le costume, trop bourgeois, et enfilé un jean, une chemise blanche et une veste de cuir pour te rejoindre. Nous parlons de Mike et de toi, de vos aventures sexuelles. Un homme excitant, habité par la passion avec une forte aura de sensualité sans doute et qui doit t'être si complémentaire, telle une seconde moitié de toi.

Même si tu restes discrète, je ne peux qu'imaginer vos jeux et vos plaisirs. Tous ces corps qui se tordent et se cabrent comme un nœud

La trajectoire du hasard

de vipères, toutes ces langues brûlantes qui semblent jaillies des chaudrons mêmes de l'enfer.

Mais pourquoi se leurrer ? Tu ne pouvais guère jouer l'innocente martyrisée. Mike te conduisait peut-être sur le terrain de jeux, mais tu y tenais si bien ton rôle. Et, une fois commencés, il y avait dans ces jeux une sauvage excitation que tu n'avais jamais refusée.

Nous finissons par aller danser à la Casa 128, une boîte sud-américaine. Tu danses bien et tu as la politesse de faire semblant de me trouver excellent danseur. Difficile d'y croire ! Parfois, c'est toi qui diriges et lorsque je te dis que tu as l'air d'aimer cela et pas seulement lorsque l'on danse, je vois tes yeux virer au flamboyant et tu te penches pour me chuchoter quelques mots à l'oreille, à moins que ce soit la musique qui me donne cette impression-là.

Je suis collé à toi, nos corps sont encastrés l'un à l'autre. Ma chemise, mon jean me collent à la peau, je sens tes seins contre mon torse et ton pubis se frotte contre ma cuisse. Mon sexe tendu est contre ton ventre…

Depuis combien de temps nous naviguons à ce rythme sensuel…

Nos bouches ont longuement tergiversé avant de se mêler… Nous ne parlons plus depuis un bon moment. Nous quittons l'endroit avec les derniers habitués… Nous sommes devant le taxi où je m'apprête à te voir disparaître lorsque tu me dis « Viens, j'habite à deux pas et je suis seule ce soir et je sais que je ne supporterai pas ».

Dans le taxi, tu m'as pris la main, mais nous sommes restés silencieux. Le silence ne pèse pas. Dans l'étroit couloir d'escalier qui mène à ton appartement proche de la place Victor Hugo, je te suis, hypnotisé par ton corps langoureux et sensuel. La porte est à peine refermée que nous nous enlaçons longuement et qu'avec autorité je te débarrasse de ta robe noire. Tu es là dans mes bras, vêtue de ton seul string et de tes escarpins. Ton corps que mes doigts ont détaillé m'apparaît soudain dans sa splendeur sculpturale. Mes doigts se perdent sur la fermeté de tes fesses, mes lèvres dévorent ton cou et tes épaules. Je descends doucement, enivré par le mélange de ton odeur corporelle que j'ai mémorisée puisque j'avais deviné ton parfum avant même de te connaître. Maintenant, je caresse ta poitrine plantureuse, suce et lèche tes seins et aucun sacrifice ne me fera m'interrompre. J'entends ta respiration que tu tentes de maîtriser, mais mes caresses dévoilent l'extrême plaisir que tu prends dans ma manipulation. Les tétons plus sombres sont devenus durs et flexibles comme du caoutchouc. Chaque coup de langue, chaque caresse de mes dents, chaque pincement de mes doigts entraînent un soupir de contentement. Tu es debout, appuyée contre la porte d'entrée et si mes mains caressent toujours tes seins, ma bouche est sur ton ventre. Ma langue effleure ton nombril. Tes doigts sont sur mon crâne rasé pour mieux me guider vers le creux de tes cuisses d'où émane le parfum secret de ta vulve.

Le minuscule tissu de ton string est trempé de désir qui s'écoule de ton sexe. Lentement, je vais aller à ta fente humide, tes lèvres gonflées de désir et ton clitoris tendu vers la caresse. Mais pour l'instant, je malaxe tes seins et ma bouche caresse le creux de tes cuisses, là où la peau est si douce. Ta peau lisse et humide est traversée de légères secousses et la chair de poule vient confirmer ton excitation. Ma langue lèche enfin ta vulve, mais à travers le string. Le contact du tissu et de la langue n'est pas spécialement agréable, mais je sais l'effet que cela a sur toi. Ce contact indirect de ma langue et de ta fente est terriblement excitant. D'ailleurs, tes cuisses se sont ouvertes pour me laisser le passage, tes mains se font plus pressantes sur ma tête. Aussi, doucement, je retire ce string devenu soudain encombrant et tombe ainsi sur tes chevilles. D'un mouvement, tu te libères de la culotte qui gît sur le sol, écarte impudiquement tes jambes

La trajectoire du hasard

et m'ouvre le passage de ton sexe. Ta toison pubienne est inexistante. Pas d'anarchie donc de cette forêt de poils pour masquer tes grandes lèvres gonflées, fort heureusement, car je préfère tellement les sexes de femmes entièrement épilés. À genoux devant toi, quasiment sous toi, ma langue fonce et s'enfonce à l'intérieur de toi. Tu t'appuies contre mon visage pour sentir ma langue au plus profond de toi. L'odeur de ton sexe m'enivre et me fait fondre, ton goût est si mielleux. Tu es maintenant littéralement assise sur mon visage, tu te frottes à ma bouche, à mon menton, à mon nez. Tu me cries d'aller encore plus loin en toi. Ma langue va de ton bouton à ton œillet pour venir le goûter. Mes mains malaxent tes fesses et soutiennent ton corps qui ne demande qu'à partir. J'adore donner du plaisir ainsi et le plaisir t'a envahi, pas encore la jouissance, pas encore l'orgasme, mais le début de la vague. J'ai deux solutions, te conduire au plaisir avec ma langue ou te prendre. Je choisis la première… Et ton plaisir arrive. Violent. Ta vulve s'écrase sur moi, puis tu diriges ton cul, projetant ma tête contre la porte, m'étouffant. Ton plaisir habite ma bouche, envahit mes narines. Le parfum de tes fesses se marie à celui de ton sexe. Je suis aux anges. Tu m'embrasses maintenant et me dis : es-tu conscient que tu me dévores ? Tu es consciente de l'effet que tu produis. Hissée ainsi nue sur des talons hauts, ta croupe rebondie est un défi. Tu te penches pour servir à boire et fais éclater cette masse ronde en deux sphères creusées d'un sillon où mon doigt glisse, presque involontaire. En te relevant, tu l'emprisonnes, puis, desserrant l'étreinte de tes fesses, le libères. Tu viens contre moi et me dites « c'était trop bon ! ». Tes seins s'écrasent contre mon torse, nous nous embrassons doucement maintenant, tendrement.

Mes doigts se promènent sur ton corps, te fouillent de nouveau.

Tes doigts ouvrent ma chemise et caressent mon torse, pincent les pointes, griffent mon ventre, se glissent sous la ceinture de mon pan-

La trajectoire du hasard

talon, saisissent ma queue raidie à travers mon boxer, puis remontent pour prendre un contact direct.

Pendant ce temps, nos bouches se disputent la maîtrise du jeu. Je résiste à l'envie de me laisser aller, te redonner la main... Peut-être plus tard, mais pas maintenant, je sens qu'il faut conduire la manœuvre, que ton désir actuel est d'être guidée. Les jeux s'ils doivent venir seront pour plus tard !

Tes doigts défont la boucle de ma ceinture et déboutonnent mon jean. Tes mains caressent mes fesses fermement, tes dents me les mordent et je pousse un cri de surprise, tu ris aux éclats et moi aussi par contagion.

Je me laisse aller en arrière, le jean et mon boxer entravant mes jambes. Je tombe sur le lit et t'entraîne avec moi. Avec autorité, tu prends possession de ma queue et viens t'empaler dessus. Aucune résistance, tu es si trempée. Tu as pris mon membre juste pour le guider en toi, puis tu t'es laissée aller sur lui.

D'un coup, tu t'es installée, m'emprisonnant dans ton humide caverne jusqu'à la base. Puis, tu vas et viens contre mon pénis, jouant de tes muscles internes pour me conduire au plaisir. Tu joues à te hisser à la limite du gland pour te laisser retomber. Parfois, à ta convenance, tu te penches pour m'offrir en festin tes seins. Chaque coup de langue sur leur pointe, chaque morsure, chaque embouchée d'un sein t'excite plus encore. Tu t'échappes très souvent de ces caresses et en te redressant pour fuir ma bouche et surtout t'empaler de nouveau plus profondément sur ma queue. J'essaie de ne pas absorber ton plaisir. En effet, j'ai souvent tendance à me surexciter en vivant le plaisir de ma partenaire et cela me conduit trop rapidement à l'éjaculation. Là, maintenant, je ne veux pas partir trop vite... tu te penches en avant pour me donner de nouveau tes seins. Tu m'invites à les sucer, à les lécher, à les caresser. Tes mots deviennent crus et accentuent plus encore l'excitation qui habite ton corps. Tu jouis doucement, mais longuement. Tu ne recherches plus la profondeur de la pénétration, mais tu te frottes à ma queue. J'adore lire le plaisir sur ton visage, j'aime le rictus qui s'affiche sur ta bouche, bouche qui vient s'écraser sur la mienne. Je te sens prête à te dégager, alors je te retourne sur le ventre et m'enfonce de nouveau en toi. Doucement pour suivre le rythme de ton plaisir puis plus cadencé pour te ramener vers une nouvelle vague de plaisir et tu es de retour avec moi. Il t'a fallu plusieurs minutes pour émerger, mais tu restes à un niveau d'excitation maximum.

Un bien-être que je ne fais que supposer, car le plaisir masculin me semble très différent de celui des femmes. Plus primaire et plus difficile à maintenir après l'éjaculation. Chez l'homme, le plaisir est suivi d'une sorte de reflux qui conduit le plus souvent l'homme à perdre son érection. Chez la femme, j'ai l'impression que la jouissance se prolonge plus longuement et l'excitation reste à un niveau élevé, évitant les effets montagnes russes de la jouissance masculine. Certaines femmes ressentent parfaitement l'état mental, la fragilité qui habite l'homme à ce moment et savent le gérer, d'autres beaucoup moins. Ma femme souvent abrège les caresses après notre première jouissance… Bien sûr, il est souvent déjà très tard, mais ce n'est pas la seule raison… Est-ce dû également à son faible goût pour le sexe ?… Mais ce n'est pas la seule manière de faire revenir le désir, loin de là !

Je sais que pour te reconduire au plaisir, je dois garder la tête froide. Cela m'enlève un peu de plaisir, voire me frustre un peu, car je dois être calculateur.

J'aime ta façon de répondre maintenant au rythme de mon sexe. Nous sommes de nouveau face à face, tes jambes viennent s'enrouler autour de ma taille pour t'ouvrir plus encore à la pénétration. J'aime l'état dans lequel tu te trouves, une sorte de transe, entre deux

La trajectoire du hasard

jouissances. Tes paroles n'ont plus de sens, elles sont très crues, très excitantes, tu cries comme une fruitière sur les marchés qui nous invite à goûter ses abricots. J'ai l'impression que ma queue grossit encore sous l'effet de tes mots. Lorsque je suis à la limite de sortir de toi pour me permettre de lécher ta plantureuse poitrine (je ne m'en lasse pas!), tu râles et fais l'effort de venir me rechercher. Tu soulèves ton bas-ventre pour me reprendre en toi. J'en joue, comme toi précédemment. Et toujours comme toi, je sors quasiment l'ensemble de ma queue que je sens noueuse, humide et dure, pour la replanter au plus profond de toi. Mes testicules viennent alors frapper le bas de tes fesses. J'adore le bruit qui accompagne ce mouvement de revenir profondément en toi, un bruit humide suivi d'un claquement.

Je ne cesse de vouloir aller plus loin encore. La lenteur du début s'est transformée. J'accélère le mouvement… Et ce malgré la gêne de mon jean toujours en travers de mes jambes. Tes jambes sont maintenant sur mes épaules, ta fente emprisonne mon sexe, tu cries de façon inattendue. Le râle qui durait depuis longtemps a fait place à un cri aigu et long. J'essaie de jouir en même temps que toi, mais impossible de partir. Je sens ma verge dure, pleine de sang, le gland gonflé au-delà du raisonnable et pourtant non… Je suis à la limite de l'explosion, mais le corps ne s'emporte pas, il reste tendu.

Je sors de toi, au moment où je sens que les vagues de plaisirs t'ont abandonnée et que ton corps est pris d'une grande demande. Je te regarde étendue, sculpture sombre dans la nuit, lascive, abandonnée, cuisses ouvertes. Tu es encore plus séduisante ainsi. Tu as toujours ces chaussures à talons que je te retire. Je te regarde m'offrir ton cul dans cette accalmie avant ma tempête ? Tu me dis : viens, prends-moi par là, je veux voir ta queue coulisser dans mes fesses et toi aussi, tu pourras te regarder t'enfoncer dans ma croupe.

« Tu n'as pas encore joui… Tu vas jouir dans mes fesses… Tu vas voir, tu ne vas pas tenir ! »

La trajectoire du hasard

Tu avais raison. Le fait de te dominer bestialement ainsi, tes mots, encore, m'incitent à aller plus vite, à venir t'arroser, à m'abandonner… Et je pars… Toute la maîtrise affichée, toute la retenue montrée s'évanouissent. Mon sexe est pris de folie. Prisonnier dans ton sillon, je continue mes va-et-vient. Puis soudain je sors brutalement, je ne résiste pas à cette douce sauvagerie qui m'habite et cette vague de gloutonnerie et j'explose, laissant aller de longues échappées qui arrosent ton visage et tes seins et tu ne fais aucun geste pour les éviter. Tout mon corps est parcouru de spasmes, je suis à la limite de perdre connaissance tant mon sexe jouissant est à la fois douloureux et source d'extase. Je bascule sur le côté et tu viens m'embrasser. Tu ris de mon plaisir et du tien et me dis provocante « goûte-toi, mon chéri ». Je pose mes lèvres où mon sperme s'est répandu, je dépose des baisers sur tes joues et viens sur ta bouche, car je veux me goûter en même temps que toi.

J'émerge difficilement de mon sommeil et dans le noir complet, l'alarme de mon réveil retentit. Je cherche à tâtons l'interrupteur de la lampe de chevet que j'allume. Je cligne des yeux en découvrant les murs décorés de mon appartement coréen. Mon Dieu, j'ai donc passé tout ce délicieux moment seul dans mon lit et j'ai souillé mes draps. Depuis mon adolescence, je n'avais pas refait le « rêve blanc ».

Je peine à reprendre pied et pourtant l'heure qui s'inscrit sur le réveil me rappelle à mes obligations. Je sors du lit et me douche.

La trajectoire du hasard

Benjamin,

Tu me surprends de plus en plus à chaque fois en fait, j'adore ce que tu as écrit, j'aime comment tu l'as écrit et comment tu le décris. J'ai eu l'impression que tu étais celui qui passait toutes ses nuits avec moi, je ne sais pas comment, même si je le sais en même temps, tu me corresponds complètement, je veux dire que telle que tu me vois et me ressens, comment je pense, comment mon esprit fonctionne, ce que j'attends de l'autre dans ces instants où tout est nu, c'est exactement ainsi que je le vis. Je ne parle pas de comment poser la main à tel endroit ou à tel moment, mais tout simplement de l'envie de la poser à tel endroit et de telle façon. Tu me corresponds aussi parce que toi, tu te comportes comme j'aime, je ne sais pas comment tu as fait pour deviner et réunir chacun de ces gestes, les tiens et les miens comme ils devaient l'être, le plus naturellement du monde. Ces instants sont magnifiques et même les instants au restaurant me paraissent si proches de moi. Là, je peux dire non pas tu veux, mais tu m'en as mis plein la vue. Une facette de toi qui me surprends, celle qui me fait dire que tu m'as percée plus que je ne le pensais encore.

Merci infiniment pour ces instants charnels et parfumés, pour ces magnifiques images que je prends pour un compliment intense, celui de me faire sentir une merveilleuse femme. Oui, tu ne te trompes pas pour Mike, mais parfois tout semble acquis et j'aime cette nouveauté, celle de pouvoir déposséder un autre homme de lui-même juste pour ce plaisir.

C'est troublant et vibrant de se dire qu'à tout âge on apprend, on évolue et surtout on découvre encore et encore, n'est-ce pas ?

La trajectoire du hasard

Mélissa,
Je suis libre de t'écrire ce soir, car Samira est à un dîner de travail. J'ai appris beaucoup avec toi, tu as été une superbe thérapeute : tu m'as boosté, engueulé, ouvert les yeux, tu as joué de ta tendresse, tu m'as aussi déboussolé, je t'ai aussi un peu déboussolée, je me souviens ton message où tu me disais être sur un nuage et je ne plaisante pas, je n'aurais aucun intérêt à te dire des choses que je ne ressens pas, que je n'ai pas ressenties, si tu me connais aussi bien que tu le penses.

Moi aussi je te connais bien, Mélissa, et je sais que tu as changé, je veux dire que tes élans ne sont plus les mêmes, je veux dire pas débordants comme ils ont pu l'être, ta curiosité s'est estompée, je veux dire la curiosité débordante de ton entourage intime et tu t'es recentrée, je le pense, sur ton couple, tu t'es égarée pendant quelque temps, mais tu t'es vite rendu compte que cela ne te mènerait à rien si ce n'est aux gourmandises, ces plaisirs de la chair et du fruit défendu, l'interdit que l'on goûte une fois ou deux sans en abuser pour ne pas en devenir accro, car le jardin secret avec toutes les limites que l'on peut fixer n'en a en fait aucune, de limite, si l'on n'est pas vigilant.

Toi, Mélissa, tu es à la fois l'intelligence et la lucidité, tu sais prendre, tu sais donner, mais tu sais t'arrêter, tu as peut-être juste un peu de mal à le dire. Dis-le-moi si tu veux, tu sais que je suis capable de te comprendre et de garder notre amitié intacte.

Oui, je la garde, Benjamin, et je te garde sans équivoque possible dans un coin de moi, car tu es doué, doux, intelligent également, mais je vais me calmer dans les compliments autrement tu vas décoller. Oui, je ne sais pas ce que je peux t'en dire, tu as forcément

La trajectoire du hasard

cerné une bonne partie de moi, c'est évident. Je suis super-heureuse d'être tombée sur un homme comme toi, franc et sincère et en fait pas mythomane pour un sou. C'est effectivement ma situation de couple qui me fait réaliser tout ce que tu dis. Tout comme je sais que je pourrai compter sur toi, en sachant pertinemment que tu me sais ne pas être une profiteuse, une menteuse ou je ne sais quoi. Je reconnais que ce n'est pas évident de mettre un frein au côté sauvage ou immature de ma personnalité, et il est vrai que je lutte subtilement, car ce n'est pas non plus une maladie, mais une réalité, je lutte contre mes désirs de m'abandonner uniquement à l'ivresse charnelle parce que c'est vraiment une chose que j'aime, le piment, sans obligation, en fait comme nous l'avons connu, juste prendre et partager le mieux à un instant donné. Ce n'est en rien égoïste puisque dans ces moments on est réellement soi et vrai. Seulement, je connais, et j'ai encore plus découvert mes limites avec toi, c'est qu'à continuer, je me brûlerais les ailes, mais aussi cela voudrait dire d'autres hommes et d'autres rencontres, ce qui signifie que tu serais noyé dans le flot de ces aventures et de ces hommes. Et cela, je ne le voudrais pas, car j'ai sincèrement aimé ta personnalité et je ne voudrais en rien que tu deviennes une personne parmi d'autres. Un amant passager parmi d'autres. Car cela reste dans ma personnalité une chose importante, j'aime la relation entre personnes et quand elle me séduit j'aime la cultiver. Mais voilà où j'en suis.

Alors oui, j'aime l'idée de cultiver notre relation comme une amitié sincère qui durera, ce qui est dommage c'est ce côté secret et caché, mais bon. Je sais aussi qu'elle est très particulière et qu'en cela il existera toujours une petite porte ouverte à nos égarements éventuels, mais cela, le veux-tu vraiment ? Je pense que ce sera possible uniquement quand le stade de notre amitié sera équivalent, alors ce qui existera entre nous ne nous étonnera en rien et sera naturel au possible. Je veux dire, que nous pourrons nous retrouver pour boire un verre, déjeuner, blaguer, sortir un jour entre amis sans que cela ne nous pose de souci avec notre conjoint, comme nous pourrions être pris d'une frénésie soudaine de sexe ou juste du jeu de pousse-au-crime et revenir à notre relation amicale dans le même respect et toujours avec naturel. Je pense que cela arrivera un jour, je veux dire que nous le sentirons tout simplement.

Hello toi très chère,
Dis-moi, tu ne fais pas le ramadan cette année ?
Parce que je le fais aussi si tu le fais. Non, je plaisante bien sûr, ce n'est pas ma religion même si j'en avais besoin aussi pour me purifier.

Samira ne le fait pas non plus parce qu'elle vient de changer de travail et elle veut être au top. Quand elle me l'a annoncé, j'ai cru un instant que c'était pour profiter pleinement de mes rares moments de présence à ses côtés !!! Une illusion de plus, me suis-je dit !

Je viens d'avoir une idée lumineuse tu sais, tu vas te lever très tôt pour te rassasier avant le lever du soleil chaque jour et pour tuer le temps, pourquoi ne prendrais-tu pas ta plume électronique pour répondre à ma prose ?

Je me permets cette remarque sans intention de te dévier de ce rite religieux, mais visiblement puisque tu ne le fais pas dans le but de faire le point sur tes faiblesses personnelles ni de lutter contre tes désirs humains intérieurs, alors tous les espoirs sont permis.

Tu sais, Mélissa, je caressais toujours l'espoir que tu me répondes avant que tu endommages ta carte mémoire. Peut-être que tu ne peux me deviner comme j'ai su le faire pour toi et que tu renonces au défi ! Ne m'en veuille pas de cette idée, il faut avant tout que cela vienne de toi au bon moment. De plus, tu n'as peut-être pas encore remédié à ton problème d'ordinateur.

La trajectoire du hasard

À moins que tu veuilles que j'exerce mon talent de nouveau et que je sois si bon que je te fasse basculer !

Je sais que tu as horreur de te faire bousculer ainsi, mais tu m'avais pourtant dit que tu avais envie de me répondre et que tu me devais cette réponse tellement j'avais été bon.

OK, j'use de cette opportunité, car je sais qu'en plus, pendant cette période, tu n'as pas le droit de te mettre en colère contre quiconque.

J'arrête là avant de t'énerver pour de bon, surtout que l'idée est de te faire sourire et te faire passer le temps de ton premier jeûne, on se connaît suffisamment pour me permettre cela ?

Bon courage.

Bisous et amitiés.

Bonjour Benjamin,

Tout d'abord, désolée de n'avoir pu être présente ce matin comme tu me le proposais et j'ai vu en revenant ce midi que tu avais donc téléphoné comme prévu.

Je n'avais lu aucun de tes mails sur ma boîte privée et professionnelle depuis plus d'un mois, j'ai reçu tes deux mails sur ma boîte professionnelle hier.

Je ne veux pas lire tes mails maintenant avant de t'avoir envoyé celui-ci.

Les vacances se sont bien passées, et elles ont été, à tort ou à raison, bénéfiques.

J'ai beaucoup réfléchi, beaucoup pensé à tout, mes enfants, Mike, moi, ma vie en général, mes délires, toi.

En y réfléchissant, ce n'est pas plus mal que j'ai eu à m'absenter ce matin pour ma fille, je dois partir maintenant emmener mon fils à la garderie.

La trajectoire du hasard

J'ai envie de te lire, mais je ne le ferai pas sinon je vais perdre mes bonnes résolutions.

Je suis curieuse, je le sais, et c'est tout ou rien dans mes façons d'écrire aussi. Je n'ai pas envie d'éluder, d'esquiver, d'arrondir mes propos, je n'ai pas assez de mots non plus pour parler de toi, de la personne superbe que tu es, que j'adore et que je veux garder parmi mes amis.

Aujourd'hui, je suis fixée et peut-être la période du ramadan m'aide-t-elle en cela, toujours est-il que j'ai décidé d'arrêter notre relation devenue presque amoureuse.

Elle ne me convient pas au sens qu'elle m'a perturbé et me perturbe plus que je ne l'eusse pensé. Tu aurais été un con, sans piment, je ne me serais pas retrouvée dans cet état, mais c'est en fait malheureusement l'inverse.

Je crois que je n'ai pas envie de ce danger-là, je me rends compte que mes tracas avec Mike viennent de cela aussi en partie et je refuse d'être désagréable et dure et impatiente avec quelqu'un que j'aime parce que d'un autre côté, ce que je souhaite est difficilement gérable. J'ai passé une semaine de rêve avec ma famille, et les moments avec toi ont été forts, ceux que j'ai fantasmé aussi, et là j'en arrive à un stade bouillant dans ma tête qui me fait ne plus arriver à le gérer.

Je pourrais en écrire des lignes et des lignes, mais je préfère arrêter pour le moment. Je sais que tu seras en colère contre moi, il ne faut pas, on s'était dit : celui qui se sent mal le dit et on calme le jeu, soit on reste en contact, soit on coupe tout selon le souhait de chacun.

Je désire que l'on calme le jeu, tout simplement.

Je te laisse me lire et me « haïr » le temps de ces quelques lignes… et je te souhaite ami, mais si ton souhait est différent je comprendrais.

Si tu veux faire un break et revenir m'écrire quand tu veux, je comprendrais aussi.

La trajectoire du hasard

Mélissa,
Je comprends et je respecte ta décision.
Je ne peux te répondre pour l'instant, mais sache déjà que je ne peux pas haïr un seul instant une femme aussi attachante que toi et qu'évidemment je reste ton ami Benjamin et je ne verrai aucun inconvénient à t'inviter à déjeuner à Paris sans aucune arrière-pensée. Je respecte ta décision, on a toujours dit cela et tu me connais, même si ta décision est loin de me laisser indifférent, je l'accepte.
Je savais tout cela depuis un moment et je m'y préparais sans pour autant y croire.
Cela va m'aider, je pense, aussi à me recentrer sur mon couple comme tu le fais toi et parce que je le veux aussi, puis-je être entendu ?
Je t'écrirai plus longuement ce soir peut-être ou plus tard.
Si tu n'as pas lu encore mes mails envoyés pendant ton absence, ne les ouvre pas et supprime-les, ils ne te seront d'aucune utilité.

Merci, Benjamin, j'ai craint ta réponse tout l'après-midi, tu sais. Bien sûr, te voir quand tu reviens de tes rotations me fera autant plaisir et je sais aussi qu'il sera dur de ne pas craquer pour moi, mais ce risque je le prends de bon cœur.
Tu as été plus clairvoyant que moi, mais je tiens absolument à ce que tu saches que cela s'est avéré pendant mes dix jours de congé.
Les longues soirées avec Mike, nos discussions, parce que tu savais depuis quelque temps que de mon côté c'était cela qui me manquait beaucoup avec lui et avec toi j'avais tout cela. Le sexe n'a jamais été un souci avec Mike. En fait c'est curieux, nous nous sommes retrouvés chacun avec un manque quelque part, en décalé. Le mien est né petit à petit une fois que je t'ai connu et toi je t'ai connu déjà

avec. Je pense que c'est pour cela que tu étais encore plus près que moi de mordre dans ce qui s'offrait. Mais crois-moi quand je te dis que rien n'était prémédité de ma part ou que cette décision n'était pas plus vieille que mes vacances. Les imprévus et les contraintes ont contrarié notre dernière rencontre. Mais elles n'étaient en aucun cas les prémices de ce que je t'ai écrit.

T'avoir ouvert mon cœur à ce choix ne m'a pas et ne me laisse pas indifférente, j'ai un goût amer, de l'avoir fait, des regrets, une sorte de soulagement aussi. Benji, je savais que je m'avançais vers des complications dans lesquelles je ne voulais pas t'embarquer et comme je suis entière comme personne, j'aurais été exigeante avec toi. Mais bon, je projette de l'hypothétique, là.

Si cela t'aide à te recentrer plus vite sur ton couple dans le sens que tu le souhaites, j'en suis ravie, car je crois vraiment que je t'en ai éloigné.

Si je suis inquiète tout de même, je suis plus qu'heureuse de te compter à mes côtés.

Mélissa,

On se redit merci maintenant !

Les vacances, ça sert à cela, je veux dire à se retrouver, enfin en principe en famille, en couple et je suis ravi que tu en aies tiré des enseignements, j'espère juste que tu ne regrettes rien, au sens que tu as pu être un instant, malheureuse de penser avoir trompé (si toutefois le mot est justifié) ton Mike. J'aimerais que tu me dises comment tu as ressenti notre relation que tu as qualifiée d'amoureuse au point de te dire que ce que tu as fait n'est pas bien vis-à-vis de lui. Tu sais que moi, à l'inverse, je n'arrive pas à avoir ce sentiment envers Samira.

Je t'ai toujours crue capable de prendre des décisions fermes et mûrement réfléchies comme tu viens de le faire. J'ai parfois eu l'impression qu'après cette espèce de folie qui nous a accaparés quand on s'écrivait plusieurs mails par jour pour se découvrir d'étranges points communs et frissonner pour finir dans de beaux fantasmes, cette étape allait passer, une page se tournait, mais ce n'est pas fini puisque notre amitié ou du moins le souvenir restera.

J'ai perdu le fil, car je me suis mis à revivre le passé proche, ce que je veux dire est que j'ai cru à tort que tu avais eu des passages à vide volontairement provoqués et je te livre toutes les raisons qui m'ont fait dire que tu ne savais plus comment faire, avoir envie de freiner ou d'arrêter.

Oui, je me suis dit que quelque chose changeait, que tu ne savais pas comment me le dire, mais je sais aussi que ta franchise et ton honnêteté envers moi ont chassé mes doutes, ceux que tu n'aimais pas en moi et que tu ne supportes pas en l'homme.

Aujourd'hui, je te crois, bien sûr, quand tu me dis que rien n'était prémédité avant les vacances et tu n'as pas à te justifier. J'ai simplement cru que ta crainte l'avait parfois emporté sur ton envie de partager d'autres moments forts avec moi, puis à nouveau ton envie a repris le dessus, bref ce qui peut expliquer que cela devenait difficilement gérable.

Enfin, tu as été séduite dans un premier temps que je sois bientôt Parisien et puis finalement, cela t'a fait peur aussi.

Si moi, j'ai eu des doutes, toi tu as eu des craintes et ça ne veut pas dire la même chose et je les comprends.

J'arrête mon analyse, car elle n'est pas forcément juste, mais j'avais envie d'y réfléchir.

Quant à mon avenir parisien, il arrive très bientôt, il te fait peur ?

Il y a décidément beaucoup de changements maintenant et à venir.

La trajectoire du hasard

Benjamin,

Je dois te dire que définitivement, je ne me sens plus à l'aise avec toi, je ne me sens plus à l'aise, d'ailleurs je ne me comprends plus moi-même.

Ne m'en veuille pas, mais je pense qu'il est préférable que nous nous arrêtions là et tu as tout à fait le droit de m'en vouloir pour t'avoir embarqué dans cette relation particulière, puis débarqué aussi violemment. Je ne crois plus pouvoir vivre de front cette relation, puisse-t-elle être uniquement amicale aujourd'hui. Je ne pouvais imaginer combien il me serait difficile de vivre avec cette amitié cachée. Je ne suis effectivement pas destinée à devenir un as de la clandestinité.

J'ai quelque part été peu courageuse, tu vas certainement me trouver déroutante une fois de plus, mais une chose est sûre et certaine, je veux rester sincère et honnête, voilà pourquoi je t'annonce cela ainsi en le jetant comme un pavé dans la mare… c'est du tout moi, cela.

Je terminerai en t'assurant que je te garde une place et que je ne pourrais jamais t'oublier.

Mélissa,

Je mesure parfaitement l'incongruité de l'incitation à la débauche à laquelle je me suis livré envers toi, mais compte tenu de la connivence qui s'était instaurée dans nos rapports, je n'en ai pas mesuré les conséquences dans ta vie familiale.

Nous sommes allés trop vite, sans doute trop loin aussi.

Mes voyages me font parfois oublier d'où je viens, qui je suis et où je vais.

La trajectoire du hasard

Pourquoi vouloir tout réaliser alors que l'on peut rêver et fantasmer une grande partie !

Le moment est venu de rentrer chacun chez soi.

Par suite de cette décision, sans appel, semble-t-il, et avant que tu ne supprimes cette messagerie qui nous a longtemps réunis, je voudrais terminer par une dernière citation de George Sand : « Les déceptions ne tuent pas et les espérances font vivre ».

Au revoir gentil Scorpion et à ta prochaine ivresse…

29

***

Une vie

À compter du jour où Mélissa a cessé d'écrire et bien qu'il croie toujours leur amitié intacte, Benji vit désormais avec le souvenir de la place qu'elle a occupée dans sa vie, une vraie place à un moment critique et elle l'a aidé à sortir de sa léthargie. Il prend maintenant la vie comme elle vient et il a enfin cessé de douter, laisse couler le temps naturellement, telle la rivière dans son lit.

Ses absences l'avaient souvent rendu fautif et l'avaient obligé à concentrer ses efforts pour tenter de réveiller Samira plus qu'elle ne se l'autorisait elle-même ou ne croyait en avoir envie.

Est-il un jour réellement sorti de cette rencontre virtuelle pour vivre les moments intenses décrits ? Il se refuse depuis ce temps à aller vérifier si l'hôtel « Le Clos des Lyres » existe vraiment rue Vaneau.

Il préfère garder cette image de jardin secret, celui dont beaucoup ont rêvé, celui que tout le monde a le droit de s'accorder quand la déception est trop dure à supporter, ce jardin secret qui l'a préservé, cette main à laquelle il s'est accroché et qui l'a maintenu à flot à la période de sa vie où tout pouvait de nouveau basculer.

Il avait songé à arrêter ses périples à travers le monde pour tenter de retrouver une vraie place dans sa famille et redevenir un père, un vrai père.

Après une longue méditation, Benjamin avait finalement renoncé à son statut de mari aux côtés de Samira qui n'avait jamais su l'entourer de son affection et elle s'était laissée envahir par l'idée d'une impossible réconciliation de son couple.

Le mal était fait, le cerveau humain n'arrête jamais de mouliner et rien ne s'est passé comme il l'avait imaginé, car les années de solitude renforcées par celle de l'indifférence finissent par avoir raison de vous.

De grâce, ne laissez pas cette solitude et cette indifférence vous tuer et persuadez-vous qu'il existe une vie meilleure avant la mort.

Benjamin a passé beaucoup de temps à partir, revenir et attendre, mais il n'a rien raté, car tout finit par arriver, se dit-il.

Le bonheur et l'amour réunis, il les a trouvés sur son chemin, ce sont Carolina et la petite princesse née de leur amour.

Il allait enfin pouvoir partager ses indispensables moments de présence, heureux de se poser et se reposer enfin et refaire tous les liens avec sa famille que Samira s'était attachée à briser.

On a le droit à des erreurs, se disait-il, de subir des déceptions et plusieurs générations sont parfois nécessaires pour trouver son bonheur.

La trajectoire du hasard

Et quand on y parvient, ni l'âge ni les rides ne t'affectent, seule la maladie peut tout t'enlever.

Je vous aime tellement…

***

Toute ressemblance avec des faits réels, des personnes existant ou ayant existé, ne serait que pure et fortuite coïncidence.

Table des matières

Préambule 7
1 Missions 9
2 Chemin d'Asie 15
3 Évasion 41
4 Mélancolie et passion 45
5 Toi bourgeoise née de ma première pensée 49
6 Venise avec toi 63
7 Mélodie 87
8 Troublante solitude 99
9 Délices 111
10 La douche 115
11 Du Paradis à l'Enfer 123
12 Parfums et lumières 137
13 Baisers intenses… 139
14 Vertiges 157
15 Quartier Saint-Germain 161
16 Joyeux Noël 163
17 Nourritures terrestres 177
18 Le Delta 185
19 Sèvres-Babylone 195
20 Repères 207
21 Délires 219
22 Submersion 223
23 Regards 229
24 Invitation au voyage 231
25 Nordeste do Brasil 237
26 Convenances 239
27 Légèreté 243
28 À dix mille miles de toi 249
29 Une vie 269

Dépôt légal mai 2025